FOLIO SCIENCE-FICTION

Alain Damasio

VALLÉE DU SILICIUM

Gallimard

Les citations reproduites en exergue sont toutes extraites du livre de Jean Baudrillard, *Amérique*, Grasset & Fasquelle, 1986.

Création des signes typographiques : Esther Szac.

Né à Lyon en 1969, Alain Damasio caracole sur les cimes de l'Imaginaire depuis la parution en 2004 de son deuxième roman, *La Horde du Contrevent*, qui a reçu le Grand Prix de l'Imaginaire 2006 et le prix Imaginales des lycéens 2006. Il explique sa prédilection pour les récits polyphoniques, et pour le travail physique, physiologique de la langue, par un besoin vital d'habiter plusieurs corps, et de se laisser lui-même habiter. Après la réédition par La Volte en 2007 de *La Zone du Dehors* (prix européen Utopiales 2007), récit d'anticipation inspiré par Michel Foucault, et un recueil de nouvelles, *Aucun souvenir assez solide*, Alain Damasio publie son roman *Les Furtifs*, qui réunit ses préoccupations politiques et son amour du vivant, fondus dans une langue très inventive. *Les Furtifs* a été élu Meilleur Livre 2019 par le magazine *Lire* et a reçu le prix Libr'à Nous 2020 dans la catégorie Imaginaire et le Grand Prix de l'Imaginaire 2020.

Amplement salué par la critique, Alain Damasio construit une œuvre rare, dévorée par le public, sans équivalent dans les littératures de l'Imaginaire.

L'Amérique n'est ni un rêve, ni une réalité, c'est une hyperréalité. C'est une hyperréalité parce que c'est une utopie qui dès le début s'est vécue comme réalisée. Tout ici est réel, pragmatique, et tout vous laisse rêveur. (…)

Les Américains, eux, n'ont aucun sens de la simulation. Ils en sont la configuration parfaite, mais ils n'en ont pas le langage, étant eux-mêmes le modèle. Il constitue donc le matériau idéal d'une analyse de toutes les variantes possibles du monde moderne. (…)

L'Amérique est la version originale de la modernité, nous sommes la version doublée ou sous-titrée (…).

Je veux m'excentrer, devenir excentrique, mais dans un lieu qui soit le centre du monde.

JEAN BAUDRILLARD
Amérique

Un seul anneau pour les gouverner tous?

Sur le Ring d'Apple, le centre du monde, le technococon et la réalité mixte

Nous sommes un dimanche d'avril et puisqu'il n'y a rien à visiter dans la Silicon Valley le jour du Seigneur, il va bien falloir aller à l'église… Oui, mais laquelle? Et pour célébrer quelle religion, j'entends: quelle marque?

J'écris ce texte sur un MacBook Air en aluminium clair si bien que j'ai la réponse: je vais aller communier dans la Cathédrale d'Apple, son siège social, *the Ring*, qui est un immense cercle de mille six cents mètres de circonférence posé en vaisseau spatial sur la lune de Cupertino.

Chiche? Hum… Il se trouve qu'il est impossible pour les aliens de ma maigre extraction d'entrer dans le temple, alors je me rabats sur la chapelle: l'Apple Park Visitor Center avec son célèbre Apple Store mondialement connu.

Ce pourrait être un pèlerinage.

Ou plus rationnellement la quête, tout au moins, de l'épicentre symbolique d'un séisme qui a révolutionné nos existences depuis trente ans. Nous sommes les figures tremblées de cette onde de choc ~ toi, vous, moi, nous toutes[1].

Car tout ce qui fait désormais nos quotidiens de gestes, nos touchers rituels, l'inclinaison de nos nuques sur des rectangles pas plus larges qu'une main, le dépli de nos papillons de vitre dans l'intimité de nos draps, dès le lever du jour, toutes nos algorithmies sociales autrefois organiques, que le numérique a dynamitées pour les recadencer dans le phrasé bref et vif des messages et des notifs, tous ces logiciels « par-dessus le toit », si bleus, si calmes, toutes ces applis en nous, avec leurs protocoles, leur logique, leur icône, leurs idoles, tous ces scrolls liquides qui coagulent nos sangs comme un miel, eh bien c'est comme si toute cette liturgie prenait source ici, à l'Apple Park, qu'elle était partie de là, à la lisière de ce qui est désormais le Ring. Là, dans ce qui s'appelait encore en 2016 le *1, Infinite Loop*, adresse sublime ! Là dans cet Apple Store qui tient certes davantage du magasin de cierges et d'hosties que d'un croisement tellurique où des cultes anciens se seraient enracinés.

Mais qu'importe, Hollywood n'est pas si loin, le storytelling prime, je n'ai pas fait dix mille kilomètres d'avion en cramant une baignoire

1. Dans ce livre, les pluriels « neutres » ont été féminisés pour une chronique sur deux. Voir p. 303 pour les raisons de ce choix.

entière de kérosène et en défonçant mon bilan carbone pour relativiser l'importance du site et du moment, pour ne pas y mettre l'intensité d'un événement que je sur-scénarise dans ma tête et écris sous vos yeux.

Nous autres Européennes, nous croyons encore à la force déposée de l'histoire dans les sites. Nous croyons que le temps n'est pas horizontal et fléché, qu'il est plutôt vertical, en couches ou en silo, et nous cherchons cette densité d'événements que magnétise parfois un lieu dans la tête d'épingle d'un obélisque ou le carré d'un tombeau.

Aux USA, l'histoire est une poussière qui n'a jamais eu le temps de se déposer. On met des dates sur des marques de bière pour s'inventer un passé dans une société qui ne vit que pour le futur. Et les sites «historiques» des États-Unis ont toujours quelque chose de *fake* ou de forcé, de trop brièvement scellé dans un cube de ciment prompt, qui fend déjà.

Pour l'Apple Park cependant, j'aime à croire que ma mythopoïèse n'est pas complètement bidon.

À l'orée de ce siècle, le numérique a inauguré un panthéisme de l'information, une religion de la matière-lumière. Elle s'incarne par un ensemble de pratiques qui nous soudent dans des cérémonials minuscules et pourtant communs à des milliards de personnes sur la planète. *Safari*, *FaceTime*, *Keynote*, *iTunes*, *Siri* sont des icônes, oui, si l'on veut jouer sur les mots. Ils sont en vérité beaucoup plus que ça : des portes psychosociales que nous franchissons trente fois par jour pour organiser nos expériences et manager nos vies, pour présenter nos parcours et acquérir nos savoirs, pour parler en direct à IAvhé et écouter les chants du monde dans la plus profonde bibliothèque musicale jamais offerte à l'humanité.

Bien sûr, la métaphore religieuse garde quelque chose d'un peu facile et d'un peu inexact puisqu'elle impliquerait une croyance partagée, une vraie spiritualité – là où ne règnent que des objets industriels, des interactions et des pratiques sérielles. Elles transcendent cependant les continents et les cultures, qui font qu'une Guyanaise sous son carbet swipe les mêmes applis avec les mêmes gestes fluides qu'un Tanzanien, une Indienne, un Ouzbek ou une Américaine dans sa chambre.

De toutes les marques, Apple est sans doute, par la puissance de son esthétique et de son ergonomie, par la qualité indiscutée de ses produits, celle qui a fabriqué le plus de « fidèles ». Sauf que ces fidèles ne croient pas en grand-chose, sinon à leur commune appartenance, si ce n'est à une certaine fiabilité des outils qu'on leur vend, elles ne font que *pratiquer* selon les règles du culte, elles font les gestes sans la spiritualité derrière, bref ce sont des pratiquantes. Nous sommes des pratiquantes.

Et si une analyse réflexive sur nos pratiques devait être menée avec sérieux, il faudrait se demander ce qui, dans ces rites scriptés que nous assignent ceux qui les codent, dans ces outils qui nous utilisent et formatent nos actes plus que l'inverse, dans ce que nous faisons de ce que ces iPhone ont fait de nous, malgré tout – se demander quels *habitus* et quel *éthos* (je veux dire quel système de routines psychiques finissant par devenir un mode d'être récurrent) et quels comportements individuels et collectifs, cela nous induit-il, nous conduit-il à adopter?

Tel qu'il a été construit, l'univers Apple, peut-être plus qu'un autre parce qu'il assume un style de vie, un rapport particulier à la fluidité et à l'élégance, implique une manière d'être vivant qui n'a rien de neutre, qui est même foutrement précise dans sa discipline de fonctionnement. Il implique par exemple une façon d'écouter la musique, affinitaire et segmentée (iTunes). Il implique une façon de présenter l'information, slide après slide, en surestimant l'impact de l'esthétique (Keynote). Il reformate nos dialogues pour épouser les limites de la reconnaissance vocale (Siri). Il considère que rien de ce qu'on fait et stocke ne doit se perdre dans l'oubli (Time Machine). Etc.

Ce n'est pas propre à Apple ? C'est vrai, mais Apple en a fait un langage unifié, un espéranto cognitif plus cohérent que d'autres.

Il est vertigineux de se dire qu'entre une Kirghize et une Mélanésienne, à l'autre bout du globe, la première chose qui les relie, et qu'elles partagent basiquement, ce sont des outils numériques de type smartphone et des applis qui recalibrent de façon identique leur rapport au monde. Là est désormais le Commun. Ce qu'on pourrait appeler le *numiversel*.

Un burrito dans le ventre, que j'ai dévoré debout au pied du meilleur truck mexicain de Mountain View, je sors avec nonchalance de la voiture, un peu brumeux d'une sieste qui n'a pu avoir lieu. Nous y sommes. Je fais quelques pas au milieu des oliviers vissés en piquets dans la dalle et je relève la tête.

Je craignais une chapelle et ça ressemble bien à une cathédrale finalement. Une longue et haute cage de verre courbée aux quatre angles, sans la vulgarité du moindre mur pour l'occulter, sans vitrail non plus. Transparence et lumière – le dogme de la modernité architecturale – poussé jusqu'à la pureté.

Mon guide du jour est Fred Turner, que je me figure comme un prêtre défroqué de la religion digitale. Lui se voit et se vit comme un anthropologue de Stanford dont les tribus étranges, auxquelles il appartient, campent dans la vallée du silicium. Il est brillant, Fred, il est sur son terrain d'études, il est là pour me montrer le côté obscur de la Force avec sa convivialité délicieuse et tonique.

La cathédrale est ouverte aux pèlerines du monde entier et nous sommes jour de messe, alors nous entrons!

À l'intérieur, un petit hipster au crâne nu et à la moustache qui boucle officie devant un écran de dix mètres par quatre à la résolution infinie. Il a une allure coquette de bateleur de cirque et l'assurance à la fois vive et posée d'un *keynote master* opérant devant un public néanmoins flottant.

Je désembrume mon cerveau somnolent, je me secoue, je voudrais être effilé comme une lame pour découper chaque seconde, chaque choc. « Ça y est », je me dis. « Tu y es, enfin ! »

Où ? Au centre du monde, *girls*.

À la Mecque du Mac.

Je pénètre intimidé dans la mosquée du capitalisme accompli, à Cupertino, California, à une encablure du siège social de l'entreprise la plus riche du globe – et un frisson ironique et ému, moqueur et mélancolique me prend à revers. C'est donc là d'où tout part ? Quoi ? Toute l'anthropologie nouvelle de l'*homo numericus* ? Ça vient de là ? C'est juste ça ? Mais ouvre donc tes yeux, impie !

Sur l'écran d'un millier de pouces, le visage de Lady Gaga vante *GarageBand* et l'éternelle fluidité des *Apple Apps*. Enveloppée dans un jeu d'ailes et de plumes multicolores, la star nous laisse au bord de l'*uncanny valley*, cette vallée de l'étrange qui sépare une gynoïde crédible d'une véritable humaine.

Indécidable est son visage, trop lisse pour être labellisé *Sapiens*™, trop maquillé pour qu'on le distingue d'un avatar, trop expressif malgré tout pour ne pas appartenir encore à l'humanité, ne serait-ce que par sa volonté de simuler la réalité (une sorte de marque de fabrique de l'espèce).

Je cherche Fred Turner dans la salle, il a déjà disparu. Il a préféré aller aux toilettes.

Je recule dans un angle pour m'ouvrir l'espace, et du regard je balaie le magasin. J'essaie de m'abstraire d'une trop profonde familiarité avec les produits, d'effacer mes impressions françaises de déjà-vu. J'essaie de court-circuiter mon intellect, d'en finir avec la posture très coupée-décalée du touriste-qui-ne-veut-pas-être-un-touriste et qui l'est pourtant, du fidèle qui se targue de ne pas être un croyant et qui accomplit pourtant les gestes sacrés, chaque jour que Mac fait, en dépliant son écran à l'équerre, au petit matin, comme les moines-soldats faisaient autrefois leur lit au carré.

Il faut arrêter de se mentir, Alain, de jouer à l'analyste objectif, arrêter de se faire croire qu'on se tient en dehors de tout ça, en marge des rectangles : j'en suis ! *I'm in*, comme disent les joueurs de poker qui acceptent une partie.

Un fidèle comme un autre en vérité, voilà ce que je suis, car je fais partie du 1,8 milliard de pratiquantes à travers le monde qui ont épousé le catéchisme de la Pomme. J'ai été évangélisé à 21 ans, lorsque j'étais en école de commerce, avec un Mac SE à double lecteur de disquettes qui savait déjà mettre en gras sur l'écran ce que le logiciel mettait en gras – et je n'ai jamais osé abjurer depuis. Aujourd'hui comme hier et comme demain, je ferai mes ablutions au-dessus du clavier et mes signes de croix au milieu du Trackpad. Amen.

Sous mes yeux initiés, l'Apple Store se livre d'une seule coulée claire, rythmée avec intelligence par les tables qui étagent la vision sans jamais la bloquer. Sensation de survol, de visibilité optimale où rien n'est caché, où aucun angle n'est mort. Monde lisse sans pli repli ni plissement – sans ride sur les peaux d'alumine. L'aplat règne. Les couleurs sont pleines. Homogènes les matières.

Rien ne répugne plus aux designers d'Apple, dirait-on, que l'impur des textures. Un dégoût évident du chamarré, de l'hybride, du collage ou du rugueux. L'œil ne doit pas souffrir ou risquer la moindre écharde. Le design est une pacification.

En montant à l'étage, le double panneau de résine qui borde l'escalier cache sa rampe dans l'envers de la plaque, dissimulée au regard et cependant sensible à la paume. Il s'agit bien d'éviter ruptures et coutures. Tout en faisant qu'une rampe que la profane touche reste invisible et ne marque pas la crasse inévitable des corps qui passent.

Un parangon du design hitech, tel se voudrait l'Apple Store de Cupertino. Il flirte plutôt à mes yeux avec une conception monomaniaque du design, celle de Steve Jobs, le prophète autoréalisateur, et qu'on pourrait résumer ainsi : design soustractif visant la simplicité de l'élégance. En seconde approche suinte une manière d'éthique protestante, Wasp-compatible, rétive à toute frasque ou fantaisie, à tout métissage ou mélange, dans une quête frénétique de clarté, de propreté et de pureté à la limite de la gênance. (*Pourquoi si pur?* aimerait-on demander en paraphrasant Zarathoustra). Un design «classe», certes, lequel a fini avec les années par se prendre au sérieux, et d'où s'écoule une tristesse insidieuse. À force d'effacer l'accident des matières, on a supprimé dans l'objet le pétillement de l'inattendu.

La grammaire de forme de la boutique est limpide. C'est même un chef-d'œuvre de cohérence graphique qui transcende toute l'architecture, du macro au micro, à la façon d'une fractale. Cette forme, elle se détache vite | c'est le rectangle lisse. On la retrouve partout répétée : sur les portes, les dalles, les tables, les écrans, les cadres, et naturellement sur chacun des produits de la firme.

iPhone, iPad, iMac ? Même rectangle vitré, aux angles subtilement arrondis, même rapport de forme | à différentes tailles et échelles | décliné selon quelques variations finalement triviales de couleur. La religion du rectangle. Sans l'agressivité de l'équerre. Avec la souplesse discrète de la courbe qui vise à humaniser la tech. Tout un programme. Tout un diagramme.

À l'intérieur du temple, pas de vigile en costard ni de brute à brassard : des employés en T-shirt indigo, postés en vigie, qui viennent te demander pourquoi tu viens filmer ici-bas. Le ton est ferme et poli, *friendly* et méfiant, sur une ligne de crête comportementale qui s'avère épineuse à bien maîtriser. Pourtant tout Apple y est : sa fausse ouverture et sa coolitude factice sous les atours d'une complicité d'étudiant.

Lors de mes différentes rencontres avec des hauts cadres français de la Silicon Valley, j'ai demandé plusieurs fois s'il existait selon eux une culture d'entreprise propre à Google, à Facebook, à Twitter (que je refuse d'appeler « X ») ou à Apple ? Certains d'entre eux avaient travaillé dans plusieurs de ces sociétés et ils m'ont répondu « non, pas vraiment, c'est en gros la même chose », mais d'autres y discernent des valeurs propres.

Fred Turner, lui, est formel, et Fred Turner a raison : il existe des cultures différentes, bien marquées, que la visite des campus d'entreprise rend directement lisibles. L'architecture implique des choix trop réfléchis pour ne pas porter en elle une anthropologie de l'Habiter, du Vivre-ensemble et du Travailler qui atteste d'une vision de la société.

De l'anecdote touchante des débuts, romancée par les cheveux longs de Jobs et Wozniak, Apple a longtemps tiré une aura hippie, un halo de contre-culture sèchement démenti depuis par ses normes, sa hiérarchie interne, sa culture du secret, ses logiques propriétaires et son héritage militaro-industriel issu de l'après-guerre.

Nous sommes à l'opposé du logiciel libre, de l'*open source* et du partage. Les matériels Apple nous rendent hétéronomes parce qu'ils sont conçus pour être impossibles à bricoler, à seulement démonter, donc à réparer ou à personnaliser soi-même en remplaçant des pièces. Ils vous coupent de toute autonomie technique, de toute liberté de bidouiller. Ils maximisent la dépendance au fabricant. Un iPhone ne se possède pas: il vous possède. Il impose sa façon unique de l'utiliser. Le pouvoir du fabricant n'a pas besoin d'être manifesté: il se love dans l'interface. C'est elle qui décide ce que vous en ferez ou pas.

La visite se poursuit. Nous voilà maintenant à l'étage de l'Apple Store où face à nous, à trois cents mètres, à moitié camouflé par un rideau de végétation, les vitres courbes laissent deviner un arc de cercle: *the Ring*. Le nouveau siège social d'Apple, qui fut l'ultime projet de Steve Jobs avant de mourir, son legs architectural et mieux, au sens poétique, son tombeau. Le précédent siège s'appelait *Infinite Loop* (boucle infinie), ce qui aurait aussi convenu, à la perfection, pour le Ring.

À propos des campus de Facebook et d'Apple, où l'on n'entrera pas, défendus qu'ils sont de toute intrusion étrangère, mais à l'intérieur desquels, si vous avez la chance d'y travailler, tout devient gratuit et ouvert, comme dans le Haight-Ashbury des *sixties*, Fred Turner a ces mots: « *This is an entirely closed universe pretending to be open.* » (C'est un univers intégralement clos qui fait semblant d'être ouvert.)

Dans l'*Apple Park*, le vrai, celui des élus derrière les grilles, s'ouvre une ville dans la ville, qui a, sur les photos que j'en trouve, un air de village du *Prisonnier* (la série), avec ses propres systèmes médicaux, ses crèches, ses vélos de couleur, ses restaurants multiculturels, ses salles de sport et ses services exclusifs. Tout y est fait pour vous soulager, m'explique Fred Turner. Pour optimiser votre disponibilité au travail en libérant votre sacrosainte créativité.

Un cercle parfait, fermé sur lui-même, d'un kilomètre et demi de circonférence, avec un parc, une mare, des vignes et une « forêt » plantée au milieu. Neuf mille arbres voulus par Steve Jobs, amenés un par un par camion dans une orgie de pétrole.

Une pure aberration écologique, donc, promue comme l'intense présence de la forêt sauvage au cœur de l'entreprise. Une pure aberration ergonomique et fonctionnelle qui dilapide l'espace, éloigne les 12 000 salariés les uns des autres, rend les distances à couvrir pour aller d'un bureau à l'autre incommensurables. Un pur geste de prestige, de pouvoir, de faste ou de frime, au coût faramineux de 5 milliards de dollars, soit dix fois le prix initial du siège…

Une allégorie, à l'évidence et avant tout, décidée et imposée par le technoprophète mourant à l'environnement quotidien de sa descendance.

Le comble est qu'il a la forme d'un anneau. Une bague de fiançailles, ou bien ? Mais pour nous fiancer avec qui, avec quoi ? Avec le futur, avec le cosmos ? Un anneau de mariage ou de fidélité… à la marque ? Ou plus simplement un anneau… de pouvoir, Seigneur ? « *One ring to rule them all, one ring to find them, one ring to bring them all and in the darkness bind them.* » Celles qui savent Sauron.

L'humanité fait mine d'avancer, les valeurs progressistes de se répandre, mais l'entreprise à la mythologie hippie, née dans un garage avec trois étudiants, reproduit à l'identique la violence symbolique la plus éculée du pouvoir.

Ce siège social est fait pour être vu du ciel. Il n'est beau que pour Dieu.

La légende dit que là où il est désormais, Steve Jobs attend parfois la nuit pour pointer son doigt, comme un gosse, à travers les nuages, en direction de la Silicon Valley. Dieu lui a promis qu'un jour il pourrait enfoncer son majeur dans la terre meuble de l'Apple Park pour y enfiler la bague et l'ajuster d'une rotation à son doigt. Il lui a révélé que l'anneau agit comme un senseur et qu'à travers le bâtiment-bijou, on peut sentir les milliards d'appareils Apple qui existent et ont existé de par le monde, lire la totalité des disques durs et des cartes SD, l'intégralité de toutes les images et vidéos jamais enregistrées par les utilisatrices et écouter aussi tous les appels qu'elles ont passés, manqués ou reçus en un seul chant vibratoire immense, une pure Babel de voix, de mots d'amour et de larmes. Alors Steve Jobs attend et Steve Jobs a peur. Il se demande s'il saura discerner au milieu de ce flot titanesque une voix d'enfant, la sienne, sa voix le jour où sa mère biologique, Joanne, l'a abandonné pour le livrer à ce qui deviendra sa famille adoptive, les Jobs. Il sait bien qu'aucun appareil Apple n'existait encore à ce moment-là, en 1955, qu'il n'avait pas encore inventé le Macintosh, qu'aucun iPhone n'aurait pu l'enregistrer et pourtant il espère, il espère retrouver cette voix comme une empreinte que Dieu aurait laissée lui-même sur un disque dur qui tourne.

En longeant le Ring en voiture, au niveau des badauds, la sensation n'a rien de poétique, elle est plus *down-to-earth*. Plus exacte surtout. *The Ring* reste un volume inaccessible et inassimilable – il a été voulu tel. Le tour du site est impossible à boucler, l'immeuble impossible à embrasser ou à circonscrire du regard, le monument trop immense pour se découvrir autrement que par tranches inappropriables et à ce titre intimidantes. L'Anneau suscite sa propre incomplétude, on ne peut le décrire, seulement l'évoquer, seulement combler le vide qu'il appelle par l'envie d'y être, d'en être.

Dans sa version première, encore active, le campus de Google, à l'inverse, se traverse et se livre sans chichi. Il est de taille ordinaire, on y circule facilement, l'urbanisme en est perméable, horizontal et universitaire, sans prétention ni surplomb. Pour un peu, il nous rappellerait que l'architecture peut être collégiale.

Le siège d'Apple, lui, est un château indéfiniment extrudé, au design signé et soigné, dont les parkings enfouis sont les douves, les guérites, sas et barrières des ponts-levis, les remparts d'immenses baies vitrées au coût exorbitant qui simulent la transparence et l'ouverture quand la surveillance et le contrôle panoptique y sont omniprésents.

C'est de la terraformation violente et titanesque qui singe la sauvagerie préservée d'une nature originelle. C'est une illusion d'ouverture qui se referme puissamment sur un huis clos intérieur où chaque salarié regarde le même centre. C'est une forteresse massive qui mime la légèreté d'une soucoupe volante. C'est la féodalité revisitée du Moyen Âge qui se donne des allures de science-fiction postmoderne. C'est Steve qui fait le Jobs de nous laisser la clé métaphorique de ce qu'a toujours été l'ADN d'Apple: un monde propriétaire. «*A locked-down military-like company*» selon les mots impeccables de Fred Turner: une entreprise paramilitaire verrouillée.

Dans l'Apple Store trône une maquette blanche du site élargi, qu'avec l'aide d'un iPad, on peut regarder en réalité « augmentée » pour en découvrir, tel un cadeau qu'on vous ferait, la « vraie » nature, que par ailleurs on vous interdit d'approcher. Dans cet oxymore du *réel fictionné*, lequel se présente sous les attributs d'un jeu, tout est dit : nous ne vous donnerons jamais notre réel. Mais plus profondément encore : nous ne vous rendrons jamais « votre » réel. Nous vous le reconstruirons selon nos normes, nos cadres et nos angles. La réalité n'est qu'un effet spécial dont nous tenons à contrôler la postproduction jusqu'au bout. Vous n'avez aucun droit à la vérité de ce que nous sommes. Toutefois rassurez-vous : nous vous octroierons les simulations dont vous avez besoin.

Nous sommes déjà repartis.

Sur la Highway 101, en revenant vers Frisco, un panneau publicitaire géant fait la promotion de l'iPhone 13 dans une magnifique livrée vert sapin, avec cette simple mention : *now in green*.

Je ne peux m'empêcher de sourire.

Bientôt deux milliards de fidèles, je me dis, partout dans le monde. Toujours 150 milliards de dollars d'évasion fiscale logée dans les îles Vierges britanniques. 70 milliards de bénéfice annuel grâce à des marges indécentes, des iPhone vendus 1 300 euros pour un coût tout compris de 150 euros d'après l'expert que j'ai rencontré ici.

2000 milliards de capitalisation boursière, un montant équivalent au PIB annuel du Canada ou de l'Italie, du Brésil ou de la Russie.

Tout ça continue et continuera, avec ma complicité sidérée. *But now in green.*

Un an plus tard, alors que je m'efforce de finaliser cette contre-chronique, Apple vient de sortir son *Apple Vision Pro*. Un casque de réalité mixte qui révolutionne la façon dont on va spatialiser nos interactions avec l'univers de la Pomme. L'histoire continue.

Disponible en ligne, le clip de neuf minutes est un chef-d'œuvre de précision marketing, d'induction imaginaire soft et d'acclimatation psychique aux nouveaux usages que cette technologie extrêmement soignée va nous apporter. On y décrit moins un produit qu'une *expérience*, selon le mantra actuel du commerce qui veut qu'on ne vende plus, vulgairement, du matériel – plutôt une manière de vivre tellement désirable qu'elle en implique ce matériel pour être éprouvée.

Personnellement, je n'ai jamais cru au métavers, que j'ai testé rapidement lors de ma résidence à la Villa Albertine, à San Francisco. Je n'y ai jamais cru parce que le métavers est un fantasme de geek asocial, qui exige un casque fermé, un isolement intégral pour reconstituer imparfaitement et laborieusement un monde réel dont il ne cesse de nous couper. Qui peut préférer vivre un concert dans sa chambre par la buée de son casque plutôt que dans la fosse d'une salle le corps baigné par la musique, sinon un sociopathe ?

Le métavers est un mauvais rêve de Zuckerberg.

Apple a une approche adulte de ces pratiques, moins barbare quoique d'autant plus insidieuse qu'elle dissout l'informatique dans les comportements. Apple a compris, avec d'autres, que le virtuel strict est une impasse et que la réalité mixte est l'agencement pertinent, équilibré.

La réalité mixte ne nous retire pas du monde, elle l'inclut et l'augmente *en nous*. Ce qui signifie, « en réalité », qu'elle le simplifie et l'appauvrit dans la mesure où l'économie de l'attention va ajuster son focus sur les applis et les invites (l'affordance) pour interagir.

La réalité augmentée nous dit : la réalité telle qu'elle se présente à nous à l'ordinaire est insuffisante, votre regard et votre écoute ne sont plus capables d'y nourrir une attention. L'ennui est votre destin précisément parce que le numérique vous a éduquées à être stimulées sans cesse et que hors de ces stimulations et des réactions qu'elles suscitent, hors du schème sensori-moteur qui vous tient, vous êtes devenues inaptes à agir par vous-mêmes, à contempler les choses, à observer le monde pour construire une émotion ou une réflexion. Vous devez être aidées et soutenues par une prothèse psychique, une technogreffe : un casque ouvert !

Naturellement, il y a plus. L'Apple Vision Pro est bien mal baptisée parce qu'elle n'est pas une technologie du son et de la vision. Enfin, elle l'est techniquement, mais pour bien autre chose que ça : elle est une technologie d'aménagement de l'espace.

Sloterdijk l'exprime très bien dans *La Domestication de l'être*. Les premières techniques humaines, celles qui ont fait de nous l'espèce que nous sommes, sont toujours des techniques d'aménagement de l'espace. Elles forment et elles font territoire. Elles façonnent un chez-moi et un chez-nous, en définissent les frontières et les protections, la porosité relative, l'hospitalité possible et les échanges avec un dehors.

C'est exactement ce que propose le casque d'Apple. Si à mes yeux le technococon aménagé depuis trente ans par nos objets connectés est une forme de nid numérique qui a révolutionné notre façon de faire territoire, d'en importer les frontières au plus près de nos cerveaux et de nos corps dans un espace immatériel qui entrelace l'archive et l'interface, nos interactions et leurs traces, les flux et leur tri, pour finalement les catalyser dans cet objet nomade totalitaire qu'est le smartphone, si ce technococon existe et fonctionne, donc, il a encore pour défaut d'être fragmentaire, pas assez englobant, déchiré par endroits… Surtout il fusionne mal les réalités physique et digitale, le réel et le virtuel – pour reprendre d'anciennes catégories caduques.

Le casque d'Apple est une réponse à cet aboutement bâtard des réalités. Il est conscience qu'un être humain ne peut pas vivre dans dix centimètres par cinq. Qu'on ne peut guère faire territoire dix heures par jour dans un parallélépipède d'aluminium aussi étroit qu'une main. À ceci près que nous ne pouvons, pas plus, nous contenter d'un réel qui serait déconnecté des réseaux.

Alors ils ont respatialisé le corps. Par la grâce de la réalité augmentée, qui ajoute à la vision naturelle que nous avons d'un salon, par exemple, une couche d'icônes, d'objets ou de filtres fondue dans ce qu'on regarde. Ils l'ont réinséré, ce corps, dans un espace plus ample. Ils ont dilaté le champ d'interaction à la dimension d'un volume, ils ont évasté l'étendue du monde cliquable à la taille de la pièce où vous êtes, à celle d'une chambre d'hôtel et ils ont remis le corps assis à l'intérieur avec l'environnement numérique en éventail tout autour, toujours disponible. Le rêve ! Le rêve parce qu'on peut désormais *habiter* à l'intérieur du technococon, au cœur du virtuel sans être le moins du monde coupé du réel. Le meilleur des deux mondes, ensemble et superposés. Ou mieux : coajustés et convergents, imbriqués l'un dans l'autre avec cette magie de pouvoir décider à chaque instant quelle proportion du réel je souhaite conserver sous les yeux et quelle couche de virtuel je souhaite y entrelacer.

Nous ne sommes plus dans l'illusion foraine de la simulation même si tout est fait pour rendre *seamless* (sans couture visible) les transitions avec la réalité et leur indistinction subtile. (Y pourvoient le traitement fluide des ombres, le mapping de la pièce, la reconstitution des visages, le son directionnel interprétant les volumes…) Nous sommes dans l'acceptation intelligente de la double réalité (et de ses différences) qui va nous construire comme humains dorénavant. Et qu'il va s'agir de gérer avec pertinence, avec virtuosité, avec souplesse, dans la jouissance d'une magie profane qui fonctionne à la voix, au doigt et à l'œil.

L'antique désir d'être Dieu, la sensation que le monde nous obéit, les pulsions animistes attribuées aux objets, l'outillage des paresses ordinaires et la loi assumée du moindre effort, toute cette économie de désirs humaine, trop humaine, qui culmine avec délice dans les consommations numériques (films et jeux vidéo) trouve dans le casque ouvert un accomplissement élégant.

Apple a remis le corps au centre de l'espace, certes, il a redéfini en plus vaste et plus respirant le territoire vécu du technococon : il n'a pas pour autant réhabilité le corps.

Le clip publicitaire est terrible à ce titre.

Ce qu'il montre est une anthropologie du corps assis, figé dans la mollesse des canapés et des sofas. C'est un corps solitaire qui n'a plus vocation à bouger, un morceau de viande sur un morceau de coussin, une chair électrisée de stimuli sonores et lumineux à laquelle on demande encore de presser l'index contre le pouce pour valider un choix, tandis qu'un regard lui suffit pour sélectionner une icône, grâce au tracking rétinien (tracking qui était il y a vingt ans déjà une invention de l'armée pour ses pilotes d'avion de chasse : voir = tuer).

L'œil n'a même plus à regarder, c'est la pupille qui voit. Qui sait.

Et le son ? Les exploits techniques des ondes directionnelles et de la spatialisation binaurale ne sont là que pour valider la simulation mixte et sa crédibilité. L'enjeu n'a jamais été l'écoute ; l'écoute ne vaut que par l'inscription dans l'espace, qu'elle a pour vocation de renforcer.

Mentalement, je remonte de la clairière aux grottes, aux huttes et aux tipis, aux abris, aux cabanes, aux maisons, aux villas, aux immeubles.

Je vois les murs s'ériger, les planchers nous abstraire de la terre, les toits se poser sur nos têtes, le tout pour protéger les trois dimensions attaquables. Puis sont venus l'isolation, le chauffage et la climatisation, l'empilement des technologies architecturales qu'est venue couronner la domotique.

Comme si l'histoire humaine irrépressiblement tendait vers un contrôle de plus en plus fin de notre espace habitable.

La postmodernité l'a poussé un cran plus loin en proposant pour *sweet home* bien plus que le confort d'une villa bourgeoise: un technococon où la totalité de ce qu'on est et vit se trouve rapatrié: mémoire, identités, pratiques, intimités, expériences, culture, sociabilités…

J'ai longtemps cru que ce cocon serait intégralement virtuel, une ultime prison numérique calfeutrée et forclose. Une matrice. C'était manquer de vision… Notre maison sera désormais la réalité mixte.

Bienvenue chez vous.

La ville aux voitures vides

Sur la voiture comme allégorie d'une époque, nos autonomies déléguées et la loi du moindre effort

Pour un regard français, l'étendue de la Silicon Valley est vaste, itérative et ennuyeuse. L'absence de relief, conjuguée à la bassesse des bâtiments, y donne une impression de maquette aplatie. Rien n'y est notable ni spectaculaire, hormis le faste des sièges sociaux. Pas de point de vue euphorique. Nul horizon à déplier. Le regard bute sur l'urbanisme tassé d'un fond de cuvette.

Conçue dans les années cinquante, l'architecture des villas singeait à l'époque l'esthétique des ranchs. Aujourd'hui, elle ne singe plus grand-chose sinon la banalité indistincte des *suburbs* aisées, que seul le génie d'un J. G. Ballard, d'un David Lynch ou d'un Baudrillard arriverait à exhausser jusqu'au fantastique, jusqu'au mythe.

Un dimanche d'avril, j'ai la sensation de glisser sur une carte mère dans le flot d'une électricité lente, à travers les circuits imprimés d'un plan perpendiculaire, lequel, paradoxalement, fait tourner en rond. Défile un paysage urbain faiblement modulé, joliment arboré et plutôt agréable. Chaque saillance, je la surinvestis pour tenter d'en libérer la vibration épique. Peine perdue?

Sauf que j'ai au volant le sociologue le plus affûté de la vallée du silicium, Fred Turner *himself*, qui bousille là un dimanche en famille dans l'espoir d'initier un écrivain (qui n'a même pas le permis, hérésie française!) aux arcanes de Mountain View, Stanford et Palo Alto.

Et il me faut tout son œil expert et pétillant pour me pointer les appartements communautaires où les Mexicains vivent à trois familles, repérer les logements sociaux, révéler ces maisons construites sur des nappes polluées qu'on surélève pour ne plus qu'elles s'y enfoncent et débusquer près d'El Camino la longue rangée discrète de camping-cars, de fourgonnettes et de camions où des travailleurs pourtant *regular*, c'est-à-dire dûment payés chaque mois, en sont réduits à habiter, face à l'explosion des prix immobiliers dans la vallée.

Partout la banlieue pavillonnaire s'étend à perte d'essence et de vue dans le quadrillage des avenues et la liquidité des *freeways*. Rien ne se marche ici – tout se roule et se déroule sur quatre roues dans la bulle climatisée des pick-up et des Tesla.

La voiture n'y est pas nécessaire, ce serait trop peu dire : elle est juste vitale.

Sans elle, vous êtes nu. Vos T-shirts sont tissés de vitres et vos pantalons de tôle et les rares fois où vous descendez du véhicule, vous réalisez que vos chaussures portent des semelles de pneu.

Augmentez la taille de la voiture et vous atteignez la caravane, le trader ou le RV (*recreational vehicle*) qui n'a rien de récréatif. Davantage qu'un habit qui vous protège, cette fois-ci : un habitacle devenu habitat, pour tous ceux qui ne peuvent se payer un loyer à 3000 dollars pour une poignée de mètres carrés, encore moins une villa à deux millions.

En face du truck mexicain, une dizaine de personnes nettoient religieusement leur voiture au jet. Je ne peux m'empêcher de moquer cette sollicitude pour ce qui n'est à mes yeux qu'un moyen de transport. Fred sourit en coin, ne répond rien mais une heure plus tard, alors qu'il est au volant, il me lance : « *You know, this is the land of cars.* »

Dans le lacis des autoroutes et le ruban enroulé des rocades, lui lit un réseau collectif généreux, une sorte de bien commun offert par les institutions à tous et à chacun. Il y voit des surfaces d'inscription ouvertes à nos libertés de tracé, de parcours. Pour un peu, il arriverait à me faire aimer le tarmac des cinq-voies, usé jusqu'à la trame.

Dans un univers ultra-individualisé tel que la Silicon Valley, où la vie publique est inexistante, où les rares moments de rencontre ont lieu dans les maisons, où les centres-villes ne rassemblent personne, la voiture est bien davantage qu'un outil pour se déplacer : c'est un espace. Un territoire intime. Et qui bouge. C'est là où tu travailles, téléphones, échanges, manges, séduis, écoutes un podcast, déprimes et dors même quelquefois. Une manière de chrysalide, protégée et filtrante, automobile et interconnectée, dont tu redoubles parfois les parois avec une musique qui va noyer l'habitacle.

Se rendre chez un ami avec une voiture sale, me suggère Fred Turner, c'est exactement comme s'y présenter avec des vêtements crades ou sans t'être lavé. Ce serait perçu comme un manque d'hygiène sociale. D'où le rituel du *car washing on Sunday*.

Dans une société qui entend tout dématérialiser, jusqu'à la sensation physique d'une caresse, ta voiture soude ton dernier corps. Alors tu *fais corps* avec elle, pour ne pas partir en pixels.

Si tout circule à la vitesse-lumière des réseaux, puisque l'existence ici est une compétition sans bord, il y a une sorte de bonheur simple et de réassurance profonde à s'abriter dans ce bloc de métal et de mousse, à s'enfoncer dans ce siège et à boucler sa ceinture pour voir défiler par la vitre le spectacle du monde.

Les cris du dehors y parviennent assourdis, toute météo s'y climatise, l'asphalte fuse devant le pare-brise et le mouvement fluide du véhicule conjure l'immobilité de la chair. Tu as la délicieuse sensation d'agir sans rien faire, de rester speed sans stress et sans même te presser. Un antidote solide à l'anxiété.

Si nous ne sommes jamais les contemporains de notre époque, si la mort de la bagnole est comme la mort de Dieu chez Nietzsche, et qu'il nous faudra sans doute un siècle pour que la nouvelle parvienne à nos oreilles, alors la voiture vécue, en ce dimanche d'avril 2022, est demeurée celle de l'ancien monde. Une production phare de l'économie industrielle de l'après-guerre, quand General Motors, Ford ou Chrysler, coiffés par les transnationales pétrolières, trônaient parmi les premières entreprises du globe. La voiture, c'est ce qu'il reste des machines réellement « fabriquées », des produits compacts et palpables, emboutés, encollés, soudés et peints par de robustes robots, que nous avions la fierté de voir sortir rutilants des usines. Ces mêmes produits que la Silicon Valley a gentiment liquidés dans l'immensité *internelle* et lumineuse du web.

La matérialité du monde est une mélancolie désormais.

Elle est devenue métaphorique ou figurée : un selfie du réel, une story floue, un snap qui s'efface… Quand elle trouve encore une place, c'est pour revenir sous forme méticuleuse et simulée, à coups de modélisation 3D et de rendus hystériquement réalistes, comme s'il fallait rendre grâce ou hommage, sous une culpabilité discrète, à ce que nous avons soigneusement assassiné. *Red Dead Redemption*.

Ce qu'on voit circuler dans les avenues de San Francisco, et plus encore dans l'Amérique rurale, sont les derniers blocs d'une virilité qui s'enfuit, une virilité qu'on avait cru réservée aux hommes alors qu'elle préfigurait plus subtilement, en nous offrant cette armature de métal pour exosquelette, une manière d'humain augmenté. Sans doute la voiture traduisait-elle déjà ce ressenti inconscient d'un corps trop peu habité pour s'affirmer sans son enveloppe carrossée, plus assez vif pour exprimer sa puissance sans cheval-moteur, sans piston démesuré, et qui retardait sans pouvoir le conscientiser sa déliquescence future. Cette pulsion est toujours présente, ce n'est pas vraiment fini ? Vous avez raison : c'est juste *has been*. L'ère de l'information a dissous nos bolides dans un trait de lumière.

Ce qui arrive après ne se conduit plus, ne se dompte plus. Pas plus ne se bricole ou répare – ce sain plaisir des mécaniciens du dimanche. Ne permet même plus l'expression d'un style de pilotage qui signait un rapport au monde – agressif, coulant ou classieux – même si la boîte automatique américaine avait déjà en grande partie robotisé l'art de conduire. Ce qui arrive s'appelle la voiture autonome, *the driverless car*, et n'est qu'un bulbe autoguidé qui vous soumet à ses algorithmes. Avec pour seul horizon l'exact antipode de la liberté des *seventies*: une sécurité totalitaire et maladive face à laquelle nous sommes sans argument.

À partir du moment où la *quantité* de vies sauvées prime ontologiquement sur la *qualité* des vies qu'on mène (leur richesse, leur beauté, leur noblesse, leur joie ou leur intensité), alors toute discussion s'absout dans la computation statistique.

En arpentant San Francisco, j'ai découvert ces voitures au design postmoderne, compactes et trapues, siglées Waymo, qui sillonnent sans discontinuer la ville. On les repère partout, dans toutes les zones, tous les quartiers. Elles sont blanches comme l'innocence perdue de la liberté de conduire. Elles exhibent leurs capteurs et leurs radars aux quatre angles du véhicule et une sorte de tourelle de tir sur le toit dont on se demande qui elle vise.

À l'intérieur, des humains à moitié vigiles, avachis derrière un volant qu'ils ne tiennent pas, roulent sans relâche pour alimenter l'immense golem de data qui rendra à terme ces voitures autonomes. Je devrais écrire: «se font rouler sans relâche» puisque la «voie» moyenne, en grammaire comme sur la route, est notre nouveau passif…

Des millions d'heures de conduite humaine pour apprendre à la machine et aux algos les bons réflexes. Puis des millions d'autres pour qu'elle s'entraîne elle-même sous le contrôle vaseux d'un zombie assis dans l'habitacle et censé parer à ses bugs. Comme si l'on tenait absolument à nourrir, jour après jour, milliards investis après milliards, notre future servitude volontaire.

Sur son site, la société Waymo, spin-off de Google, nous vend une émancipation reconquise sur le temps de conduite. Un temps «libéré» qui sera aussitôt resiphonné pour travailler dans ce nouveau bureau roulant. Ou qui sera vampirisé par un nouveau *binge watching* automobile, un gavage d'écrans, là où notre temps de cerveau disponible pouvait trouver dans la conduite quelque instant d'hiatus, quelque temps mort précieux au feu rouge où faire monter en soi la présence de nos enfants ou tout simplement un souvenir oublié, une promesse, une idée qui s'éveille. C'était la beauté paradoxale de ces pratiques : l'ennui au volant suscitait des poussées inconscientes de désir, et parfois même l'envie de réfléchir pour ne plus subir le vide.

La voiture autonome est une industrie sans idée.

Elle ne fait que marchandiser et monétiser une pratique ordinaire qu'on opérait jusqu'ici par nous-mêmes, avec nos propres capacités cognitives et gestuelles, notre finesse et nos agilités.

L'innovation dans le capitalisme consiste 95 fois sur 100 à décalquer dans tous les champs d'activité possibles une poussée anthropologique de fond : passer de la *puissance* au *pouvoir*. Autrement dit : de la capacité humaine à *faire*, directement et sans interface, avec ses seules facultés cérébrales, physiologiques et créatives, à la possibilité de faire faire, qui est une définition primaire du pouvoir. *Faire faire* à l'appli, au smartphone, aux algos, aux IA, aux robots… Comme on *fait faire* aux femmes, aux Arabes, aux esclaves, aux petites mains, aux sans-papiers sur leur vélo, ou tout bonnement à ses subordonnés hiérarchiques, ce qu'on ne veut pas condescendre à faire : ici se tient le pouvoir.

Faire faire, nous l'avons consenti pour notre aptitude à mémoriser (avec les moteurs de recherche), à nous orienter (avec le GPS), à improviser (qu'on appauvrit à coups de réservations et d'applis de planning), à rencontrer quelqu'un (qu'on délègue aux algorithmes), à apprendre une langue ou à établir notre propre programme de sport – j'arrête ici une liste diluvienne qui arroserait quasiment tout le spectre de l'activité autrefois humaine – bref nous l'avons fait pour à peu près tout ce qui relevait encore, quelques décennies auparavant, de nos puissances personnelles.

Nous allons donc sous-traiter, déléguer et externaliser aux intelligences artificielles notre faculté de conduire un véhicule… Soit !

On voit bien ce qu'on y gagne : une énième paresse. Un soulagement, un lâcher-crise. Une douce démission. Plus besoin de vigilance, d'attention minimale, de construction mentale d'un trajet, plus besoin même de regarder la route, de se représenter la ville, d'aviser les gens sur les trottoirs, d'appuyer sur une pédale et de tourner un volant. La voiture autonome le fait à ta place et toi tu vas jouer sur ton téléphone au jeu de la Pastèque.

Cette « autonomie » est une antiphrase, comme le ministère de la Paix dans *1984*, comme la guerre propre en Irak, comme le « coût » des migrants qui enrichissent de fait nos nations, comme la vérité des *fake news*. Ce qui nous est vendu est une énième dépendance, une aliénation consentie de plus, dont le seul objectif est d'ouvrir un nouveau marché, immense, pris sur la gratuité d'une pratique qui offrait une indépendance certaine.

Rien que pour commander la voiture, attendre car aucune n'est dispo, s'arrêter prendre du pain durant le trajet, repartir, quitter l'habitacle, valider la course, noter, il faudra rester impliqué dans l'appli : *appliqué*. Tout est censé être fluide mais rien ne le sera : il faudra s'adapter aux routines du robotaxi, à ses bugs, à ses contraintes techniques et à ses règles de sécurité absurdes visant à parer à 1 incident sur 20000 en exaspérant 19999 clients au nom de ce cas aberrant exceptionnel.

Longtemps, la voiture a matérialisé l'ère de l'énergie et de l'industrie triomphante, elle a incarné la liberté individuelle et la vitesse, qui culminera dans les années soixante-dix. *Sur la route, Easy Rider, Mad Max*, plus tard *Thelma et Louise*… ces fictions magnifiques en gardent l'empreinte photosensible. Désormais, on fabrique des Tesla pour prélever de la data, profiler des comportements et les revendre aux assureurs. Conduire est entré de plain-pied dans l'ère de l'information. Peu importe où vous allez : vous conduisez sans le savoir pour l'IA, vous produisez en roulant l'information reine, si bien qu'à chacun de vos coups de frein vous contribuez à l'Intelligence Automobile qui vous rendra inutile comme conducteur.

Uber ou Lyft emploient des chauffeurs précaires, qui n'ont d'indépendant que le statut, mais usent leur propre voiture avec leur propre assurance et leur intense fatigue pour gagner quelques *bucks* par course. Ce sont des *serf-made men*. Deux fois déjà, en une petite semaine, je suis tombé ici sur des chauffeurs chinois qui ne pipaient pas un seul mot d'anglais ! Oh, rien de grave, le chauffeur peut même être noté 5/5 sur l'appli, sans être capable du moindre échange humain !

Le logiciel de navigation suffit : il dirige et indique tout, le chauffeur n'est qu'un robot chinois immigré en terre de « liberté » qui accomplit en 2022 ce que la voiture autonome fera sans lui… euh… ben en 2023. Ça y est. C'est fait.

Gardez en mémoire le visage crépusculaire de ces chauffeurs Uber qui vous embarquent dans leur véhicule abîmé : ils ne sont que des spectres transitoires, là pour nourrir la matrice de l'information automobile. Ils remplissent de leur sueur pressée le réservoir des *driverless cars* qui vont si vite les remplacer. Dans le fog de Frisco qui s'avance sur la baie, mon imaginaire lit les profits faramineux soulevés par ces nuages de données. Ces nuages amènent le froid, dit-on ici, même en plein été.

Songez à ça quand vous prenez une course Uber – Uber partout, Uber en vous, Uber chez tous, *Uber über alles*. Vous alimentez un esclavage à la puissance deux.

Le premier esclavage est classique, il tient à l'économie même de la désintermédiation, qu'on a pompeusement rebaptisée la *disruption* alors qu'elle n'est qu'une *corruption* profonde du travail. Il consiste à extorquer honteusement une plus-value excessive sur le travail épuisant des chauffeurs : 30 % pour faire tourner une plateforme ? Ce n'est pas une commission, non, appelons les choses par leur nom : c'est du parasitisme et c'est du vol. Que les chauffeurs acceptent parce qu'ils n'ont guère le choix et aucun syndicat pour les défendre et amorcer, grâce à eux, le moindre rapport de force.

Le second esclavage est plus nouveau, plus subtil, plus horrible aussi. Il consiste à éduquer et à former malgré vous, en roulant, les machines qui vont voler votre emploi. Extorsion de niveau 2: on ne vole plus simplement le produit de votre conduite, on vole votre façon de conduire, vos réflexes humains face à l'imprévu, vos cadences au volant, votre savoir-faire dans la circulation complexe. Pour vous éliminer à court terme. Et on vous les vole gratuitement.

L'ère de l'information semble fluide et légère parce que le boss n'est jamais là pour vous hurler dessus ni vous imposer quoi que ce soit. La discipline opère seule par la vertu de l'appli. Mais l'appli est sans pitié. Elle impose ses normes. Elle est féroce. Elle algo-rythme chaque course du chauffeur et chacune de ses pauses. Dans l'univers de l'appli, c'est comme dans l'Espace: personne ne vous entend crier.

Bientôt, je me dis, bientôt on ne bougera même plus. À cause des pandémies montées en sauce et en panique; à cause de l'insécurité que ce système nourrit à force de nous surprotéger. Nous ne bougerons plus pour de nobles motifs écologiques, ou encore par peur de rencontrer le corps de l'autre, cette sublime étrangeté. Ou tout simplement par flemme et par facilité.

On ne travaillera plus qu'à la maison – pour ceux qui auront la chance d'en avoir une. Le cocon aura achevé de se refermer. Nos besoins incompressibles de mouvement passeront dans la Matrice, s'épuiseront en salle de fitness, continueront à sillonner les parcs avec des applis de *quantified self* pour mesurer nos foulées, nos pouls, nos taux de sudation et nous persuader que nos corps sont encore vivants puisqu'ils fonctionnent avec la même régularité chiffrée que les machines.

De l'univers de la voiture, nous n'aurons même plus l'ivresse de la vitesse, la coulée cinétique, cette sensation du vent chaud qui entre par la vitre baissée et vient balayer nos soucis et nos cheveux avant de ressortir en tourbillon – ce sillage. On pilotera des Hummer dans le métavers tandis que les rires de nos potes, à l'arrière, bruisseront dans le casque Oculus, merveilleusement spatialisé. Sans doute même qu'ils t'offriront le souvenir du vent chaud avec des ventilateurs enkystés dans les murs de ta chambre. Et tu trouveras ça génial. Tellement réaliste.

Alors peut-être que tu descendras ouvrir la porte de ton garage et que tu regarderas avec nostalgie ton pick-up qui rouille, en te demandant s'il roule encore ? Tu ne penseras plus à laver ta bagnole le dimanche comme on prend une douche pour sortir. Il te manquera une enveloppe solide et un deuxième corps. Tu le chercheras à tâtons dans ta combinaison haptique. Doucement s'installe le métavers qui prétend «*embody the internet*». L'incarner ? Énième conjuration de la perte du corps – corps qu'ils supposent pouvoir nous redonner à l'aide d'une technologie fine, de synesthésies malignes et d'un rendu optimal du son et de l'image. Il faudra un jour interroger cette pulsion simulatrice en l'homme, tenter de comprendre ce qu'elle signifie chez un mammifère social.

Car le corps, décidément, la Silicon Valley ne sait pas quoi en faire. Faut-il voir là l'horizon secret du protestantisme ? Dissoudre toute chair dans la lumière pour mieux s'approcher du Divin ? *Body and flesh are just meat*, scandent les transhumanistes. Alors, oui, offrons-lui la grâce de vêtements connectés, à cette viande, pour lui rappeler qu'elle est encore là, sous les capteurs qui nous informent, bonne nouvelle, que nous sommes toujours en vie, et que notre cœur bat… à combien de pulsations/minute déjà ?

Ce monde, il est fabuleux pour au moins une catégorie de gens : les auteurs de science-fiction. Ça tombe bien, c'est mon job.

Dans son fulgurant petit livre, *Amérique*, publié en 1986, Jean Baudrillard disait qu'il n'y avait rien de plus étrange et désarçonnant que de voir les télés allumées dans des chambres de motel vides. Il imaginait un monde où l'humanité aurait disparu et où ces télévisions continueraient à se parler de chambre à chambre dans le silence du futur.

Je ne sais pas ce qu'il aurait ressenti s'il avait vu des métropoles entières parcourues par des voitures vacantes roulant indéfiniment jour et nuit en quête d'un client fantomatique.

Parce que la voiture autonome aura parfois des occupants, bien sûr, mais la moitié du temps, elles seront tout à fait vides et continueront cependant à rouler, à tourner, freiner aux stops et s'arrêter aux feux, éviter les piétons et chercher frénétiquement un corps de client à embarquer. Elles hanteront la ville, elles hanteront nos vies comme le souvenir d'un monde où un chauffeur palestinien vous parlait de Zinedine Zidane et de l'Obamacare dans la demi-heure où il vous emmenait à l'aéroport. Ça m'est arrivé dimanche dernier.

Qu'on se rassure : ces instants de grâce et de rencontre n'arriveront plus. Vous n'aurez plus à interagir avec des migrants, des faces jaunes ou basanées : seulement des interfaces.

Souvent, lorsqu'une révolution touche une pratique humaine très répandue (conduire) partagée par des millions de personnes, une foultitude de débats se mettent à bruisser, qui finissent par former un smog épais, noyant les enjeux profonds.

On hystérise trois faits divers pour questionner une sécurité que ces machines vont assurer bien plus efficacement que les conducteurs humains actuels, limitant fortement les accidents de la route, sans se poser la vraie question, qui est celle des modes de vie induits.

On s'horrifie d'une cycliste de 49 ans percutée et tuée de nuit, à Tempe en Arizona, sur une route mal éclairée, par une voiture autonome pourtant supervisée par un être humain qui regardait, juste avant le choc, *The Voice* sur son portable, sans reconnaître qu'un conducteur humain l'aurait percutée tout autant. On ironise sur les capteurs d'un véhicule qui n'auraient pas détecté un camion en raison d'un ciel « très brillant » ou du fait que le système aurait confondu le camion avec un panneau publicitaire… On cite une navette autonome qui a heurté à deux kilomètres à l'heure un aveugle dans le Village paralympique de Tokyo en 2021, l'empêchant de participer à son épreuve.

On s'excite sur le « dilemme du tramway » où l'on doit choisir entre écraser cinq ouvriers ou un seul homme sur l'autre voie, on collecte 40 millions de réponses dans 233 pays à un questionnaire éthique baptisé *Moral Machine* et portant sur les règles que devrait adopter l'« algorithme de la mort » des véhicules autonomes en situation de choix cornélien. Et l'on s'extasie que les gens répondent qu'il faut sauver les humains plutôt que les animaux, sauver plus de vies plutôt que moins… et sauver en priorité les enfants !

On fait de l'humour noir en se demandant comment remédier à la pénurie de greffes d'organes quand un cinquième de ces greffes provient des accidents de la route… accidents que les véhicules autonomes vont « sans pitié » réduire !

Poser la question en termes de sécurité est un tropisme de l'époque. Lequel tue tout débat au nid. Car la peur avale toute distance, toute pensée qui voudrait en oiseau s'envoler. Est-ce devenu si obscène de parler de liberté ? De pointer nos soumissions ? De suggérer que le cocon de paresse dans lequel le Capital fait ses œufs est à déchirer au courage et à la main ? Et si voulez vraiment invoquer la sécurité, autant le faire dans l'hybris…

Tom Kalanick sort d'un pub underground à l'angle de Mission et d'Annie Street, San Francisco. Il est deux heures du mat, il vient de fêter sa première levée de fonds, il est un peu saoul, il commande d'une rotation de sa bague un taxi sur *RollingRobot* – «*trois minutes*», oralise l'appli dans son oreilline. Parfait. La voiture se gare juste devant lui, il pose sa main sur la portière qui se déverrouille au simple contact de son doigt. L'avenue défile en douceur et Tom, lové dans l'habitacle en forme de salon, se projette déjà sur demain : l'annonce à la team, les recrutements à faire… Machinalement il swipe sur Tinder pour retrouver Alexia, la rouquine croisée au bar. Sans prévenir, la 5G tombe à 3G, les petites barres se vident… Tellement que sa Waymo hoquette à lui donner envie de gerber, s'arrête, repart, puis se tanke sur sa voie dédiée en mettant ses warnings.

Devant lui, c'est le bouchon, absurde à cette heure. Six Waymo sont en rade, en attente de la reconnexion au serveur…

À vingt mètres devant lui dans la file, un *homeless* sous Fentanyl pisse debout sur le capot de la Waymo de tête et kicke dans les caméras. Le client n'ose pas sortir, Tom ferait la même chose, mais il ne lui viendrait pas à l'idée de venir l'aider.

Crête à picots, torse nu et allure de Viking, le *homeless* descend dangereusement vers Tom… Il arrive à sa hauteur et roue de coups de genou sa portière avant de fracasser les quatorze caméras du véhicule une par une, les onze scanners laser, les sept radars, les deux sonars à ultrasons et le lidar, avec une minutie maniaque qui fait froid dans le dos. Il achève son festival en étoilant le pare-brise avec son poing américain.

— *Nous avons le regret de vous annon/cer que notre / véhi/cule est / hors service. Vous allez devoir / quitter l'habi/tacle. Souhaitez-vous que nous vous mettions en / relation avec une voiture dispo/nible*? massicote la voix de l'IA, entrecoupée par une connexion erratique.

— Je souhaite attendre encore un peu, bredouille Tom qui dessaoule à vitesse grand V.

— *Je n'ai pas bien entendu votre requête*, aligne impeccablement la voix.

Et elle déverrouille la portière en actionnant son ouverture aussi sec. Tom tente de refermer, la charnière refuse de pivoter. Exprès. Il n'a plus le choix : il doit sortir !

Le Viking punk, qui était déjà passé au taxi suivant, se retourne… Tom détale comme un lapin sans demander son reste. Un rire hystérique salue son courage et il lui faut trois ou quatre blocs pour que sa montre lui bipe de s'arrêter : son cœur vient de franchir les 180 bpm. Hors d'haleine, les mains sur les cuisses, il lève la tête et prend conscience qu'il vient d'entrer dans Tenderloin…

À cette heure de la nuit, le quartier ressemble à un pur épisode de *The Walking Dead*. Des silhouettes arquées errent de poteaux en poubelles, s'allongent à même l'asphalte, meuglent en se mordant la bouche au sang, chacune dans sa solitude abyssale, qui n'exclut pas de flippants effets de groupe. Tom voudrait revenir sur ses pas, repasser de l'autre côté de Market Street, mais un petit groupe de dealers de crack, sorti d'un porche, l'en dissuade – alors il avance et s'enfonce malgré lui dans Tenderloin.

Tout autour de lui, des voitures autonomes vides, sans conducteur ni client, sans aucune présence à l'intérieur, roulent et tournent aux angles des rues, tournent et roulent, tourneboulent, en boucle. Tom a l'impression qu'elles cherchent un corps à écraser, qu'elles sont comme la version robotisée des zombies du quartier.

Il sent la neuroïne bruiner en lui, il n'en a pris qu'une petite dose et la substance fait son chemin dans ses synapses, allume les couleurs, la parano enfle, ils n'ont pas été toujours comme ça, les taxis, il y avait, avant, des chauffeurs sur le siège, avant, derrière le pare-brise, avant, et ils ont été trucidés, ils ont tous été étouffés par leur airbag et leur cadavre a été retiré et jeté dans le coffre, arrière. Ils y sont toujours. Tom le sent, Tom le sait, ils sont là, pliés à l'équerre dans les coffres. Il a tellement envie et tellement peur aussi de sauter sur ces coffres qui passent, il pourrait le faire, les ouvrir, il devrait, ce serait la preuve, la preuve qu'il y avait autre chose, avant, derrière le pare-brise… Avant.

Présentement, il n'ose plus commander une voiture, il a quitté l'appli, comme si se géolocaliser ici faisait de lui une cible. Il se retient de héler, on ne hèle plus un taxi aujourd'hui, plus personne ne fait ça, aucune voiture n'est programmée pour répondre à un geste de la main de toute façon.

De minute en minute, à observer le ballet des taxis, Tom prend conscience d'une anomalie : les voitures qu'il voit ne s'arrêtent plus aux feux rouges. Plus aux stops. Elles roulent en continu et elles accélèrent même… De ce fait divers, vite balayé, du hack d'une flotte entière de taxis Waymo il y a un mois, il a, oui, entendu parler… Le hack était local, ciblé sur un corpus d'antennes circonscrites à un quartier. Les pirates avaient modifié les paramètres de lecture de la couleur rouge et faussé la reconnaissance de forme des humains… Oui…

Un clochard vole soudain au-dessus d'un capot, au bout de la rue. Il retombe en poupée de chiffon sur la chaussée et le taxi trace. Il percute un fauteuil roulant et projette le corps au sol avant de lui rouler tranquillement dessus, dans le silence sifflant des voitures électriques. Personne ne crie. Personne n'accourt. La chorégraphie clinique des véhicules semble se synchroniser. Tom a l'impression qu'elles se densifient dans sa zone. Il voudrait entrer dans un immeuble pour s'abriter, sauf que tout est iricodé et vidéoprotégé de surcroît, l'espace public est l'espace des pauvres et des paumés, un asile à ciel ouvert, et lui, cette nuit, Tom – Tom est un paumé comme les autres.

Un taxi autonome emboutit une borne incendie à dix mètres de lui, l'eau gicle dans une brume de chaleur, la vapeur dilue la rue, les poubelles valdinguent… Par réflexe, Tom s'éjecte de l'axe du trottoir pour fuir dans l'avenue, il zigzague et se retourne, une Chrysler en rut derrière lui. Il est trop obnubilé pour apercevoir la Tesla qui surgit du parking à sa gauche – aussi silencieuse qu'un palet de plastique sur une table à coussin d'air – il sent juste la hache du choc fracturer sa hanche, son buste plier, et la calandre qui fracasse son crâne sur le macadam. Puis le châssis racle le corps de Tom qui spasme sous la voiture et le dépiaute sur la râpe à bitume pendant l'éternité d'une dizaine de secondes.

Quand la Tesla passe enfin par-dessus sa proie comme on passe un dos-d'âne un peu haut, elle laisse dans son sillage un tartare de chair rissolant sur la plancha de la chaussée. Il est difficile d'y deviner encore Tom, encore un homme.

Les voitures connectées, les cafetières, les montres connectées, les couteaux électriques, les frigos connectés, les systèmes de climatisation, le réseau d'eau et les circulations d'air, les chauffages en ligne, le trafic mappé, les ascenseurs commandés à distance, les drones en autopilote, toute cette *smart city* de *smart things* gérée par des intelligences artificielles est un rêve de hacker. Elles offrent l'opportunité de tuer à distance, comme en Irak, d'initier des *mass murders* civils assis devant son PC, ou mieux : en caressant son smartphone.

L'internet des objets est une belle chose, n'est-ce pas. Par exemple, la maison dont chacune des portes et des fenêtres est pilotée par la domotique est une magnifique prison potentielle. Il suffit de prendre le contrôle réseau des ouvertures.

Plus la délégation aux IA progresse, plus l'on connecte et collecte, plus les machines s'autogèrent et *nous* gèrent en nous digérant, plus notre dépendance s'étend. Devient arachnéenne. J'aime bien me demander : en connectant tout avec tout, la toile grandit, certes, elle s'élargit et s'épaissit prodigieusement. Mais la question pertinente ne serait-elle pas : *quelle est la taille de l'araignée ?* Quelle mygale monstrueuse est-on en train d'enfanter, et de nourrir de nos petits actes d'insectes ?

La voiture autonome et connectée représente une tonne de métal et de plastique sur quatre roues capable de monter à cent cinquante kilomètres à l'heure. Doit-on écrire deux pages de science-fiction pour faire mesurer ce que ça permettra ? Faut-il être totalement niais pour ne pas imaginer une seconde ce que pirater un véhicule autonome peut engendrer ? À quel point y placer une bombe sous un siège pour guider ensuite la voiture vers une adresse ciblée sera facile ? Et même sans bombe, faut-il être Grand Prix de l'Imaginaire pour spéculer sur un taxi reprogrammé défonçant à cent à l'heure la vitrine d'un restaurant bondé, pénétrant dans un hôpital ou une cour d'école à la récré ?

On parle de sécurité routière sans envisager qu'on se dote d'une flotte de guerre qu'un hacker expérimenté – tiens, russe ou israélien, financé par son gouvernement, ou soutenu par un Daesh techno – saura très bien pirater et piloter.

J'exagère ? Admettons. Sortons du champ de la terreur. Trop facile la terreur, merci Tom !

Revenons au quotidien et à l'enjeu clé de toute émergence technologique : à savoir aux *usages* et plus largement à la *culture d'utilisation* que cette invention va potentialiser.

La voiture autonome va conforter et optimiser nos paresses. C'est le principe. Tellement évident, tellement fondateur en Occident de tout marché de services que nous n'en prenons même plus conscience.

La loi du moindre effort est anthropologique.

La voiture donc nous posera devant le café où nous avons rendez-vous, ira stationner en périphérie avant de revenir nous chercher, puis tiens, nous emmener faire du shopping, aller se re-garer dans des parkings dédiés – loin pour ne pas saturer le centre-ville –, viendra nous reprendre deux heures plus tard pour nous ramener chez nous, en se re-re-garant en périphérie ou bien elle repartira aussitôt circuler à vide (ce sera selon notre forfait exclusif) des heures durant, dans l'intention de prendre des clients qui iront à leur tour acheter des baskets, etc., etc.

Nous entrons de fait dans l'écologie catastrophique du dernier kilomètre – qui est déjà le scandale des Amazon, Uber et autres livreurs de malbouffe à la maison. Le concept désastreux du commerce-chez-soi, outrancièrement consommateur de parcours et donc d'énergie fossile, devient avec le véhicule autonome le déplacement-chez-soi, pour et de-chez-soi, et pour chaque point de la ville où *je* veux aller juste pour-*ma*-pomme ! L'inverse du transport collectif, lui réellement optimisé pour ne pas démultiplier les trajets, afin que ce soit le citoyen qui fasse l'effort du dernier kilomètre à parcourir, alléluia : à pied !

La *self-driving car* augure donc l'orgie des déplacements hyperindividualistes, des circulations inutiles, de l'obésité consentie, un renforcement absurde de la voiture individuelle, à contre-courant complet de ce qu'une planète habitable requiert.

J'entends : valoriser partout et aussi souvent que possible les mobilités douces – marcher, faire du vélo, utiliser des véhicules qui transportent des centaines de personnes à la fois et pas ton petit-toi(t)-tout-seul.

Et tout ça sans même parler écologie, fabrication des voitures, bilan carbone désastreux en amont et en aval, usure très rapide, recyclage douteux, coût exorbitant des systèmes électroniques embarqués, foutaise du moteur électrique qui mine et assoiffe le tiers-monde… Et sans non plus évoquer l'impact des inégalités induites. À titre individuel, la voiture autonome est clairement pour les riches puisque eux seuls pourront l'utiliser au quotidien. Au niveau économique, l'élimination du salariat humain (les chauffeurs) va permettre une extorsion massive de la plus-value machinique, un classique du techno-capitalisme : plus tu accumules du capital-véhicule, autrement dit, plus ta flotte est importante, plus tu gagnes et peux faire grandir ta flotte, etc., jusqu'à écraser toute concurrence. Déjà le monopole des voitures autonomes est en cours et de nombreuses entreprises, insuffisamment capitalisées, ont jeté l'éponge.

Qu'importe, n'est-ce pas ? On s'en fout ! C'est sympa la voiture autonome, non ?

Un jour, des militants pirateront un système de navigation pour encercler de camions le domicile des actionnaires de Cruise. Ou recoderont un système de freinage pour former des bouchons sur

Fisherman's Wharf et en faire un drive-in improvisé où l'on regardera *Thelma et Louise* sur la paroi d'un ferry. Des activistes comme Safe Street Rebel à Frisco continueront à mettre des cônes orange sur les capots : ça immobilise les voitures. Des failles informatiques seront exploitées par des artivistes pour exiler les bagnoles hors des villes, dans la Death Valley, où elles danseront un dernier ballet sur le lac salé. Et nous transformerons dans la foulée les parkings qui leur étaient dédiés en parcs pour enfants. Un jour, on aura des accidents magnifiques et gigantesques liés à une interopérabilité foireuse. Ou pire, des Tesla autopilotées qui feront exploser le siège social de Waymo, à la *Fight Club*.

Un jour, on résistera.

Pour l'instant, on commande des robotaxis Cruise à San Francisco depuis le printemps 2023. Et on subit l'avenir.

Leur avenir.

La ligne de coupe

Sur les frontières, le métavers, le mouvement fixé des corps et les mots de passe

La vérité de ce monde qui vient est qu'il ne veut plus, physiquement, qu'on bouge.

Plus précisément : il ne veut plus que les corps – par nature contagieux, dérangeants par leur présence et bien trop vivants pour être tout à fait contrôlables – bougent.

Par contre doit se conserver *l'impression* de bouger, sans cesse, la virtualité frénétique du mouvement, la circulation stressée de l'information qu'on produit et consomme par les réseaux, en boucles rétroactives. Ce n'est même pas l'esprit qui bouge et doit bouger : ce serait presque shamanique et beau ; c'est plutôt comme un cortex soumis à des schèmes stimuli-réactions, un système nerveux central qui doit être en permanence sollicité pour susciter une stimulation de mouvement, une motilité mentale et pulsive qui n'a plus besoin des jambes pour opérer. Une sorte d'image-action pour reprendre la terminologie de

Deleuze sur le cinéma, dont nos peaux forment la pellicule sensible, et qui fait désormais l'ordinaire de nos vies en Digitalie.

Mobile|Immobile est un couple moteur qui fonctionne en balancier, à l'évidence, dans un autre agencement des rapports entre le sédentaire et le nomade en nous, entre le libéré et le *sous contrôle*, entre la fixité rassurante du familier et l'appel à laisser pénétrer l'inconnu dans nos mondes. On a le sentiment que la territorialisation pesante du sac de chair qu'on appelle encore le corps (dans un espace clos et sécurisé) se conjure et se contrebalance par un intense mouvement corrélatif de déterritorialisation imaginaire qui surfe sur la fluidité de nos trajets immatériels sur le réseau – et se prolonge dorénavant dans les métavers.

Les métavers? Comment comprendre leur émergence pressée? À quelle économie de désirs cette nouvelle immersion est-elle censée répondre? Lorsque j'atterris à San Francisco en avril 2022, la ville sort à peine de l'isolement du covid, le campus de Google est encore à moitié vide, travailler chez soi a depuis longtemps franchi le cap d'une routine. Le métavers se lit d'abord comme une généralisation opportuniste des plis pris durant ces deux années de covid/plis dont on sent bien qu'ils se contractent insidieusement en *habitus*. Est-ce que ça va durer? Difficile à dire. Meta le croit, mais créer un nouveau marché est toujours un pari.

Sous la pression publique, nos libidos covidées ont en tout cas investi dans la distanciation sociale et la protection (supposée) de soi par mise à l'écart de l'autre / de tout autre. Laquelle surprotection se révélant déprimante, parfois suicidaire, a produit en réaction un investissement de désir collatéral dans le partage d'univers simulés, mutuellement choisis pour permettre (encore) des rencontres, des moments communs, autrement dit une sociabilité circonscrite et filtrée qui n'implique plus aucun besoin de se retrouver IRL. Voilà pour le concept.

Noli me tangere : nous irons au concert ensemble dans telle bulle métaversée qui ne puera pas la sueur / nous nous retrouverons au bowling virtuel pour lancer des boules sans poids dans un décor vintage / on se séduira à coups d'avatars animaux pour se toucher par gants interposés / et on criera au harcèlement quand la distance intime sera abstraitement franchie / comme me le racontait un cadre français d'Oculus qui hallucinait de voir que ces enjeux qui n'ont de sens que dans un réel de chair puissent hanter déjà nos virtualités. Que signifie en effet une intrusion physique dans un espace de pixels ?

Assignation consentie à résidence / fixation au foyer / au *Home Sweet Home* / à sa chambre : voilà ce qui se dessine. Nos cellules conserveront une fenêtre qui a 13 ou 27 ou 100 pouces de diagonale, peu importe, et qui prend déjà l'aspect de lunettes autonomes ouvrant sur un monde reconstitué dont on ne va conserver que le spéculaire et l'auditif, les deux sens les plus sainement distanciés de l'être humain. Ceux qui permettent la mise en contact sans se toucher/jamais.

« On appelle ça l'interface ou l'interaction. Ça a remplacé le face-à-face et l'action, et ça s'appelle la communication. Car ça *communique* : le miracle est que le fond de la casserole communique sa chaleur à l'eau sans la toucher, dans une sorte d'ébullition à distance, comme un corps *communique* à l'autre son fluide, son potentiel érotique sans jamais le séduire ni le troubler, par une sorte de capillarité moléculaire. » Ce que Jean Baudrillard avait intuité dès 1986 en parlant d'érotisme et de… casserole à induction, la simulation haptique en prolonge adéquatement le paradigme.

« Le code de la séparation a tellement bien fonctionné qu'on est arrivé à séparer l'eau de la casserole et à faire que celle-ci transmette la chaleur *comme un message* ou que tel corps transmette son désir à l'autre comme un message, comme un fluide à décoder. »

Telle est aussi la formule magique du métavers : créer de nouveaux lieux de sociabilité sans la gêne sublime d'un corps. Se rencontrer sans même bouger de sa chambre. Importer le vivre-ensemble dans son petit chez-soi, comme Amazon a su importer tous les commerces du monde à ton domicile, comme aller au restaurant est devenu se faire livrer, comme faire l'amour se résume à se branler sur une vidéo porno de huit minutes calibrées pour te faire jouir sans te lever de ton lit. Communiquer n'est pas niquer, pas plus qu'informer n'est donner forme à un corps. Pourtant un flux passe.

Le code de la séparation a sa méthode : nous unir en-tant-que-séparées. *Simul & singulis* : être ensemble et être soi. Rester soi en restant ensemble à distance / ne jamais réellement sortir d'un branchement circulaire à soi-même qui n'a rien du narcissisme en réalité, comme le pointait encore Baudrillard : « C'est un effet d'autoréférence éperdue, c'est un court-circuit qui branche immédiatement le même sur le même, et donc souligne en même temps son intensité en surface et son insignifiance en profondeur. »

« Sans ce branchement circulaire, sans ce réseau bref et instantané, qu'un cerveau, un objet, un événement, un discours créent en se branchant sur eux-mêmes (...) rien n'a de sens aujourd'hui. Le stade vidéo a remplacé le stade du miroir. C'est l'effet spécial de notre temps. »

Ce sont des mots incroyables, totalement prophétiques à mes yeux, écrits dix ans avant l'arrivée de l'internet grand public et trente-cinq ans avant le métavers… Tout se passe comme si, plus notre société devenait liquide et moléculaire et pulvérulente et brownienne dans son agitation dispersive, plus l'individu occidental ne pouvait s'y tenir debout et entier qu'en activant continûment des processus de renforcement identitaire, donc d'auto-réplication ou d'*ontocopie numérique de soi*. Aucune fête ne tient aujourd'hui sans filmer la fête, aucun voyage sans les images postées du voyage, aucune existence sans l'archivage systématique de cette existence sur la mémoire méticuleuse du smartphone. En musique, on appellerait ça une loop. Une deleuzienne dirait sans doute : une reterritorialisation identitaire.

Aux mots de Baudrillard, on pourrait ajouter aujourd'hui : le stade vidéo a été à son tour remplacé par *le stade du réseau* qui mime ce stade régressif fusionnel où l'altérité de la mère n'est plus perçue comme telle. *Big Mother is washing you*. Le stade métavers densifie la fusion en absorbant l'altérité dans son blob. Plus personne n'est plus « hors d'elle ». Toute rencontre est déjà coulée dans l'interface, nulle part ailleurs située, et elle exige et génère en continu de l'information « utile » aux multinationales qui architecturent ces cosmos clos : ces *closmos*.

« Toute interaction revient toujours à une interlocution sans fin avec une machine », toujours Baudrillard. « Voyez l'enfant et son computer à l'école : vous croyez qu'on l'a rendu interactif, qu'on l'a ouvert sur le monde ? On a tout juste réussi à créer un circuit intégré enfant-machine. » Boucles d'apprentissage > fusion froide > mains repérées par le casque > points de visée indexés sur l'œil > gestes captés > feedback haptique > looping.

The Tech embodies the internet.

À moins que ce ne soit le corps qui incube le web. Ou que le web encule (excusez-moi).

*/

Je suis parti pour San Francisco le 6 avril. Ma femme et mes deux filles m'ont rejoint le 12 avril. Simple déplacement d'un continent à l'autre. Beauté et respiration de bouger enfin, de voler après vingt mois de confinement ? De s'arracher à sa culture pour se confronter à celles tellement différentes de la Californie urbaine et des ruraux de l'Utah ? Nous sommes en 2022, pas en 1977 quand j'étais venu ici avec mes parents. Vous allez comprendre pourquoi je fais ce détour, cet aparté.

(Pour les écrivaines, les choses sont rarement disjointes, elles fasciculent par analogie, chaque signe est un symptôme potentiel, chaque saillance fait scintiller un lacis de liens qui semblent *a priori* bizarres ou peu intuitifs. Il faut se laisser porter.)

Je vais attaquer sans ambages : passer une frontière aujourd'hui, même pour des touristes apparemment « bienvenues », constitue une épreuve.

Je ne veux pas comparer ça avec la situation des migrantes, ce serait obscène, tant la furie des frontières et la férocité « civilisée » des nanties que nous sommes tuent des êtres qui pourtant fuient, de toute évidence, une existence atroce devenue impossible dans leur pays. Parce qu'elles sont traquées, parce que les bombes tombent, parce qu'un pouvoir les a décrétées opposantes politiques ou religieuses, ou qu'elles ont juste eu la malchance tragique de naître en Érythrée ou de vivre en Syrie sous Bachar el-Assad, ou plus récemment dans une Ukraine envahie par la Poutinie délirante, elles n'ont aucun autre choix que migrer.

Ne rien comparer non plus à Gaza, où l'on touche au stade terminal : celle de la migration forcée sans échappatoire possible, la « déportation intérieure » au cœur d'une prison à ciel fermé où, assoiffées et écrasées par Tsahal, les Palestiniennes fuient d'un coin à l'autre d'un camp urbain bombardé en continu, en espérant juste survivre.

Pas de comparaison, aucune, mais une raison *immunitaire et sécuritaire* commune cependant, pour qui sait décrypter. Ce que font les États-Unis à la frontière mexicaine, ce que fait Israël en Cisjordanie, ce que fait Orbán en Hongrie ou Meloni dans les ports italiens, pour ne prendre que quelques exemples, incarne la version accomplie, hystérique et fasciste du contrôle optimal des corps circulants que nous endurons pour notre part dans nos aéroports en mode placebo. « Pour de rire », dirait-on mais avec une même logique maniaque dont on pressent bien qu'à la moindre tension, elle se déploiera dans toute sa cruauté allophobe : tout corps ou culture étrangères au système aura vocation à être purgée. Voilà pourquoi s'attacher à ce qu'ils nous font, en toute « normalité », pour un banal voyage, mérite une attention fine.

*/

Ma compagne est partie à l'aéroport avec un classeur de trente pages : passeports, formulaires Esta, certificats européens de schéma vaccinal complet, tests covid de moins d'un jour dûment codebarrés, formulaires covid américains remplis, livret de famille au cas où elle serait soupçonnée de rapt d'enfants (puisque mes filles portent mon nom et pas celui de ma femme), formulaire de tracking aérien (comme si notre voyage n'était pas déjà intégralement tracé) et l'inévitable et terminal formulaire d'immigration à cocher. Kafka sourit.

Puis ça commence dans l'aéroport, respirez : premier check-in bagages / billet électronique / bornes interactives / tickets codebarrés dont tu enveloppes la poignée de tes valises en te collant les doigts et que tu poses sur une balance qui peut te les refuser\si trop lourdes.

Puis passage à la sécurité/passeport remontré/*boarding pass* croisé/masque sur la bouche, masque enlevé pour vérification faciale/souriez – ou surtout pas! car on ne sourit pas sur la photo d'un passeport: avec toute cette joie, nous n'allons pas vous reconnaître – puis le tapis roulant où un Tati aurait fait des merveilles: la bouteille d'eau gicle, les gens enlèvent leurs chaussures, marchent pieds nus, en chaussettes, retirent leurs ceintures, les pantalons tombent, les vestes dans les caisses en plastique, les clés, le portable, le laptop qui ne doit pas seulement être enlevé de sa housse mais posé côte à côte de la housse dans le bac (why?), les pièces de monnaie qui tintent, l'écran infrarouge ultraperfectionné, la machine à rayons X qui voit tout sous LSD/sauf que ça ne suffit encore pas. Il faut se faire pénétrer par l'humiliation ordinaire des procédures/nous faire éprouver que passer est un exploit/enlever couche après couche/et se faire fouiller/palper encore/au cas où…

Au nom de quoi au juste? D'une sacro-sainte sécurité mondiale qui n'empêchera jamais le moindre attentat puisque ces attentats seront le fruit du salarié de l'aéroport, du bagagiste d'extrême droite, de l'hôtesse de l'air suicidaire qu'on n'anticipait pas? Bref qu'ils échapperont toujours à un contrôle maniaque à trop large spectre dont j'ai le sentiment qu'il n'est là, au final, que pour nous dissuader gentiment de bouger, de changer de pays.

Délire de bourgeoises ? De touristes déjà bienheureuses de pouvoir voyager encore ? Oui, vous avez raison : tout ça aurait quelque chose de dérisoire si ça ne faisait pas miroir, encore une fois, à ce qu'on va retrouver multiplié par dix dans un check-point de Cisjordanie, en termes d'intensité, d'humiliation et d'absurdité. Si l'échelle est incomparable, l'empreinte têtue du pouvoir sur nos chairs n'en reste pas moins le modèle réduit de ce qui pourrait, en situation de conflit, s'imposer à nous grandeur nature. L'anxiété de ma femme / le flip de ma fille de 14 ans / cette sensation extrêmement physique de ne pas mériter de passer / de devoir toutes les dix minutes prouver qu'on est bien ce que dit le passeport qu'on est / ce rythme d'épreuves / de sas à passer / de portiques qui sont comme des haies successives / de mots de passe à taper pour les formulaires / cette déclinaison itérative / proche du harcèlement / du nom-prénom-date de naissance / cette identité constamment à prouver / cette dangerosité supposée qu'on porte / ces contrôles exaspérants par leur maniaquerie et leur absurdité burlesque : tout ça n'a pas d'importance / ne forme qu'une petite gêne ténue pour la plupart d'entre nous / mais cela inscrit en nous un pli insistant / qui est celui / cumulé / des régimes disciplinaires et des techniques de contrôle, qui est aussi/cumulé/le pli de la féodalité très ancienne qui décide qui peut ou non entrer dans tel territoire et qui est encore/cumulé/celui de la traçabilité la plus insidieuse et la plus moderne qui te demande, sur le formulaire Esta, la liste exhaustive de tes noms utilisés sur les réseaux sociaux – que ce soit sur Insta, Twitter, Facebook, LinkedIn, Snapchat and so on… afin que la NSA puisse plus facilement faire le lien entre tous tes avatars et assigner en un seul bouquet la floraison de tes identités variées.

La sécurité passée\viennent les achats aux *duty free shops*/où tu dois montrer ton *boarding pass* pour un Toblerone/puis l'embarquement où tu déclines encore le *boarding pass*/et le passeport/en flux couplé/puis l'entrée dans l'avion où/en France/on vérifie une troisième fois ton identité/comme si tu avais pu soudain te matérialiser *out of the blue* par le couloir hermétique d'accès/en pur *respawn*/ou surgir subitement du tarmac de l'aéroport où tu te terrais dans un mélange de goudron fondu pour t'infiltrer\l'air de rien/en T-shirt dans l'avion que tu vas détourner avec des ciseaux à ongles.

« On ne sait jamais. »

Onze heures après, par l'Airbus dont le nom dit bien qu'il est d'abord un bus, tu arrives au pays de la liberté autoproclamée.

Et là, c'est magnifique : l'empreinte des quatre doigts\pour chaque main / puis le pouce / enfants compris\les dix doigts carrément / tu ne mouftes toujours pas / tu es trop proche de réussir / reste encore la reconnaissance faciale qui te scanne et s'archive dans ton dos / l'entretien avec l'agente d'immigration en mode Matrix / passif-agressif\et le contrôle final des bagages – « si tu n'as pas de chance ».

La baie opaque s'ouvre au bout du couloir >>> tu es à San Francisco.

Il faudrait pouvoir compter : le nombre de contrôles, de sas passés, de mots de passe tapés, de documents montrés, de coups de stress, de giclées de pression, cette litanie des petites angoisses répétitives, qui s'ancrent, ce sentiment d'être suspect, suspect toujours, cette attitude inconsciente que ça suscite, la légère courbure de l'échine, les yeux qu'on baisse, cette obéissance complaisante devant les agents de sécurité, ces chaussures qu'on enlève sans même discuter, comme si c'était légitime, comme si c'était naturel.

Un banal passage de frontière. Entre deux pays amis. En temps de paix.

Peter Maravelis, de la magnifique et si précieuse librairie City Lights à San Francisco, a eu ces mots lors du repas que nous avons partagé ensemble : « Il faudrait supprimer les frontières. » Il l'a lâché comme ça, sans lien avec la conversation. Comme une évidence radicale. Et j'ai été surpris et ravi que persiste encore cette évidence dans un cerveau contemporain.

Aussi marquant soit-il, le cas emblématique et caricatural des frontières entre pays dits civilisés (France et USA ici) a essaimé partout, en réalité.

La frontière est un concept fractal.

On la retrouve désormais partout|à toutes les échelles|démultipliée et miniaturisée.

Dedans et dehors|entre nous|et à travers nous.

On la retrouve de pays à pays|de région en région|à l'entrée du Golden Gate|à l'intérieur des villes où le zonage discriminatoire|est constant|au seuil désormais des magasins et des restaurants| par la grâce prémonitoire du covid|entre tel et tel quartier, comme dans mon roman *Les Furtifs* où les villes rachetées par les multinationales ne permettent plus à une citoyenne payant un forfait Standard d'entrer dans un parc ou une avenue qui relève du forfait Premium ou Privilège. C'est évidemment déjà le cas d'une clocharde de Tenderloin voulant pénétrer dans cette allée Twitter subtilement privatisée, que m'a fait découvrir la sociologue Lisa Ruth. Entre deux buildings de bureaux, sur une micro-place barrée de bancs de marbre, brûle un feu artificiel nourri au gaz qu'un architecte qui s'est cru profond a conçu pour symboliser… quoi ? Les pionniers de la *Digital Frontier*, cette fameuse frontière du numérique que l'avant-garde des start-up tente sans cesse de repousser.

Ces frontières se rapprochent, se subdivisent et se diffractent. Le covid les a mises de fait entre un père contagieux et sa fille saine|entre deux amantes|entre toi et ton voisin|toi et ta collègue| toi|et toi|où tu n'oses plus toucher tes mains de peur de t'autocontaminer.

La frontière est passée partout à l'intérieur| des immeubles|à l'intérieur des|appartements| d'une chambre à|l'autre|d'un bureau à l'open| space contigu|de la rue|au magasin|du siège de train|au siège|d'à côté || Comme des cloisons invisibles et vitrées.

Si vous visitez la Silicon Valley, n'espérez pas entrer chez Apple ou Facebook, ni même dans l'enceinte de leur site, sans badge ou accréditation.

« *Be open* », clame pourtant Facebook sur les murs créatifs de son siège social, oubliant que cette ouverture n'est qu'à sens unique, comme le pointe Fred Turner. C'est un panoptique de Bentham où tu peux voir sans être vue, où l'ouverture est asymétrique : toi, modeste internaute, tu dois laisser libre accès à la totalité du moindre de tes actes sur les réseaux mais eux ont le droit suprême de t'interdire la plus minuscule transparence sur leur monde qui exige cependant la tienne, absolue et constante.

Be open – for us! We'll stay closed|for you.

Face à ce réel haché, aux circulations contraintes, monte, irrépressible en toi, l'envie d'aller sur les réseaux, en compensation de cette lourdeur : tu les espères aussi vifs qu'une étoile filante, tu pressens cette euphorie de t'y balader de site en site, de fil en fil, à survoler les posts des potes et les sms polissons tout en vagabondant à travers tes playlists et tes sons comme un poisson dans l'onde.

Sauf que le web n'est plus depuis longtemps un espace de circulation libre. L'antique expression « surfer sur internet » a vécu. Le web est devenu un univers morcelé / divisé, découpé en zones / en mondes, en espaces ouverts / fermés.

Tu n'y accèdes|pas plus que dans l'univers réel|à l'endroit que tu voudrais. Il te faut être inscrite et reconnue – mieux : fidélisée. Il te faut un « compte ». Il te faut surtout un « identifiant » et l'inexorable « mot de passe » qui certifie cette identité numérique locale. Il te faut en réalité une trentaine de passeports et de *boarding pass* par jour pour paramétrer le moindre smartphone, arpenter la plus triviale plateforme, booker le moindre site de réservation, aller lire la moindre information de qualité sur un média en ligne que tu respectes.

Je me souviens de cette conférence mythique de Deleuze à la Fémis où il analysait l'information et la communication comme un ensemble de *mots d'ordre*. Le philosophe suggérait que l'information était ce que chacun était censé croire, « ou même pas (…) de faire comme si l'on croyait, on ne nous demande pas de croire, on nous demande de nous comporter comme si nous le croyions ». Et il ajoutait : heureusement, « il y a des mots de passe sous les mots d'ordre », intuition sublime que je liais, pour ma part, à une sorte de vitalité clandestine possible, d'émancipation par l'échange fugitif de visions, de pratiques, par une myriade d'œuvres et d'actes contagieux à se passer sous le manteau pour s'ouvrir des mondes. C'était au début des années 1990.

Aujourd'hui, les mots de passe sont devenus le mot d'ordre.

La formule sans magie du pouvoir de discriminer, de séparer et d'interdire.

Nous en sortirons un jour, oui, par le bas. Par un outil de contrôle universel unique. Sans doute un bijou connecté, une montre, un bracelet ou une bague comme dans *Les Furtifs*. Un seul anneau pour nous gouverner toutes. Ou « grâce » à un objet nomade totalitaire tel que le smartphone, modernisé en brightphone, un objet à certification biométrique inviolable. Et on sera heureuses de s'y soumettre. Ils ont bien préparé le terrain en saturant notre charge mentale : nous sommes mûres pour la limpidité.

Nous souffrons tellement d'être devenues les secrétaires perpétuelles de notre identité qu'on dira oui à n'importe quelle façon d'en finir avec ça.

Le technocapitalisme nous avait promis la liquidation de la bureaucratie. C'est exactement l'inverse qui s'est produit. Il a externalisé vers la cliente, c'est-à-dire nous, l'ensemble des tâches bureaucratiques et administratives qu'il assurait encore lui-même à l'ère industrielle, en employant des millions de salariées pour nous soulager de ces contraintes, de sorte qu'accessoirement, ça créait des emplois.

Cette mission s'appelait d'un nom qui sonne étrange aujourd'hui : ça s'appelait *la qualité de service*.

Nous réservons désormais nous-mêmes nos propres billets de train et d'avion, nos chambres d'hôtel et nos voitures, nos spectacles et nos taxis, nous gérons nous-mêmes nos retraites, nos relevés d'électricité, nos comptes bancaires et nos mutuelles, nous assurons nous-mêmes le contrôle-qualité des restaurants par la notation qu'on nous suggère gratuitement d'opérer, nous alimentons nous-mêmes les bases de données qui vont nous tracer, nous remplissons des centaines de fois par an nos coordonnées, nom, adresse, courriel et tél, avec pour corrélat des millions d'heures perdues par les citoyennes consentantes en tâches débiles, et pour des milliards de bénéfices engrangés en face, puisqu'ils sont parvenus à nous faire faire le boulot… à leur place.

Nous sommes devenues les bureaucrates de nos quotidiens sans qu'aucune des promesses de productivité ou d'automatisation accrues n'ait produit autre chose qu'encore davantage de bureaucratie et un nombre incalculable de mots de passe à générer, retenir et utiliser pour juste regarder si l'on a encore un peu d'argent sur son compte. C'est l'ère du client-valet.

Où est la liberté qui nous avait été promise ? Je ne vois personnellement que des sas dressés, des grilles digitales et des frontières. Frontières partout | liberté nulle part !

*/

Alors insidieusement, puisque bouger est devenu si difficile, exige tant de papiers et d'efforts consternants, tant de seuils, de portes et de portiques symboliques ou réels à passer, tant de badges ou de cartes à avoir, tant d'espaces fermés ou filtrés à savoir pénétrer, nous en venons à ne plus vraiment *désirer* bouger.

La maison devient notre empire. Le commerce vient à nous. Le cinéma, les concerts, les livres, les services et les rencontres aussi. *Homeless* signifie à présent la pire des situations ontologiques possibles : sans-maison. Condamné au réel de la rue.

Les prix de l'immobilier flambent partout depuis le choc du covid. Comme si d'instinct, les citoyennes comprenaient que dorénavant, tout ce qui est important se déroulera dans son petit chez-soi, et que ce *chez-soi* a intérêt à s'avérer agréable. On travaille déjà largement à la maison, nous y socialiserons désormais par métavers interposé. À distance *réseaunable*.

Les lieux publics sont déjà moribonds à Frisco, il s'en dégage une atmosphère de collapse, bien loin de la ville européenne qu'on m'avait vantée. Le café bondé où tu bois ta binouse à touche-touche au comptoir, où est-il ? Hum… La place du village (qui est inconnue ici) ? Ah… Les bowlings chaleureux ? Ben… Aller au stade et chanter ensemble ? Nostalgies.

Le technococon est le territoire-horizon de ce monde rêvé du technocapitalisme. Sa perspective à peine cachée et son point d'aboutissement. Bouger doit générer de la trace, pas de la liberté. Communiquer doit nourrir les datas. Il faut extraire de la plus-value sur l'échange, l'amitié, le lien social, le besoin de sexe, le voyage. On n'en extrait pas dans un café ni sur une place, on te vendra une bière certes mais quelle marge tu fais avec une bière, mon garçon ?

Seul ce qui se passe dans un espace *informatisé* produit de l'information de façon sûre.

Les réseaux seuls ont le monopole de la trace assurée. Donc tu dois circuler en eux.

Tous les déplacements, parfois sublimes, que vous ferez dans le métavers tiendront dans un carré de deux mètres par deux. Il suffira d'enfiler le casque et de se laisser aller. Prévoyez une pièce consacrée pour ça, ce sera votre porte d'accès à l'infini – si l'infini pour vous se satisfait de n'avoir ni parfum ni saveur, ni corps tremblant ni caresses mais toutes les possibilités de la simulation du réel. Des milliards de dollars pour seulement sentir la brise dans une pièce fermée.

Vous ne vous frustrerez plus de ce monde réel, sur-découpé en zones et boîtes, dans lequel chaque parcours exige une barrière à franchir. Ils vous vendront le métavers comme la fluidité *safe and secure* de tout mouvement futur, une manière de freeway existentielle, foutrement attirante, où votre avatar sera une moto-lumière.

Et puis, tranquillement, ils le re/strieront, cet espace, le re/quadrilleront de zones différenciées\comme le reste/comme nos villes/nos nations/comme le web/parce que strier permet notamment de faire payer un accès. Et vous aurez alors la double clôture|celle de votre casque et de votre solitude concrète chez vous|et celle du métavers (par cosmos recourbés) (par monades disjointes).

Dans « Micro-politique et segmentarité », un chapitre de *Mille Plateaux*, Deleuze et Guattari déplient avec puissance cette anthropologie de la coupure : « On est segmentarisé de partout et dans toutes les directions. L'homme est un animal segmentaire.

La segmentarité appartient à toutes les strates qui nous composent. Habiter, circuler, travailler, jouer : le vécu est segmentarisé spatialement et socialement. La maison est segmentarisée suivant la destination de ses pièces ; les rues, suivant l'ordre de la ville ; l'usine, suivant la nature des travaux et des opérations. Nous sommes segmentarisés binairement, d'après de grandes oppositions duelles : les classes sociales, mais aussi les hommes et les femmes, les adultes et les enfants, etc. Nous sommes segmentarisés circulairement, dans des cercles de plus en plus vastes, des disques ou des couronnes de plus en plus larges (…) : mes affaires, celles de mon quartier, de ma ville, de mon pays, du monde… Nous sommes segmentarisés linéairement, sur une ligne droite, des lignes droites, où chaque segment représente un épisode ou un "procès": nous avons juste fini un procès que nous en commençons un autre, procéduriers ou procédurés pour toujours, famille, école, armée, métier (…). »

Cette segmentation, le réseau a d'abord fait mine de la dissoudre. Ça a été l'illusion propre à l'internet des débuts. Puis le web a rapatrié le strié dans l'espace lisse en autant de coups de lame sur une pâte à tarte. Binaire, la segmentation opère entre les visiteuses et les inscrites, le payant et le gratuit, les novices et les experts d'un jeu… Circulaire, elle déploie ses cercles croissants à partir de notre numéro de téléphone et de notre courriel, catégorise nos contacts, hiérarchise nos murs ou notre Insta, dilate notre WhatsApp, s'élargit vers nos publications reprises et circulantes et l'extension progressive de notre « audience ». Linéaire, elle échelonne nos courbes d'apprentissage, fragmente les moocs qu'on suit et les séries qu'on enchaîne, morcelle nos parcours de formation et la chronologie archivée de nos existences. Segments numériques partout \ tranchés au couteau du code.

Pour qui fantasme d'y échapper, l'espace ouvert manque. Tout a une adresse, une IP. Tout est criblé de traqueurs et de sniffeurs. Tout pullule de cookies. Le dehors du Net ne signifie plus rien. Le darknet n'est qu'une zone comme une autre.

Fuir, là-bas, fuir? Oui, pour une poète qui serait capable, en funambule, de courir le long de la ligne de coupe sur les bords tessonnés d'un mur – sans se tronçonner les pieds et en narguant la chute. Oui pour les hackers de haut niveau chez qui l'anonymat reste la marque du swag.

La frontière, nous l'affrontons partout, mais nous la créons d'abord dans nos têtes. C'est nous qui la fabriquons chaque jour quand nous refusons l'autre et l'altérité, le voisin, le bizarre, le *queer*, le pas-comme-nous. Quand nous rejetons sans le reconnaître le caractère absolument singulier de l'autre, avec sa culture musicale, sa cuisine au curry, sa façon de dire bonjour, de remercier à deux mains, de manifester son désaccord ou de se taire pour l'exprimer.

La frontière est l'autre nom de la peur. Sa matérialisation physique. Une frontière est faite de grillages barbelés à l'espoir d'une sécurité impossible. Un jour, on comprendra peut-être qu'il n'existe pas de formule sociopolitique pour être tranquille d'avance. Une société qui espère cette sérénité se suicide comme société libre.

Moi j'aime celles qui fabriquent des ponts – pas des murs. La formule est facile? Elle pose bien la difficulté pourtant: faire un pont exige de l'art, une mise à niveau des berges, l'enjambement d'un fleuve, des piliers qu'on construit, des culées, des arcs et des câbles intelligemment tendus. Faire un mur demande juste|des briques.

À San Francisco, les lanceuses de pont que j'ai rencontrées s'appellent Peter Maravelis, Lisa Ruth, Fred Turner, Nick Pinkston, Alexander Djirassi, Jaron Lanier ou Jan A. English-Lueck, et tant d'autres que la Villa Albertine m'a permis de découvrir. J'ai eu quelques heures partagées en tête à tête avec elles, qui valent des jours ou des semaines en densité. Je les ai beaucoup écoutées. C'est un privilège magnifique de pouvoir se taire et d'écouter des corps présents, intelligents et généreux. Rien ne nourrit plus une pensée et un imaginaire.

Elles me font bouger et plus encore, elles font bouger les cloisons qui me découpent, la façon dont je croyais séparer telle|idée de telle|autre, telle pratique de tel champ de savoir, telle attitude. À l'intérieur de moi, les frontières || coulissent || comme des baies vitrées. Certaines vitres cassent joliment. Les herses qui me coupaient d'un monde s'enfoncent dans le sol et disparaissent.

Il y a des gens capables de dissoudre tes cloisons et d'effacer les frontières entre toi et toi davantage encore qu'entre toi et les autres.

Et quand tombent tes murs intérieurs et tes faux plafonds, tu mesures que tu es plus vaste que tu ne le croyais. Enfin disponible au frisson qui va te trembler. Ton volume vital se met à respirer et à vibrer comme le booster d'une enceinte. De toi sort doucement une nouvelle musique, qui peut s'écouter, se chanter ou se danser.

Alors quelque chose, avec les autres, peut *se passer*. Générosité, chaleur complice, excitation, amitié d'un jour, idées déroutantes, émotions, événements ?

Se passer, oui, des unes aux autres, dans tous les sens du terme.

Il y a encore des mots de passe sous les mots d'ordre.

Love me Tenderloin

Sur le quartier de Tenderloin, les homeless, notre conjuration du lien et l'utopie qui couve

C'est un asile sans murs, à ciel ouvert, qui a la dimension d'un quartier. Sans murs parce que ceux qui errent là les portent déjà en eux, sur eux. À moins que ce ne soit nous qui les mettions, qui les montions, entre eux et nous, avec pour moellons nos peurs.

À Tenderloin, quartier le plus pauvre de San Francisco, à deux blocs du siège de Twitter, à touche-touche de la richesse la plus brutale, la folie est partout – liquide, tranquille, visqueuse – elle coule à travers les rues et arpente la place des Nations-Unies. Elle coagule plus loin au bord des trottoirs, contre une poubelle ou sur un banc, se lève et repart. Elle est fascinante, la folie, quand elle est « libre », comme ici : elle prend toutes les formes, tous les corps, elle les habite et elle les casse, elle les sonne comme un gong frappé qui les laisse debout, à tituber, pour finalement les coucher dans l'asphalte comme dans un lit.

Plus de filtre, de documentaire choc, d'interface ou d'écran derrière lesquels t'abriter, tu es passé à travers la vitre en sortant de la station Civic Center et te voilà dans le réel, avec Lisa Ruth, ta guide acérée.

Tu marches à deux mètres d'un handicapé qui pioche avec son pied bot pour faire avancer sa chaise roulante, écrasée sous trois sacs à dos. Une vieille à la trogne ridée comme une pomme prend un coup de poing que son visage avale, sauf qu'il n'y a pas de coup de poing, et plus de visage, seulement cette peur qui écarquille ses yeux. On a l'impression qu'il faudrait glisser la main à l'intérieur de sa tête pour reformer le volume qui se creuse.

Il pourrait tout se passer et il ne se passe rien. *Not today*. Ou plutôt tant de choses, tellement d'événements banalement atroces que ça finit par ne plus compter.

Tourne autour d'une poubelle un Apache torse nu, muscles arqués, qui pare une agression éternelle. Deux types font chauffer du crack dans le creux d'une feuille d'aluminium, avec un petit réchaud de campeur. Un ado blanc comme un Irlandais, jeté au sol sous un angle bizarre, rougit au soleil, à trois mètres d'un couple à moitié vêtu, contrecollé dans une tente une place à même le bitume.

« Le nombre de gens ici qui pensent seuls, qui chantent seuls, qui mangent et parlent seuls dans les rues est effarant. Pourtant ils ne s'additionnent pas. Au contraire, ils se soustraient les uns les autres, et leur ressemblance est incertaine », disait déjà Baudrillard en 1986. C'est terriblement ça : tous vissés à la même détresse mais d'une façon si férocement solitaire et incompatible que ça ne forme aucun groupe, n'offre aucune situation de partage. Chacun affronte la totalité de la misère à lui tout seul. Certains parlent, certains crient, sauf qu'il y a autour d'eux une telle épaisseur de vide que la ville entière s'y dissout.

Au mitan des années quatre-vingt, Ronald Reagan a trouvé « *awful* » (horribles) les hôpitaux psychiatriques si bien qu'il les a fermés. Tout simplement. Pourquoi s'emmerder ? Dehors les barjots ! Depuis, des quartiers comme Tenderloin font office de psychoparc libertarien que personne n'est plus apte à gérer ni à soigner. Quand j'en ai parlé aux cadres français de la vallée du silicium, ils m'ont répondu que la municipalité de San Francisco dépense pourtant 80 000 dollars par *homeless* et par an, sans résorber le flux d'addiction et de folie, juste pour éviter que ça n'explose. La réputation libérale de la ville (de gauche, donc, dans la classification américaine) en a fait un aimant à SDF, que les deux années de covid ont encore renforcé.

En France, nous avons évidemment des sans-abri, mais nous sommes ici au stade supérieur, non seulement parce qu'ils sont beaucoup plus nombreux à hanter le centre-ville, mais surtout parce qu'ils sont beaucoup plus atteints et détruits. En les regardant surgit l'intuition : c'est de là qu'est née la prégnance des zombies dans l'imaginaire américain – leur regard de vitre, leur démarche à disloque, leurs plaies, leurs bras mutilés – qui ont inspiré la meute antagoniste la plus dérangeante des fictions de genre, une sorte d'envers absolu de la *middle class* blanche de corps et d'âme, d'autant plus terrifiante qu'elle est proche de nous, dans l'espace et par l'espèce. Parenté alien. Une menace sourde et surgissante, imprévisible et inassimilable, posée dans le récit américain comme un état de nature et de fait, une force de déchéance enkystée dans la *success story* dominante, qui en travaille les fondements douteux et peut nous contaminer tous, très vite.

Plutôt que de s'appuyer sur ses services sociaux, la métropole de San Francisco finance des « organisations non lucratives » pour gérer la misère de Tenderloin, en leur allouant des budgets colossaux. Risque évident : la corruption n'est jamais loin.

Lors de ma traversée du quartier, une bande de gilets noirs à bandes jaunes opère sous mes yeux, le dos siglé *Urban Alchemy*, dans un logo qui fond dans le même étrange graphisme les illuminatis, la franc-maçonnerie et le new age. Ils sont largement déployés dans les rues que nous arpentons et ramènent à leur façon le calme en lieu et place de la police. Beaucoup sont d'anciens repris de justice et leur slogan officieux clame « *no fuckery* » (pas de conneries). En creusant un peu, on se rend compte que des conneries, ils en font, plutôt beaucoup, qui vont du harcèlement sexuel et physique à la maltraitance des sans-abri. Depuis quelques années, l'alchimie urbaine étend pourtant son empire dans les rues de Los Angeles, Portland ou Austin en transformant le plomb de la misère en or. Les gouvernances démocrates les utilisent comme un facteur de désescalade et une alternative à la police. Il semble qu'ils sont vite devenus une police alternative…

En France, on appellerait ça une ONG. Ici on dit *Non-Profit Organization*. Définir une association sociale, culturelle ou humanitaire par l'antithèse du profit, hum… Qu'est-ce que ça veut dire ? Sinon qu'aux États-Unis, le fondement même de toute organisation qui se respecte est naturellement le profit. Tout le reste se définit en creux. Exactement comme l'essai ou la pensée sont de la *non-fiction*. La philosophie, la sociologie, les sciences dures, l'anthropologie ? *Non-fiction !* Comme si la fiction était la plaque de cuivre, la matrice gravée qui, encrée, va produire la réalité en série numérotée, plutôt que l'inverse. En Amérique, l'original est la fiction. Le réel ? Une copie.

Dans la rue, le diable est dans les seringues et la poudre : le fameux fentanyl, inconnu en France, cinquante fois plus puissant que l'héroïne et infiniment moins cher. Deux milligrammes suffisent à déclencher l'overdose, on peut le couper avec ce qu'on veut, le mettre dans des cachets d'aspirine, l'ajouter à de la coke, à de l'héro.

À San Francisco, les overdoses ont tué plus de gens que le covid en 2020 : 700 morts, comme le rappelle frontalement une affiche du métro.

Et c'est plutôt OK comme ça, n'est-ce pas ? La pauvreté s'autorégule, s'auto-annule. Le fentanyl fait le taf des services sociaux, des alchimistes urbains, du gouvernement et du prétendu ruissellement du capitalisme dont ces clochards n'ont jamais vu une goutte.

Au dernier décompte des ultrariches, la Silicon Valley toute proche abrite pourtant 78 milliardaires. Et alors ? Alors 1 % de la richesse d'un seul de ces milliardaires suffirait sans doute à soigner ces sans-abri, ces psychotiques laissés à eux-mêmes et ces drogués que les dealers fabriquent, au moins à les protéger des autres et d'eux-mêmes. Une infime miette de cette fortune incompréhensible suffirait à rémunérer une action sociale de long terme digne de ce nom, qui ne soit plus sous-traitée par la municipalité à des associations qui s'enrichissent. Une imposition décente des profits des transnationales permettrait de construire des foyers pour ces sans-abri et de salarier des psychiatres et des soignants pour s'en occuper.

Ça n'arrivera pas.

Tenderloin végète dans sa merde, dans sa mort. Tu marches sur des étrons qui ne sont pas ceux des chiens.

Je pourrais conclure cette contre-chronique là. Fataliste et clinique.

Mais je ne peux pas m'empêcher de me poser cette question qui me raye : comment ? Comment peut-on adosser, accoler presque, la richesse la plus obscène à la pauvreté la plus féroce ? Comment l'immeuble de Twitter peut-il rester debout à deux cents mètres de là et ne pas être pillé sous l'insurrection de militants ou s'écrouler sous une attaque de drogués zombies, à la *World War Z*, enfin réunis dans la conscience commune de leur état ?

Comment pouvons-nous accepter cette juxtaposition, moi le premier, en toute conscience ? Prendre le choc et passer son chemin ? Savoir et s'en foutre ? Non, même pas : ne pas s'en foutre mais n'agir en rien. Et pour les Élus en charge de la ville : comment prétendre gouverner une métropole et… sous-traiter à des relais corrompus ces enjeux ?

La réponse, il me semble, n'est pas complexe. Elle n'est pas simple non plus : elle est profonde.

*

Je vais essayer d'avancer une hypothèse. Une hypothèse partielle autant que partiale. Elle vaut pour son pouvoir de contrepoint, et peut-être d'éclairage.

Je mets ici de côté, bien qu'elle soit pertinente, l'explication classique d'une indifférence qui découlerait de l'éthique puritaine des wasps, laquelle considère le succès et la richesse comme une preuve d'élection de Dieu, tandis que la pauvreté, implicitement, serait « méritée » par ceux qui la subissent, au moins perçue comme un mauvais signe.

Je ne m'attarde pas non plus sur ce que la contreculture californienne a repoussé des valeurs de la gauche européenne, à savoir l'horizon, princeps pour nous, d'égalité, au profit d'une libération individuelle qui la supplante et la nie au besoin, libération autocentrée qui explique pour partie que des inégalités aussi hallucinantes puissent être mieux tolérées aux États-Unis qu'en Europe.

Sur le nouveau continent, tout le monde se veut égal, certes, comme dans *La Ferme des animaux* d'Orwell, hormis que certains sont, décidément, « plus égaux que d'autres ».

Je n'ai aucune solution ni puissance visionnaire. Je ne veux simplement pas me dire que c'est *normal* – et passer à autre chose. On voit des millions de gens s'attendrir sur leur animal domestique et y circonscrire leur empathie, phénomène particulièrement frappant dans les parcs de San Francisco. Pourquoi ces animaux-là que sont *aussi* les humains des rues ne mériteraient-ils pas une attention aussi accomplie ? Qu'est-ce qui cloche ?

Mon hypothèse est la suivante. Ce qui manque, selon moi, aux deux bouts du spectre, de la psychotique en chaise roulante jusqu'à Elon Musk, sociopathe d'extraction supérieure, en passant par les salariés d'une vingtaine d'années à 15 000 dollars par mois, en passant par vous et moi, qui n'en faisons pas plus lourd, au mieux, que nous indigner en caressant distraitement la vitre de notre smartphone, ce qui manque, c'est le lien. La capacité à lier. L'empathie et la sympathie minimales. La faculté hautement humaine, mais aussi pleinement mammifère, à pouvoir souffrir et sentir *avec*. La faculté à pouvoir être traversé par cette détresse, à la recevoir plein corps, au point de ne plus pouvoir la tolérer sans agir.

Ce qui manque, c'est une aptitude, désormais largement perdue, laissée en jachère ou en friche par nos modes de vie numériques, *à pouvoir nous confronter à l'altérité*. À ce qui n'est pas nous, à ce que nous ne vivons pas, ne partageons pas directement.

Cette faculté de projection et d'identification, cette capacité d'écoute existentielle, d'accueil de ce qui souffre hors de nos bulles, cette faculté à sortir de soi, ou sans même sortir, à entrouvrir cette porte entre nos deux épaules pour laisser l'étranger ou la clocharde en franchir le seuil et entrer en nous, qu'ils viennent nous affecter, nous bouleverser et nous nourrir aussi, cette faculté est la première chose que le monde numérique a dégradée en étendant son empire et ses pratiques sur nos existences.

Sans doute touche-t-on là au cœur de ma technocritique : la Tech, ontologiquement, conjure l'altérité. Elle la repousse, la neutralise et la contrôle. Elle la métabolise pour en faire du même, elle réplique d'abord l'identique. Et quand l'altérité insiste, elle la fictionne.

Telle qu'elle a été développée, la tech grand public, celle du smartphone et des réseaux, est d'abord une machine sociale à dilater mes egocentres et à me permettre de terraformer numériquement un chez-moi. Ces chez-moi ont la forme d'une bulle, d'une bille, d'une île de taille variable, à la membrane épaisse et translucide, à travers laquelle les pas-comme-moi s'agitent dans une brume volumétrique. J'appelle ça un technococon. Il est tressé à la fibre optique, entrelacé d'interfaces, lové dans un nid d'ondes et tissé en fil de soi(e). Une fois ces cocons savamment isolés, ne reste plus qu'à refabriquer du lien par réseaux interposés (connexion) en coupant les corps de tout partage. Puisque ces connexions digitales produisent sans cesse de l'information, donc de la trace exploitable, donc du profit, ce que ne permettent pas les relations IRL non médiées (immédiates), il s'agit de les favoriser systématiquement au détriment de la proximité physique. À l'ici et maintenant (here & now), on préfère le partout-le-temps (now here & nowhere) qui est aussi un n'importe où, avec cette ironie que l'anglais utilise les mêmes lettres pour dire tout à fait autre chose.

Hardware ou software? Quelle importance? Seule compte l'Everyware. Le technococon se doit d'être portatif. Où que bougent nos corps, nous devons rester au même endroit en Digitalie: mêmes sites, mêmes apps, mêmes plateformes.

x

On ne le pointera jamais assez: les réseaux sociaux nous connectent, mais ils ne nous lient pas. Ils nous assemblent, certes, sans jamais obtenir de nous que nous soyons *ensemble*. Autour d'une rafle élégante, ils articulent les grains de raisin éparpillés que nous sommes devenus pour en faire des grappes suspendues, des communautés en ligne, des réseaux complices ou affins, oui. Mais ils nous unissent toujours *en-tant-que-séparés*. Ils nous unissent dans la distance physique. Ils nous espacent en nous mettant en contact. Ils objectent toute dimension charnelle ou corporelle, toute présence incarnée au profit des visios, des photos et des messages, bref d'un flux de datas qui contrefait le mouvement de l'échange.

Où se loge le toucher dans un gant à retour de force ? Par où s'infuse l'odeur d'une peau ? Où est la sensation d'une hanche, la chaleur d'une main qui prend la mienne ou qui se pose sur ma nuque ? Où sont les baisers, le goût d'un fruit qui fond sous la langue, le rêche d'un fromage sec, la gouleyance d'un vin ? *Abracadata !* répondent les magiciens de l'appli. *Abracadata !* On va vous redonner tout ça après vous l'avoir pris ! *Hold on !*

La Tech associe la modernité la plus hype avec la qualité du simulé. Sans voir que cette fascination envers la simulation, qui vise un hyperréalisme conquis au pixel près, qui va s'appuyer sur une gestion sophistiquée de la lumière, des reflets et des ombres, qui va raffiner un son binaural processé en temps réel, a quelque chose d'infiniment naïf et de forain. Un pur rêve de nerd ou de geek, pour qui le réel s'apprivoise mieux s'il est reconstitué.

Mais le geek n'est plus à mon sens l'avenir de *Sapiens*. Il l'a été pendant disons cinquante ans, entre 1970 et 2020. Il portait en lui la promesse propre au cyberpunk, celle d'une émancipation de nos corps et de nos esprits par la technologie. Nous nous sommes laissé *cybercer* dans la douceur de cette illusion, sinon *cyberner*. La technogreffe fantasmée est bien advenue, elle tient dans nos paumes ou nos poches sous la forme d'un téléphone intelligent. À cette nuance près qu'au lieu de nous libérer, cette « augmentation » de l'humain s'est construite sur une intensification sans précédent des mécanismes de dépendance et d'auto-aliénation à l'outil, seule voie efficace pour maximiser le profit des fabricants et des plateformes. Le cyberpunk avait certes deviné que les corporations retourneraient la tech contre nous, il n'avait pas vraiment imaginé que ça passerait par des failles cognitives aussi frêles et aussi dérisoires qui font de nos cerveaux mous des poupées de chiffon qu'une psychologie comportementale de supermarché suffit à manipuler.

La Silicon Valley s'est toujours targuée d'être visionnaire. Aucune culture, confirme l'anthropologue English-Lueck que j'ai eu la chance de rencontrer, ne s'est davantage préoccupée d'imaginer son propre futur et de le faire advenir, par anticipation. *What's next?* En réalité, les leaders siliconés vendent un unique produit : leur futur. Et il nous le markète à l'échelle mondiale. C'est leur propre économie de désirs qu'ils nous font investir. Ils façonnent un monde à leur image, obnubilé par la performance, qui privilégiera toujours l'interface au face-à-face. Un monde où nos cortex computent vite, se figurent être des réseaux de neurones multicouches, une pure nappe électro-chimique, tant et si bien que l'IA finit par leur sembler de même nature que nos cerveaux organiques.

Socialement, c'est un monde d'adulescents timides, comme l'était Zuckerberg au moment d'inventer le Trombinoscope sur écran (Facebook), plus à l'aise pour manier une appli que pour séduire une fille, incapables d'entrer en relation directement et pleinement avec l'autre et qui compensent ce handicap social par les réseaux numériques.

J'ai retenu ces mots de Nick Pinkston, brillantissime libertarien, rencontré à *The Long Now Foundation*, qui côtoie régulièrement les fondateurs de Facebook et qui m'a lâché, en gros: «Ce sont essentiellement des autistes, des gens pour qui avoir des rapports sociaux normaux est juste… difficile. Les *social networks* sont nés de leur quête d'une technologie qui puisse résoudre ça à leur façon. En phase avec leur peur de l'autre et leur désir d'échanges, malgré tout. *And they fix it.*»

La Silicon Valley nous offre un monde *américain*, quoi qu'on en pense. Rien d'universel en vérité. Elle répand une culture relationnelle qui ne part jamais du collectif, comme en Asie ou en Afrique, pour prendre des exemples sommaires, seulement de l'individu en tant qu'atome et centre de son monde, dont il va bien falloir, ensuite, penser les relations possibles avec les autres (le câblage).

C'est évidemment un brin plus compliqué. Si l'on revient à l'histoire américaine, qui est largement migratoire (particulièrement à San Francisco, suite à la Ruée vers l'or, et dont le *brain drain* actuel de la Silicon Valley forme une sorte de réplique sismique à deux siècles d'intervalle : deux tiers des salariés viennent de l'étranger), cette histoire s'est construite sur la juxtaposition de transfuges venus du monde entier dans l'espace rassembleur de la Nation. Mais la Nation n'est qu'un fantasme, un drapeau avec 50 étoiles. En réalité, la seule unité collective (hors famille) qui a permis à ces individus de ne pas finir atomisés a été et reste la communauté. Communautés de voisinage, de quartier, parfois réunies autour d'une église ou d'une école, communautés agrégées par ethnie, par langue, par culture, par préférence genrée, par statut… Communautés que les réseaux sociaux, ironiquement, ont finalement copiées et reproduites parce qu'elles étaient le seul modèle de lien acculturé aux États-Unis.

En dématérialisant la sociabilité physique de voisinage où l'on boit, bricole, joue, danse ou cuisine ensemble, les réseaux sociaux ont maillé de nouveaux groupes affinitaires sans territoire autre que la plateforme mais projetant pourtant ses fils à travers le monde entier. La solution numérique au maintien des liens interhumains s'inspire donc bien d'un modèle collectif : la communauté. La dématérialisation constitutive des réseaux sociaux fait néanmoins office de solvant sur les solidarités de voisinage en diluant toute présence et tout vécu local commun au profit terminal d'une existence liquide qui va demeurer « remote » – terme puissant en anglais pour dire *isolé, éloigné, reculé, à distance* tout en conservant une connotation de… télécommande.

x

Tenderloin jouxte le Financial District. Aucune barrière mur ou coupure ne les sépare. Pas la peine. La ville elle-même est un fantôme de présence, on la lit et la parcourt par carte et apps dans un taxi vitré. On n'y *est* pas.

Les GAFAM n'ont pas tué les liens, ne les ont pas tranchés au couteau ou à la hache. C'est bien pire, plus efficace et plus subtil que ça, et surtout, ça n'a pas été explicitement conçu ni voulu comme ça. Ça sonne plutôt comme le dégât collatéral d'une guerre qui n'a même pas eu lieu. Ils ont dévitalisé ces liens. Ils les ont édulcorés et neutralisés. Ils nous ont donné le moyen quotidien, par leurs applications, de devenir de parfaits in/dividus autosatisfaits, ou crus tels, se voulant tels – c'est-à-dire des êtres humains qui ne se divisent plus. Qui ne se partagent pas avec d'autres, n'offrent pas un seul morceau de ce qu'ils sont à des pairs qui en auraient besoin.

Ou, quand ils le font, ils le font à distance respectable, à distanciation sociale tolérée, sans s'engager, sans se mettre, d'aucune manière, en danger. Sans donner prise. Cette sécurité mentale et physique, elle était en latence, sans doute, dans les pulsions vitales protectrices de l'humain, elle couvait, larvaire, dans l'ombre ou l'envers du désir de rencontre et de confrontation qui nous a aussi construit dans l'évolution, et qu'on activait parce que cette entraide était probablement la meilleure façon de survivre.

Aujourd'hui, passé un certain seuil de sécurisation des égos, cette confrontation n'a plus besoin d'avoir lieu. Le réflexe immunitaire verglace la pente humanitaire. On n'arrive plus à grimper vers l'autre. Plutôt que s'exposer, on se juxtapose, en interposant l'interface entre nous et eux. Les GAFAM n'ont pas tué les liens : ils les ont absentés.

Nous ne vivons plus ici ou ici, nous créchons dans le non-lieu de la communication et des messages, nous flottons dans l'irradiation nébuleuse des plateformes qui plagient le vécu, ou le fanent en le numérisant aussitôt éclos. Instagram est un buvard qui boit l'intensité fuyante de nos moments prétendument riches. Court cette impression que les instants vraiment uniques de nos vies ne valent que pour la vidéo qui nous les fera revivre par après. Les gamers diraient : pour leur *replay value*.

Revenons à Tenderloin. Sans lien, tout devient possible. L'ultrariche peut côtoyer le *homeless* défoncé sans s'émouvoir. Ce n'est même plus une question de morale : c'est une question d'anthropologie de la relation humaine, laquelle a été dématérialisée jusqu'au spectral. Nous voyons très bien la misère, nous la constatons sans déni et cependant nous consentons à Tenderloin. Pour nous comme pour le Terminator, « la douleur n'est qu'une information ». J'entends : *leur* douleur, pour nous, n'est qu'une information. Elle fascicule par nos synapses sans passer par nos tripes. Elle ne nous met pas en jeu. *Homo numericus* a trouvé ses pare-feu.

✗

Ma guide en territoire de détresse, Lisa Ruth, est une historienne de talent. Elle a la beauté têtue de celles qui combattent pour un monde moins dur, cette densité du regard qui strie, où tout accroche. Ça donne à son corps une tension bienveillante et vigile. Elle m'amène devant une fresque magnifique, à l'angle de Jones & Golden Gate Street.

C'est une œuvre de l'artiste Mona Caron, qui est bouleversante par sa beauté simple et par l'implication des habitants dans son élaboration.

L'œuvre est un triptyque dont le premier volet représente le passé du quartier, tel qu'il était au moment où il a été peint : un «*parking lot*». Le second est le quartier vaquant à ses occupations, où chaque personnage qui y figure est une personne réelle que Mona a peinte et intégrée dans sa fresque. Un panneau indique : *One Way*.

Le dernier est le plus beau, teintes fauves et vertes, il est orné du panneau *Another Way* et traduit ce que le quartier pourrait devenir dans le futur si l'on suivait un *autre chemin*, sans décision urbanistique venue d'en haut : uniquement par l'autogestion des habitants et à partir de choses réalisables.

Ce troisième volet, comme l'explique Mona sur son site, est devenu un moyen pour la communauté d'envisager un avenir alternatif, une autre façon pour leur communauté d'exister.

Le tout s'appelle *Windows Into the Tenderloin*.

Mona Caron explique : «La fenêtre montrant "Another Way" est également peuplée de gens du quartier, certains faisant une activité spécifique qu'ils avaient souhaitée, d'autres partageant simplement l'espace de manière conviviale avec des personnes de différentes communautés et identités locales. (...) L'inclusion de la population locale dans le panneau futur-fantastique était particulièrement cruciale pour le concept de cette fresque, car je me suis efforcée d'évoquer la vision d'un environnement plus édifiant, convivial et beau dans ce quartier, et sans changement de population, c'est-à-dire sans gentrification. »

« J'ai essayé de laisser cette peinture utopique "grandir par le bas" – à travers un processus participatif souple et décontracté. (...) À ce moment-là, j'avais découvert les talents, les espoirs et les aspirations de nombreuses personnes, ou appris ce qu'elles faisaient en dehors de leur travail et qui leur donnait plus de sens... »

Mona a aussi demandé aux habitants de lui faire des suggestions : qu'est-ce qu'ils aimeraient voir ici, si cela ne tenait qu'à eux ?

« Lentement, une vision alternative du quartier a émergé. Je me suis appuyée sur ma propre série de visions "utopiques" de San Francisco tout en intégrant les idées issues de ces conversations avec les passants, qui allaient du pragmatique à l'amusant et au stupide... Pour les changements apportés aux bâtiments et aux infrastructures, j'ai essayé de choisir des idées qui pourraient être mises en œuvre et entretenues par les gens eux-mêmes, sans intervention massive des autorités. J'ai également donné la priorité à la réutilisation de choses qui existent déjà. »

Par sa justesse, la fresque impressionne. S'en dégage une générosité profonde, qui tient sans doute à la façon dont elle a été réalisée, tissée à même le quartier et ses habitants. On y voit un petit bassin de pisciculture, des potagers communs, une librairie, des magasins gratuits, une économie du don, un poète qu'on écoute, un fonctionnement communautaire, du *housing affordable to all*, des gens qui dansent sur une terrasse, se regardent et se parlent, mangent ou jouent ensemble, des toits végétalisés.

Tout ça provient du cœur des gens, de leurs rêves. L'art graphique les a seulement mis en espace et en scène pour former l'image très émouvante d'un avenir possible : *another way*.

Quelques tags foireux sont venus salir un peu la fresque, la peinture s'écaille et tombe par endroits, ce qui froisse Lisa, que je sens très attachée à cette œuvre et à ce processus. Mais elle est là, la fresque, et c'est elle qui tient les murs plus que l'inverse.

Love me tender, love me true… chante dans ma tête depuis ce matin. Un ver d'oreille dont la douceur m'aide à encaisser. *Love me tender… loin* s'impose subrepticement à travers.

Au fond, Mona Caron n'a rien fait d'extraordinaire : elle est juste restée là, à peindre lentement, à converser avec les gens qui passent, à les écouter. Elle a *pris le temps*. Et elle a métabolisé non seulement le quartier tel qu'il était et tel qu'il est mais le quartier tel qu'il se rêve et pourrait être, en faisant monter cet imaginaire latent dans ses couleurs et dans son trait.

L'utopie est crédible, intelligente et articulée. Elle n'a pas le caractère improbable qu'ont parfois les fantasmes, au contraire : elle est très exactement la voie alternative que ce monde et ces quartiers pourraient prendre, pour peu qu'on les protège de la brutalité et de la corruption, de la drogue et du deal, et qu'on transfère un infime pourcentage des richesses produites juste à côté dans la Baie pour réaliser ce que les habitants eux-mêmes souhaiteraient construire ou aménager. Il « faudrait simplement » leur laisser la main et leur fournir un peu de moyens. Croire en leur autonomie.

Cent mètres plus loin, à un autre angle de rue, des bacs de maraîchages ont gagné sur des places de parking. C'est peu de chose mais ça fait du bien. *Love me tender, love me sweet.*

x

La nuit est tombée et je suis revenu à la Villa en tramway. J'ai grimpé l'escalier d'une centaine de marches qui mène en haut de la colline de ce quartier riche. Ici les arbres sont en bois et les écureuils ne se droguent pas.

Je mentalise de nouveau la fresque dans ma tête à mesure que j'écris ces derniers mots.

Dans le troisième volet du triptyque, il n'y a pas de SUV énormes, de gratte-ciel prétentieux, de parcs d'attractions ni de voitures volantes. La seule chose qui vole est une montgolfière, et des oiseaux. Comme si la fantasmatique hitech n'inspirait plus ces imaginaires, ou comme si ces quartiers savaient d'instinct que la tech ne leur apportera, à eux, plus grand-chose.

Ce dont ils rêvent est tout simple, et très compliqué à faire advenir ici: ils rêvent d'une vie collective liée. Ils rêvent d'une chose qui s'appelle l'amitié, qui s'appelle l'amour, qui s'appelle l'attachement à l'autre, à un lieu de vie, qui serait tissé dans une étoffe de soie qui tiendrait chaud à tous.

J'aimerais être ce magicien qui ferait sortir les personnages de la fresque pour qu'ils envahissent le quartier. J'aimerais que l'art relève parfois de l'alchimie de la chair et qu'avec seulement quelques traits vifs, quelques mots aussi puissants que des runes, que des glyphes, les Possibles, chimiquement, précipitent. Qu'un parc sorte d'un seul mot de l'asphalte, une forêt jardinée d'un jet d'aquarelle, avec sa fontaine qui coule et ses mirabelles, que la terrasse où l'on danse jaillisse horizontale, solide et fatale, d'un geste de krump lâché au milieu d'un parking punk. *Love me tender. Love me sweet*. C'est fou la masse de réel à dynamiter pour ne serait-ce que faire pousser un potager : des tératonnes de routine monotone. Un introuvable courage.

La chanson revient et persiste. C'est la fatigue. Ça y est, la mélodie a eu ma peau :

Love me tender, love me true
All my dreams fulfilled.
Love me tender,
Love me tender-loin…

Le problème à quatre corps

Sur l'avenir de notre santé, le corps, le décorps & le raccorps… et quelques autres encore

> Rien n'évoque plus la fin du monde qu'un homme qui court seul droit devant lui sur une plage, enveloppé dans la tonalité de son walkman, muré dans le sacrifice solitaire de son énergie, indifférent même à une catastrophe puisqu'il n'attend plus sa destruction que de lui-même, que d'épuiser l'énergie d'un corps inutile à ses propres yeux.
>
> JEAN BAUDRILLARD
> *Amérique*

Arnaud Auger a l'âge du Christ, une barbe de hipster ciselée sur un visage en triangle et des yeux bleus sertis dans des lunettes hitech qui lui donnent un air d'intello chic. Arnaud est un bogosse.

Arnaud est soigné. Il est précis dans ses gestes comme dans sa pensée. Il est à la fois posé et vif, sans contradiction. Il est *fit*. Arnaud a déjà vécu dans dix-neuf lieux différents sur quatre continents, il a été marié en Inde, il se définit comme un «Gitan ontologique» qui ferait un pied de nez à notre cogito cartésien. Foin du «je pense donc je suis» et feu sur un «je bouge donc je deviens»! Si Riad Sattouf a inventé *L'Arabe du futur*, Arnaud mériterait sa bande dessinée en tant que *Gitan du futur*.

Bon, qu'est-ce qu'il fait dans la vie, ce garçon? Il travaille dans un laboratoire d'innovation pour une banque française. Autrement dit, il traque, suit et acclimate les technologies intéressantes qui émergent, pour les conseiller à des grands groupes.

On pourrait l'imaginer chiant, *nolife* et aussi glacé que les techs qu'il adule, c'est exactement l'inverse : il est chaleureux, fluide et généreux dans l'échange. San Francisco lui doit notamment la création du club des supporters de l'OM et celui de l'équipe de France de football qu'il a su regrouper (plus de 2000 personnes) lors de la Coupe du monde 2018. Osef ? Non : respect.

Avec mon frère, nous le retrouvons dans un restaurant italien à son image, plutôt classe, et je comprends vite que je vais passer la journée la plus marquante de mon séjour en terre de silice. Il y aura un avant et un après Arnaud.

Lorsque je suis rentré le soir à la Villa Albertine, après un trip au Golden Gate, à Sausalito et à Muir Beach, j'ai senti monter en moi un désarroi que je n'avais jamais éprouvé, extrêmement étrange, une sensation de perte, de dépassement, comme si la structure de l'humain me glissait des neurones, échappait à mon intellection, que je n'avais plus les affects pertinents non plus pour en capter l'empreinte. Et c'était un sentiment anthropologique – pas technique ni politique. Le sentiment qu'une nouvelle espèce de *Sapiens* arrive, qu'elle est née de nos angles morts, dans nos dos, parmi nous, issue de l'océan numérique, à la façon du Puppet Master de *Ghost in the Shell*. Et qu'Arnaud en est. Serait-ce le post-humain déjà, la transhumaine ? Pas vraiment. Quelque chose de plus subtil et de mieux insinué, fusible dans la tech sans la subir, un peuple de surfeuses debout sur leur planche de titane, postées en amont de la lèvre d'écume qui va déferler ?

Arnaud – et c'est une expression que j'adore car je visualise physiquement le cortex qui pivote – m'a « retourné le cerveau ». Moins par ce qu'il m'a dit que par sa manière d'être au quotidien qu'il m'a permis de partager.

Rien en lui n'est *hors norme* à proprement parler, surtout pas dans la Silicon Valley où ce type de personnalité n'est pas exceptionnelle, disons plutôt que l'Européen standard que je suis se tient encore hors de la norme qu'il préfigure. Si j'osais, je dirais qu'il m'a « retourné le corps » en réalité, puisque c'est par là que notre avenir passe.

«San Francisco est la ville où le futur se conjugue au présent», lance-t-il régulièrement à ses clients. Un peu bateau? Oui, surtout quand Arnaud donne l'impression de le conjuguer déjà au passé composé, ce mantra, tant ses pratiques s'avèrent en avance sur nos habitus.

Un exemple? Arnaud allume la lumière par la pensée. Vous souriez? Vous ne connaissez pas les capteurs d'ondes cérébrales, n'est-ce pas? À Arnaud, il suffit de visualiser un soleil qui se lève, d'en former l'image en lui et son flux d'ondes prend une signature reconnaissable pour le capteur… *Fiat lux et facta est lux*. Il a fallu six mots à Dieu pour amorcer la création du Monde… Maintenant, une image mentale suffit.

Bon, avouons-le: Arnaud triche évidemment! Il ne vit pas en 2023. Il évolue en 2042 dans mon roman *Les Furtifs*, il habite en réalité la ville rachetée d'Orange, et il s'est exfiltré du livre pour venir me rencontrer, prendre corps une journée, hors de sa cage de papier, avec l'intention louable de me raconter ce qui se passe réellement dans vingt ans.

J'en veux pour preuve indiscutable qu'il porte une bague connectée comme tout citoyen de 2042.

Le fameux anneau que j'avais imaginé pour le roman, il l'arbore déjà. Il le complète avec une

Apple Watch et des Ray-Ban connectées. Ses lunettes permettent de filmer ce qu'il veut quand il le veut, d'un geste ou d'une commande à la voix, tandis qu'un battement de paupières lui suffit pour prendre une photo. Deux jolis leds s'allument sur les côtés pour signaler que les caméras sont activées – quoiqu'on imagine bien qu'il doit en exister une version qui ne s'allume pas et peut filmer en toute discrétion : des rencontres, des scènes confidentielles ou pourquoi pas ta conquête d'un soir pendant que vous faites l'amour. (Vols et viols d'intimité sont consubstantiels à ce type de tech, elle les potentialise au même titre qu'une caméra domestique.)

Les branches de ses lunettes abritent un système audio, me montre-t-il. Il peut recevoir des appels téléphoniques sur ses lunettes et y répondre, écouter un livre audio, de la musique ou des podcasts, ce qu'il adore faire quand il court. Il court d'ailleurs beaucoup, longtemps, des marathons complets, il joue aussi au foot et pour chacune de ses activités, la constellation des données fournies par sa bague, sa montre, son patch glucose, son smartphone et ses lunettes l'aident à réticuler ses besoins.

Que mesure la bague d'Arnaud, qu'il enlève pour m'en faire palper les senseurs incrustés ? Plein de choses mais d'abord sa température, son rythme cardiaque et les variations de ce rythme (*heart rate variability*), « ce qui peut t'aider à détecter un infarctus en amont », glisse-t-il. Avec une sobre fierté geek, il me rappelle que sa bague a deviné deux jours avant lui qu'il avait le covid, à sa fièvre anormale le matin.

Au quotidien, le bijou connecté mesure sa qualité de sommeil, qu'elle synthétise par un pourcentage sur l'appli de son smartphone. Le jour de notre rencontre, il vient de passer une nuit à 89 %. Il nous montre, à mon frère et moi, la courbe bleue : à la minute près, la bague compute le temps passé en REM (sommeil paradoxal), en sommeil léger et en sommeil profond, ainsi que le temps éveillé.

Je lui demande si ce n'est pas un facteur de stress, de constater qu'un jour tu n'es qu'à 46 % par exemple ? « Je sais moi-même si j'ai bien dormi ou pas, mais ça me permet de confirmer. » La phrase a l'air anodine. Elle témoigne pourtant d'une double approche de la sensation de repos : la perception organique, dite subjective, et le repos mesuré par une note, qu'on pourrait croire « objective » si l'on ne s'avisait que la pondération des temps de sommeil dans la fabrique de l'algorithme relève, elle aussi, de choix subjectifs opérés sur une masse statistique. Les deux approches ne sont pas contradictoires pour Arnaud : elles se confortent.

Sur le bras, il porte un patch CGM (*Continuous Glucose Monitoring*) qui suit son taux de glucose dans le sang, comme les diabétiques le font.

— À quoi ça te sert si tu n'es pas diabétique ?

— Ça me sert à savoir quand manger la banane… Quand je cours !

Plus jeune, Arnaud était tombé amoureux d'une Indienne. Il s'est marié avec elle et a vécu plusieurs années à New Delhi dans une famille où refuser ce que ta belle-mère te cuisine n'est pas envisageable. Il a pris là-bas vingt-quatre kilos. Quand il s'est séparé de sa femme, il a migré aux États-Unis et il a décidé de les perdre. Douze kilos assez vite, puis douze autres sur quatre mois.

Comment il a fait ? Il a acheté des balances connectées et il a décidé de tout mesurer. Aussi bien les grammes de chaque aliment consommé que son poids quotidien, que le nombre de ses pas, les calories brûlées ou sa qualité de sommeil, tout. Il a même mesuré son métabolisme au repos pour calculer l'effort physique à produire pour atteindre tel déficit calorique.

Il ne s'est pas arrêté là. Parce que la maîtrise de son poids est une chose, la santé de l'esprit et du ventre sentient en est une autre, qui importe tout autant. Non ? Vous résistez encore, détendez-vous…

Arnaud a donc commencé par prendre des *nootropics*, c'est-à-dire des pilules destinées à améliorer ta créativité, ta motivation psychique ou encore la clarté de ton cerveau.

Il me sort une boîte qu'il ouvre en me tendant un petit manuel jaune d'or au format carré. Marketing soigné : l'accroche à double adresse (« *How great minds think* »), les descriptions limpides des effets, le logotype, la police de caractères, tout est parfait. C'est clair et élégant, raffiné et rassurant. L'entreprise s'appelle *FindMyFormula. Trouver ma formule.* Un motto de l'individualisme.

Quatre types de pilules pour quatre objectifs cognitifs, à doser chaque jour selon tes besoins.

Arnaud a fini par trouver ça un brin fastidieux sans être totalement convaincu. Alors il a cherché plus loin…

Comprendre que notre ventre possède aussi son réseau de neurones au point qu'on puisse l'envisager comme un second cerveau, équivalent à celui d'un chien, lui a ouvert un autre horizon.

Il a décidé d'ingérer un capteur pendant un mois afin de se faire ausculter la flore intestinale. Une entreprise medtech (Viome) en a déduit les composants probiotiques qu'il doit avaler chaque jour s'il souhaite approcher son idéal de « qualité de flore », formulons-le comme ça. Des images de forêt tropicale arrosée de poudre blanche et de pluie me perturbent, j'entrevois des corolles immenses, des orchidées rouges saupoudrées de levure… Arnaud pose sur la table une seconde boîte avec des sachets vert et blanc siglés à son nom et huit pilules de vitamines. Un sachet par jour, qui comporte une cinquantaine de composants très spécifiques, intégralement personnalisés pour son microbiote, plus les pilules qui compactent la centaine de vitamines et de sels minéraux dont son corps a besoin. Il m'exhibe la liste sous les yeux, savant cocktail au dosage algorithmique, me dis-je *in petto*, et surtout d'effet placebof.

Ce qui m'estomaque un peu est d'avoir sous les yeux un produit pharmaceutique issu de chaînes de production haut de gamme, impeccablement industrialisé et packagé, qui ne soit pas sériel malgré toutes les apparences, mais fabriqué pour et adressé à un unique individu, Arnaud Auger, pour une somme acceptable par un cadre supérieur.

Que la personnalisation soit une tendance forte de la mercatique, on me l'avait enseigné dès les années quatre-vingt-dix en école de commerce, si ce n'est qu'on touche ici à un sommet d'individualisation de l'offre. Laquelle en dit long sur une certaine conception de la santé, dont j'aurais pu rédiger l'épitaphe : *Soigne-toi, l'entreprise te soignera !* L'entreprise, mais pas l'État ni aucun système de Sécurité sociale, ces horribles approches communistes de la maladie. Vous imaginez ? Avaler des médicaments platement génériques, des médocs *pour toutes*, qu'on n'aurait même pas « pris le soin » d'ajuster aux caractéristiques intimes de ton premier et de ton second cerveau, de ton propre et précieux biome, lequel, comme le souligne Arnaud, influence aussi tes émotions et assure ta protection immunitaire ? Qui accepterait ça, hein ?

Je regarde mon frère qui hallucine tranquillement. Je suis aux anges en vérité. J'ai cherché pendant des années un homme qui descendrait du futur pour me parler et il est devant moi, en chair et en capteurs, en chiffres et en os. Il est d'un calme olympien, Arnaud, parfaitement centré, ni fier ni honteux, bien dans sa peau, dans l'axe.

Arnaud fait partie des *quantified selves* dont j'avais entendu parler, mais à l'instar des lynx et les loups, je n'en avais encore jamais rencontré un. Je lui demande s'il compute ou mesure d'autres choses dans sa vie – son temps passé sur écran par exemple, ses heures de travail, le nombre de livres qu'il lit par an, ses scores aux jeux vidéo, ses matchs Tinder, s'il collectionne des objets ? Pas du tout : son cœur d'attention, c'est son corps. Il souhaite « rester en bonne santé ».

Pendant neuf ans, covid excepté, il n'a jamais été malade et il paie un médecin 150 dollars par mois pour ne pas l'être. Approche chinoise donc. En réalité, ce n'est pas tout à fait un médecin qui le suit 24 heures sur 24 et 7 jours sur 7 et qu'il peut contacter au moindre doute : c'est une entreprise hitech. Un cabinet de « médecine préventive », hautement connectée, intitulée Forward.

Je savoure : quand tu écris de l'anticipation, l'un de tes défis réguliers est de trouver des noms d'entreprises ou de produits futuristes « qui défoncent », tout en s'avérant crédibles. Rien de pire que le néokitsch. Il s'agit par conséquent de forger des noms dont la lectrice ait l'impression qu'ils ont toujours été là, amalgamés au réel, comme *Apple*, *Cartier*, *Total* ou *Volvo. SpaceX* est d'un ringard absolu par exemple, même pas vintage : vieux-jeune.

Et *Forward*? *Forward* connote *avant, en avant, en tête, anticiper, transmettre, effronté* parfois, et *attaquant* en sport. Tous ces sens compactés en un seul nom, qui est aussi un verbe, un adjectif et un adverbe (la grâce de l'anglais), que dire ? Chapeau, la marque est puissante, implacable de simplicité et de modernisme. L'ironie est qu'Arnaud ne peut nous montrer les locaux qu'à travers la vitrine, car dans le monde réel, la continuité H24 reste inhumaine et les services, c'est ballot, ferment à certaines heures… J'avise quand même la balance numérique cerclée de leds blancs à l'intérieur, le scan vertical à la *Minority Report*, les courbes du mobilier, le bleu lagon… L'impression d'un design de science-fiction un peu trop explicite pour être honnête. La santé se vit en blanc et en bleu, froide et clinique, avec un brin de boiserie pour simuler la chaleur.

Mon frère me pointe un grand carré bleu translucide sur la vitrine. La *catchline* ? « *Technology has changed everything, except your doctor's office.* » L'œil s'attarde, vaguement suspendu – avant de découvrir la suite, trois lignes en dessous, claquant tel un pur twist de bande-annonce : « *Until now.* »

La tagline, elle, reste archétypale de la logique tech : « *control the future of your health* ». C'est ce qu'on appelle en marketing la promesse. Dans la vallée du silicium, le futur est plus qu'un produit : c'est un business. C'est même *le* business n° 1, partout, dans tous les champs d'activité. Et même s'il n'existe pas encore, par définition, ce futur est toujours déjà là, il est à marketer, à produire et à vendre.

L'avenir de ta santé s'anticipe. Demain commence aujourd'hui. Tu peux contrôler ton destin *if you take a forward-looking approach of your health*. Prévision et prévoyance. Comme si tu pouvais sculpter toi-même les berges du fleuve de ta vie, décider de la pente du lit, choisir les barrages et le débit, accélérer ou retarder le flot… Et au bout, trouver quoi ? La mer de l'Immortalité, le Graal des transhumanistes qui veulent tuer la mort ?

Vous l'aurez saisi : partout, sur toute dimension cruciale de la santé, règne ce dogme du corps-machine. Ainsi le veut la modernité siliceuse : maître et possesseur, moins de *la* nature que de *ta* nature. Les medtechs ne cessent d'innover en faisant toujours la même chose : offrir une régie de contrôle au corps-usine pour qu'il performe. La nourriture est énergie. Le sport est une hygiène. Le cerveau s'optimise. Le bien-être s'algorythme. Pour ce qui est du sommeil et des rêves, ce ne sont plus que des paramètres de récupération (*recovery*).

Un an après notre rencontre, Arnaud actualise ses nouveaux gadgets : le bracelet Whoop, version upgradée de sa bague, qui intègre désormais ses efforts récents, son taux de récupération, lui dit quand se coucher et à quelle heure il faudrait se lever pour être au mieux, affine l'impact de ses choix de vie (la fête, avoir bu, pas assez dormir…) sur son niveau de santé et nourrit un journal comportemental qui relève du *self-care* et encore et toujours de l'optimisation. Arnaud pense adopter les toilettes connectées avec son petit labo d'analyse d'urine qui l'alerterait sur son hydratation, ses métabolites ou le risque de calculs rénaux – même pisser ne doit plus être un acte gratuit, même pisser doit informer, doit conformer.

Paradigme pour l'éternité tech : ce qui peut être prélevé, computé et tracé le sera. Ce qui peut être connecté et donc transmis et archivé le sera. Ce qui peut être exploité en termes de données et produire de la plus-value le sera.

Le tout au nom du bénéfice individuel que chacune est en droit d'en espérer, puisses-tu être riche mon amie, naturellement. La pauvre pisse dans la rue, elle a le cancer et elle ne le sait pas. Le pauvre n'a pas de montre pour faire des calculs : il *a* des calculs (rénaux). Le pauvre a des AVC et des infarctus qu'il n'anticipe pas. La pauvre ne paie pas 150 dollars par mois pour ne pas être malade : elle *est* malade. Blaireau de pauvre !

Il ne s'agit pas de jeter des cailloux à celles qui ont les moyens de prendre soin d'elles et qui le font. Au moins de s'interroger sur une société où la seule personne qui s'occupe de toi… eh bien c'est toi ! Où un bracelet te souffle que tu ferais mieux d'aller te coucher, mais pas ton père ou ta copine, où tout est devenu tellement autocentré et egociblé que le système te demande au fond de te produire toi-même comme individu sain. Par la tech. Il y a celles qui peuvent se surveiller et les autres sur qui personne ne veille. L'avenir radieux ? Ni la prévention ni le soin ne seront plus socialisés.

Avec ces batteries de senseurs, de capteurs et de mesures en temps réel, les assurances maladie jubilent. L'appropriation publique à grande échelle des données intimes de santé est sans doute, disons avec le *revenge porn*, la chose la plus obscène qu'on ait pu imaginer dans le viol de la vie privée. Il n'y a rien au-dessus. Et il n'y a rien de plus dangereux non plus dans la manipulation future des citoyennes. Pisser connectée, comment dire ? C'est donner ton caca au Big Data pour préparer la Big Cata. La tienne et la nôtre. La biopolitique pour les nulles. Covid soit qui mal y pense.

À ce stade, les assurances rémunèrent les clientes – euh je veux dire les patientes – qui leur confient leurs données, par exemple celles de l'Apple Watch. Seules celles qui jouent le jeu touchent des bonus, Arnaud s'est par exemple fait payer sa montre… à condition qu'il fasse du sport. Quant aux autres, les patientes *old school*, elles n'ont pas encore de sanction ni de malus pour n'être pas connectées… Ça s'appelle du hameçonnage et ça finira la gueule ouverte sur une plage en cherchant de l'air.

Je sors de mes pensées et reviens à Arnaud, toujours aussi cool : « À mon tout premier rendez-vous avec le médecin, il m'a posé des questions. Je répondais et en fait, il y avait une IA qui écoutait tout ce que je disais et qui prélevait les mots clés, qui prenait les notes sur mes antécédents familiaux, mon historique de santé, etc., donc le médecin n'avait pas besoin de noter quoi que ce soit. À la fin, on a pu faire une revue. Tout mon dossier médical a été mis à jour. »

Comment expliquer cette hyperattention vis-à-vis de sa santé, à un âge aussi jeune ? Par l'absence de Sécurité sociale aux États-Unis ? Sans aucun doute. Par l'hypocondrie ? L'obsession ? L'anxiété maladive ? « La mesure est un facteur de réassurance. Mon anxiété serait de ne pas savoir. L'appli m'aide à me recadrer, je redors au besoin si ma qualité de sommeil n'est pas terrible. » Je sens toutefois bien qu'Arnaud n'a rien de ce geek angoissé que je m'étais figuré chez les possesseurs de *wearables* (ces techs qu'on porte sur soi). Rien de ce nerd hystérique des chiffres non plus, qui serait l'esclave consentant de ses données, sans pouvoir s'empêcher de les checker, piégé qu'il serait dans les boucles addictives d'inquiétude\réconfort.

L'explication est plus banale, au moins à un premier niveau : Arnaud recherche la performance.

Dans un univers ultracompétitif comme l'est la Silicon Valley, qui est un aimant à talents mondiaux, Arnaud fait partie de ces gens « qui veulent optimiser leur productivité, être le plus efficaces possible le plus longtemps possible, en permanence. Chaque détail peut compter ». Il poursuit : « J'ai envie d'être performant dans mon travail, et dans le sport aussi. » Si corps et cerveau sont des ressources clés dans la compétition, pourquoi ne pas s'appuyer sur la tech pour les booster ?

« Je pense être un homme augmenté heureux. J'ai un rapport apaisé à tout ça. Je choisis les objets intelligents avec lesquels je vais interagir. Je les utilise à mon profit. Moi j'aime la technologie dans le sens où, finalement, c'est une création de l'humain qui nous permet de nous accomplir, d'atteindre nos objectifs. Je peux m'approprier ces avantages-là. »

Chris, un cadre français d'une start-up biotech qui m'a invité chez lui, amateur de vins fins et père d'une famille adorable, m'a expliqué qu'il travaillait sur des capteurs intestinaux pouvant rester un mois dans le ventre et délivrer une information très précise sur les maladies potentielles de la patiente. Il m'a avoué sans ambages : « Nous sommes dirigés par l'innovation technologique, c'est la tech possible qui nous leade. On invente puis on avise. C'est seulement ensuite qu'on cherche à savoir à quoi ça pourra servir et surtout comment faire du fric avec. »

Il est facile d'imaginer comment ça peut tourner. Lorsqu'il sera pleinement opérationnel, ce type de capteurs saura quelles maladies il est probable que vous déclenchiez à court, moyen ou long terme. Le séquencement de votre génome y pourvoit déjà aussi. Avec ces données qui devraient rester confidentielles, on décidera ou non de vous assurer. Ce sera comme l'acceptation ou le refus d'un crédit : on ne vous dira pas pourquoi vous avez été refusée, ni pourquoi on vous propose une assurance maladie quatre fois supérieure à celle de votre collègue de travail qui a pourtant le même âge que vous. À moins que la loi ne les autorise ou même ne les oblige, sur requête, à le dire ? Alors vous découvrirez qu'à 88 % de probabilité, vous allez développer un diabète. Ou Alzheimer. Ou Parkinson. Vous allez coûter cher. Trop cher. Ou vous ferez un infarctus avant 64 ans à 64 % de chances d'après les statistiques croisées entre votre profil et les données de la population. « Il nous faudrait des comités d'éthique » pour nos inventions, en amont comme en aval, suggère Chris. Se poser la question des répercussions sociales, psychologiques ou politiques de nos découvertes et des techs que nous imposons à la société. Il a tout à fait raison. Mais toute la culture californienne s'oppose frontalement à ça : la quête féroce du profit, l'exigence de vitesse qu'elle implique, le « *Winner takes all* » qui l'intensifie encore, l'inanité éthique de l'État… Les produits seront commercialisés avant même qu'on ait pu réfléchir à leurs impacts. Rien de fatal là-dedans : juste une pure démission collective, à tous les niveaux.

J'explique ça à Arnaud, nous en discutons. Je lui lance : « Ça ne te ferait pas stresser de connaître tes probabilités de maladie ? Tu imagines un hypocondriaque dans ce monde prédictif ? Tu imagines sa panique ? Comment il va somatiser la peur de contracter cette maladie auto-immune qu'on lui annonce, et du coup se l'auto-déclencher ? Ça ne te foutrait pas la trouille, à toi ? »

Il reste aussi serein qu'il l'a été depuis le début du repas. Et il me répond : « C'est l'inverse : mon anxiété serait de ne pas savoir. » C'est comme pour l'obésité ou l'optimisation de sa flore intestinale : « Mon anxiété serait de ne pas savoir quoi faire ou de mal faire sans savoir pourquoi », dit-il dans une formule improvisée qui sonne virtuose.

Si son génome le prédispose à Alzheimer, Arnaud l'acceptera avec sérénité parce que ça ne dépend pas de lui, c'est un legs génétique. Il prétend avoir cette sagesse, que n'auront pas forcément beaucoup de gens confrontés à ces pronostics qu'ils n'avaient pas demandés.

Sa réassurance, il la trouve dans la métrique. Et dans la compréhension de ce qui fabrique la métrique. Dans les facteurs qui peuvent lui permettre de s'auto-réguler, s'auto-surveiller, piloter lui-même une grande partie de son propre monitoring médical. Grâce à ces technologies, il a repris le contrôle sur son corps. Il peut le suivre et le soigner, veiller sur lui en temps réel chaque jour, donc prévenir ses anomalies et ses accidents. Autant que possible.

« Ce retour d'informations m'a permis de mieux comprendre mon corps et de mieux répondre à ses besoins. La tech m'a permis de mieux écouter mon corps. On peut avoir un sentiment et parfois en fait ce sentiment, il doit être confronté avec une réalité qu'on peut mesurer, grâce à la tech. »

Il ajoute : « Mon corps dépend de moi donc je peux agir dessus. »

Qui est ce « moi » qui n'est pas le corps et qui est ce « je » qui peut « agir » *dessus* ? N'est-ce pas justement le corps qui agit ? Ce *je*, serait-ce le cerveau ? Une régie indépendante ? Un centre de contrôle ? Serait-ce un second corps capable de contrôler le premier ?

Arnaud connaît bien l'épigénétique et il en a adopté l'horizon : pour lui, il est tout à fait possible de modifier des segments de son ADN dans le courant d'une vie.

En creusant, je découvre qu'Arnaud est stoïcien, comme beaucoup de dirigeants de la Silicon Valley depuis que Marc Aurèle et ses pensées guident ceux qui veulent discriminer ce qui dépend d'eux et ce qui n'en dépend pas. Très pratique, le stoïcisme en monde individualiste. Mal vulgarisée, cette philosophie recèle des contresens commodes : elle nettoie beaucoup de culpabilités. Gaza s'effondre sous les bombes ? Ça ne dépend pas de moi. *Over*.

L'objectif est de mieux gérer sa charge mentale, de mieux l'allouer. « Il faut se concentrer sur ce qui dépend de nous, ça donne une certaine sérénité. On va se concentrer sur ce qui est en notre pouvoir, ne pas stresser sur ce qui échappe de fait à ton contrôle possible. Les objets technologiques vont te permettre de bien comprendre ce que tu peux vraiment changer : je peux vraiment changer la manière dont je vais m'alimenter, dont je vais dormir, faire du sport, dont je vais communiquer. »

Le futur serait-il un « problème à trois corps » – pour reprendre le titre magnifique de Liu Cixin, romancier phare de la science-fiction chinoise qui le reprend lui-même de la mécanique céleste ? Voire à quatre corps ? La rencontre d'Arnaud m'a comme laissé une poupée russe de taille 1 que j'ai ramenée en France et que j'essaie de dévisser pour voir ce qui vit à l'intérieur. C'est parti !

Le premier corps a toujours été là, sans doute depuis l'origine. Nous le partageons avec les animaux, les végétaux ou les bactéries, tous les vivants. C'est un corps organique qui sent d'instinct où il en est, qui transmet de façon immanente et intérieure son état, ses alertes, ses mal-être, sa santé. C'est le corps qui dit « j'ai la patate aujourd'hui, j'ai mal dormi, je suis crevé, je me sens lourd, j'ai chaud, je dois avoir de la fièvre ». Il *fait corps* avec notre esprit, notre cerveau, nos centres du langage, il les traverse et les habite, il sait qu'il peut allonger sa foulée quand il court, sprinter un peu, s'il doit aller faire une sieste et quand il a faim. Il sait aussi se faire plaisir.

Apparemment, ce corps ne suffit plus. Sans doute n'est-il plus assez investi et ressenti, plus assez performant ni suffisamment mobilisé pour produire. Si bien qu'on lui a octroyé des interfaces désormais, des senseurs, des patchs, des bagues et des puces, des sondes et des lecteurs d'ondes. Et ces *devices* mesurent. Ils quantifient, computent, étalonnent, informent et restituent. Quoi ? Des nombres. Des niveaux. Des tendances. Des moyennes et des écarts-types, des fréquences. De la stat et de la data, jusqu'à l'overdose. Et ils alimentent derrière les logiciels et les applis qui vont gérer ces données, les experts et les IA qui vont les interpréter, les mettre en courbes, en radar, en regard avec les données d'autres patients, d'autres corps, proches ou différents, vont en extraire des normes et des anomalies, pour finalement vous situer dans un *corpus*.

Un Marx moderne y aurait probablement vu, aussi, une forme de fétichisme du corps-marchandise : tant de sollicitude pour cette machine organique finit par lui octroyer une valeur qu'elle avait perdue aux yeux mêmes de son squelette porteur.

Ce deuxième corps, monitoré, est un corps distancié déjà, comme tranché subtilement de l'intérieur par une lame japonaise qui sépare la chair de l'os et écarte la chair de la chair, longitudinalement. Ce deuxième corps est un étranger déjà. Il n'est plus sujet immanent de lui-même. Il est décroché de soi pour venir servir d'enveloppe ou de combinaison isotherme par-dessus le premier corps, en le drapant d'un imprimé de données, une sorte de burqa numérique. Il devient corps-objet d'observation et de vigilance. Il est passé dans l'intermédiation de l'interface. Il nous place dans la position d'être médecin de soi-même, avec tout ce désarroi d'un diagnostic à poser au cœur d'un brouillard de données. Ce corps s'éloigne irrémédiablement de nous. Si on veut le comprendre et l'éprouver, demeurer certain qu'il est bien de nous, qu'il est bien nous, nous avons désormais besoin de la mesure qui nous conforte et nous le confirme.

Nous courons toujours et un spectre court devant nous, légèrement en avant, à peine visible tant il est proche et glitché, en infime décalage, une ombre blanche qui laisse des glyphes sur nos smartphones et nous glisse : *tu es devenue l'ombre du nombre*.

Mon intuition est que nous n'avons plus de rapport direct à notre corps : nous en avons un rapport médié. Exactement ce même rapport médié que nous avons adopté face à la nature et aux autres humaines, hormis que la nature et nos semblables n'étaient dès le départ pas nous. Ils restent des étrangetés auxquelles se relier, si l'on veut, comme on peut.

Notre *éthos* moderne réussit l'exploit de faire de la soudure la plus évidente, la plus profondément intestine à nous-mêmes – cette fusion native que j'ai envie de baptiser *viscérébrale* tant corps et esprit y sont fondus dans la même coulée de lave vitale –, eh bien d'en faire quelque chose de refroidi et de découplé, qu'on sectionne puis recâble.

Nous avons fissuré le biocorps. Nous l'avons fendu. Nous nous branchons désormais à nous-mêmes dans un court-circuit de feedbacks quantifiés, de rétroconnexions bouclées, de loops entre nous et nous, lesquelles éparpillent le corps vécu pour nous le ramener en éclats de miroir.

« Car tout est là, dans le branchement. Il ne s'agit ni d'être ni même d'avoir un corps, mais d'être branché sur son corps. Branché sur le sexe, branché sur son propre désir. Connectés sur vos propres fonctions (…) », disait déjà Baudrillard.

On dirait de la mauvaise phénoménologie. Qu'est-ce qui cloche ?

Ce que nous avons perdu, ne serait-ce pas tout simplement ça : le lien à soi ?

Alors j'emmerde Arnaud gentiment, j'essaie d'approcher son ressenti exact, de le *toucher*.

Et ce qui ressort est encore autre chose que ma distinction crue rigoureuse : ce n'est pas que le premier corps disparaît chez lui, en une nostalgie de l'évanouissement et de l'authenticité organique, c'est juste qu'il est redoublé ou doublonné par son approche en second corps, par son monitoring de surcroît. Les deux se superposent couche sur couche, se répondent et se complètent. Un éprouvé corporel immédiat et une mesure, successive ou simultanée, qui vient rétro-rationaliser le ressenti ou l'infirmer. Une forme de jumeau numérique, donc, accouplé dans une fraternité solitaire.

Que dit encore Arnaud ? « Pour moi, la technologie n'est pas un processus d'aliénation mais de réappropriation de mon propre corps. » Elle lui permet de mieux comprendre son corps et de le retrouver. Pas question de juger ou d'imposer mes grilles technocritiques sur ces mots, il s'agit d'entendre ce que ça signifie. Si la technologie peut me « ramener » mon corps, j'en déduis qu'il a été oublié ou perdu, ailleurs et autrement, tandis que j'avais pris jusqu'ici la cause pour l'effet. La tech ne me l'a pas volé : il avait déjà disparu.

Si bien que ce deuxième corps, en réalité, en cache un troisième, logé en lui en poupée russe, que je dévisse à son tour, et qui expliquerait qu'on cherche désespérément des ressources techniques ou médicales pour l'augmenter.

Ce troisième corps, j'ai envie de le baptiser le *décorps*.

Sans doute peut-on en esquisser l'origine dans le rejet de la chair, propre au christianisme, son dégoût du corps corruptible, sa soif de pureté, son ascèse. Mais notre Modernité y a imprimé un angle particulier, disons un angle droit.

À mes yeux en survol, le décorps est le produit de quatre siècles d'évolution, guère plus. Il est la résultante clinique d'un dépassement du corps premier, d'une quête frénétique pour y échapper par l'hygiène, le confort et la santé scientifique, de s'exfiltrer de ce corps reçu en héritage, lesté de son poids ontologique, perclus de limites et assommé de fatigues, abruti de virus et de maladies, grevé de handicaps, soumis au couperet de la mort, un corps encombrant-encombré, qui a trop chaud puis trop froid, souffle et souffre, où les douleurs dominent sur la douceur.

Alors il a fallu attaquer ce corps premier, pour le soigner, en nettoyer les plis, les champignons, les failles, l'évider et l'extruder. Il a fallu l'arracher à sa viande, liquider l'acide lactique, l'alléger, le faire vivre dans une série de boîtes climatisées [métro, bureau, mall, appart, resto], mettre dans sa paume des poignées tièdes et glisser des surfaces de vitre sous ses doigts pour qu'il effleure le monde sans se blesser. Il a fallu calibrer industriellement son goût, les odeurs anesthésier et son toucher lisser afin qu'il ne reste plus pour porte d'accès physique que la vue nue et le son rond – les sens de la distance.

Bref : on a foncé dans le décorps. Si la nature est devenue un fond d'écran, le corps premier est réduit à un fond de crâne, lové en mollusque dans un coquillage de nacre.

Chair et flair ont fui la matière pour la lumière, leur envers – la lumière des fibres optiques. La puritaine lumière qui désaffecte le corps, le désinfecte. Rêve de le laisser « intact ». Lui qui ne vit pourtant que d'échanges, de flux entremêlés, qui ne respire bien que traversé. Le fameux choix « corps-né-liens », nous n'avons pas su le faire…

L'époque le sent : le corps premier résiste, il insiste en nous. Il reste bruissant de désirs, il érotise tout. Quand on l'assigne au sofa ou l'assoit dix heures par jour dans un fauteuil de bureau, il finit par se lever pour aller courir. On le prive d'amour, il s'entoure de chats, de nounours à câlins, de doudous, de toutous, de boules de poils entre les mains. Il manque de sexe ? Le porno fait le joint. Il manque d'intensité ? Il boit, il se drogue, il joue aux jeux vidéo, il tue en ligne, il sue en salle, en conjurant ses sensations évanouies par un corps-machine dur et cadencé, un cœur qui bat fort, des muscles qu'on sature, qu'on épuise par l'effort, comme s'il fallait retrouver par l'intensité quantitative ce qu'on a perdu en qualité de senti.

Tout fait symptôme du corps refoulé, tout fait retour : l'anorexie comme l'obésité, le jogging et le fitness, le yoga, la cuisine, le chemsex, les sports extrêmes, le business du bien-être, ou le bio… L'art contemporain hurle de l'appel au corps, de son rappel, de sa primauté. Le spectacle vivant en a fait sa rengaine, pas une performance qui ne prétende *incarner*, donner corps, se reconnecter à ses forces, jouer physique. Le cinéma et la littérature déplorent son absence ou son effacement, tentent de le rapatrier, le remettent en scène, au centre, au ventre, pour enjeu.

On ne parle jamais autant d'une chose que lorsqu'elle disparaît.

Puisque nos sociétés occidentales semblent *parties dans le décorps*, j'ai envie de suggérer, en souriant : Eh bien, *plantons le décorps* ! Ou changeons-le…

Comment ? C'est là que la rencontre d'Arnaud m'a déstabilisé. Car la tech, à l'évidence, nous a en partie coupées de nos corps. De sorte que chercher à se le réapproprier à *travers la tech* sonne paradoxal. Et pourtant, n'est-ce pas à elle que beaucoup d'urbaines demandent des nouvelles de notre corps, qu'elle nous renseigne sur notre santé et notre forme. C'est grâce aux capteurs que le corps fait signe, littéralement, et revient vers nous. Fausse piste ? Façon, encore, de se fondre dans le décorps pour ne produire qu'un corps mort sur une humanité à quai, où vient s'enrouler l'amarre lumineuse de l'information ?

Tout s'embrouille mais je n'ai pas envie de tailler les méandres de la coulée réflexive pour faire semblant d'avoir tout compris d'avance, pour vous présenter ça comme un essayiste vous le ferait, reclassé et linéarisé, en rationalisant à rebours le cheminement d'une errance.

Je reste un romancier. M'intéresse suprêmement le sentier plutôt que la carte ; l'enfrichement de la forêt plus que son quadrillage ; le récit et ses arcs plutôt que la flèche de la thèse.

Je sors la gourde et je m'assois dans le maquis du texte. Levons la tête !

Le premier corps est organique. Il est animal et viscérébral. En fusion, perçu.

Le deuxième corps, je le voyais monitoré et techno, une seconde couche, virtuelle. Tandis qu'il n'est en fait qu'un corps de raccordement, de reliaison, un *raccorps*. Une tentative de solution que l'*homo numericus* se donne à lui-même. Le troisième, désaffecté, je l'ai appelé le *décorps* et c'est en fait lui, le deuxième corps. Vous me suivez ? Le troisième est le *raccorps*. J'ai fini ma gourde, je repars : corps, décorps, raccorps. Ça roule, c'est raccord.

Sauf que je n'ai pas fait cent mètres que ma cheville vrille entre deux racines, en pleine descente. Tête en avant, je me vois basculer dans le U du lacet et traverser un buis avant de m'étaler. Le dos râpé au sol, je ne peux pas me relever. En vrai, je peux mais je ne veux pas. Pas tout de suite.

Quelque chose m'a échappé, s'est déboîté dans mes vertèbres en ouvrant une fine béance. Ma trinité sonne trop dialectique et trop claire. Elle brille du triple feu d'un bijou mais ne convainc pas cette boule de neurones qui me débaroule entre les épaules et se voudrait mon esprit.

Ma nuque sur une pierre, c'est comme si remontait de l'oubli un corps sombre, lesté de silence sans être spécialement lourd, un ballon-sonde des profondeurs qui aurait toujours été là, hantant la masse liquide du corps premier, ne livrant de présence ou d'emprise que des signes rustres, seconds ou intempestifs, des actes manqués. C'est un quatrième corps qu'on aurait pu appeler l'inconscient si le mot ne nous semblait pas trop net à la découpe. Plutôt un champ de force, comprimé dans une boîte noire qui serait parfois aussi une boîte de vitesses, un embrayeur. Ça produit des effets sans prévenir, ça ne se signale pas. Ça se cherche et ça offre si peu de prises au langage que ça fait fleurir par compensation un bouquet de phrases pour l'apprivoiser. Ce quatrième corps, c'est le corps qui nous rend amoureuses (alors qu'on pensait tout contrôler). Le corps qui nous rend malades ou qui nous rend folles, aussi hermétique aux métriques de la tech qu'il est propice à l'art, au récit, à la danse, au chant ou aux rythmes.

Ton corps outre-passant
corps anamnèse
souviens-le

dit de lui mon ami poète Vincent Wahl.

Ce corps, qui compte et qu'on conte mais qui ne se décompte pas, qui s'écoute sans oreille puisqu'il ne parle pas, il demande plus que les trois autres qu'on lui *accorde* de l'attention. Et d'abord au sens musical. Il appelle moins un recueillement qu'une mise en résonance avec le corps premier, des harmoniques à trouver, un *arrangement*. L'enjeu profond est vibratoire, plutôt que vigile. Cette quatrième façon d'être physiquement au monde, j'ai envie de la baptiser l'*accorps*.

(Elle est tout sauf une résultante, elle inclut les dissonances et les agence. Cet accorps reste un processus.)

Si cette chronique n'était trop profuse, il faudrait balayer ici l'immense gamme des pratiques corporelles – des arts martiaux au shiatsu, des arts respiratoires aux sports rares, de la contemplation à la méditation, de l'acupuncture aux chakras, et en appeler à toutes les formes de thérapie et de sorcellerie qui passent par la nourriture, le son, les os, le massage, les barreurs de feu, les fascias, l'énergie, les organes ou les ondes – pour laisser pressentir ce que ce quatrième corps mobilise.

Je ne peux que laisser filer mes intuitions et suggérer ceci : face au corps premier qui serait un corps pleinement ressenti, l'accorps est une forme d'avers|l'autre face d'une même vitalité, aussi intense mais inappropriable, qui se domestique mal, à telle enseigne que la seule manière de s'y relier relève effectivement d'une tentative d'écoute ajustante, d'harmonisation des tensions et des puissances en nous, bref d'un *accord*. L'accorps, ce serait ce corps de contrepoint qui malgré nous insiste pour faire pièce à la symphonie qui nous *met au monde*. Aucun moyen de le calibrer : il relève d'un artisanat bâtard de soi (ou de l'autre, si l'on soigne). C'est un chaos qui nous travaille de l'intérieur pour notre complétude. Ce sont toutes les façons d'être soi et de coïncider, toute déboîtée que l'on est, sans jamais pouvoir y parvenir.

« Partout le mirage du corps est extraordinaire. C'est le seul objet sur lequel se concentrer, non comme source de plaisir, mais comme objet de sollicitude éperdue, dans la hantise de la défaillance et de la contre-performance, signe et anticipation de la mort, à laquelle personne ne sait plus donner d'autres sens que celui de sa prévention perpétuelle.

Car le corps qui se pose la question de son existence est déjà à moitié mort, et son culte actuel (…) est une préoccupation funèbre. »

Baudrillard est un génie et je suis obligé de me battre avec mon éditrice pour ne pas en proposer des citations longues comme un jour sans pain. Il faudrait citer tout son opus *Amérique*, le lire en voiture comme je l'ai fait à ma femme en fuyant Vegas par la Vallée de la Mort, le lire pour réaliser qu'il avait quarante ans d'avance et qu'il attendait en stoppeur sur la route que l'intelligence contemporaine vienne enfin lui offrir une bière.

« Le corps est choyé dans la certitude perverse de son inutilité », « cet équilibre hormonal, vasculaire et diététique obsessionnel où on veut l'enfermer, cet exorcisme de la forme et de l'hygiène », « le corps est un scénario dont la curieuse mélopée hygiéniste court parmi les innombrables studios de reculturation, de musculation, de stimulation et de simulation (…), et qui décrivent une obsession collective asexuée ».

Baudrillard a toujours chéri la disparition, l'exténuation des cultures et des concepts, laquelle donne à son écriture une fulgurance épique et crépusculaire qui rappelle furieusement Nietzsche et possède une force prodigieuse de séduction.

Il existe pourtant un point où je ne le suis plus. C'est qu'à mes yeux, l'adieu au corps est un au revoir.

Je crois que le vivant répond toujours en nous. Il n'est pas parti. Il ne partira jamais. Il nous hante parce qu'il nous a faites sur des millions d'années d'évolution, comme nous hante notre biologie de mammifère social qui ne peut se résoudre à n'être qu'une monade, une solitude de tigre ou de puma dans un safari urbain.

Il insiste oui, le vif, en nous. Par le désir, par la colère, par la souffrance. Par l'acte manqué. Dans la mesure où nous avons perdu les rituels, effacé les cultures millénaires, pas davantage expérimenté les coutumes corporelles des peuples premiers, dans la mesure où s'éteint dans nos villes toute confrontation physique avec un dehors, tout corps-à-corps avec la vie végétale ou animale, il nous faut apprendre à bricoler. Nous servir de ce qu'on a sous la main et faire avec. Or, sous la main, nous avons des claviers, des petites vitres et un smartphone. Ce sont nos outils, notre savoir-faire de tribus technomades.

Nous pourrions travailler sur l'accorps – nous le faisons, souvent à coups de cures analytiques, par l'échange amical ou la tendresse, par la création artistique ou littéraire – pourtant notre évidence à nous reste le raccorps. Plus facile, plus rassurant ? Oui, parce qu'il donne des réponses qui précèdent le travail d'écoute et qui le remplacent. Vous dormez mal ? Votre sommeil n'est pas « d'accorps » ? Un bracelet vous détaille vos temps de sommeil profond, léger et paradoxal, il vous offre ce savoir sur vous-même. Une illusion de suivi, de maîtrise. Enfin le corps parle, s'exprime avec des chiffres, du quantifié, du scientifique. Et toute émotion nettoyée, ouf ! L'impression douce d'un dialogue qui s'amorce entre vous et vous, qui lance une corde vers votre décorps désaffecté comme vers l'accorps ardent, lui si bien défendu contre toute compréhension qu'il nous angoisse. Le raccorps rapatrie ces deux noyés dans le beau cargo du corps-machine. *Abracadata*. Formule tragique.

Mais Arnaud n'est pas d'accord. Il ne faut pas désespérer de la Tech ! Et j'aurais presque envie d'être convaincu, de lui laisser sa chance, à la Tech, j'ai arpenté la vallée du silicium pour ça. Peut-être que j'aurais manqué quelque chose ?

Lors de ma première semaine à San Francisco, dans la villa classieuse d'un cadre sup de Meta, j'ai pu expérimenter métavers et réalité virtuelle, sous casque et avec manettes. Avec les nouveaux casques, les mains sont repérées automatiquement par les capteurs et elles s'inscrivent « à leur place » dans la vision augmentée. Elles épousent donc nos gestes. La direction de la tête elle-même est captée, la position des oreilles aussi pour spatialiser le son que le casque reconstitue.

Dans ce *raccorps*-ci, c'est la technologie qui s'incorpore et c'est le corps qu'on sollicite pour pouvoir simuler la réalité autour de lui.

Le but n'est plus d'être objectivé mais immergé dans un univers où ton corps est réactivé à travers ses capacités synesthésiques pour produire par artifice un ressenti nouveau, qui affecte ta subjectivité. Le couplage de la vision augmentée et de l'audition binaurale, auxquelles est ajoutée une troisième dimension haptique, mimant assez grossièrement la préhension et le toucher, finit sous claustration des autres sens par produire une sensation de corps partiel qu'on situe dans une réalité suffisamment dense en impressions fortes (ce que j'appelle l'art forain) pour piéger l'attention et en obtenir des sensations de vécu crédibles, que notre cerveau va accepter comme « réalistes ».

En grimpant une falaise avec mes mains simulées, que je vois bouger de façon synchrone avec mes gestes, je me retrouve baigné par les cris des oiseaux et le flux du vent d'altitude, le corps tendu par la simulation de la verticalité et la pression du vertige… Soumis à ces stimuli, mon cerveau finit effectivement par fabriquer un moment d'escalade *qui reste* en me laissant une forme de mémoire physique, une fois le casque retiré. Cette paroi que j'ai essayé de grimper, je m'en souviens encore aujourd'hui, un an après l'avoir vécu. Qu'est-ce qui s'est passé au juste ?

Simplement que j'ai incorporé (*embody*) l'information processée par l'interface du casque et que je l'ai excarnée comme sensation. Ce raccorps tech qu'est la réalité virtuelle génère une forme de para-incarnation, disons une autre façon d'être un corps : un corps partiel, amputé et restreint et donc sursollicité par compensation. Un corps piégé dans l'interface virtuelle et le volume d'une simple chambre, mais aussi nourri et sublimé par elle, corps augmenté et réduit à la fois, augmenté sur deux sens et demi et mutilé de tout goût, odeur ou chaleur – tant et si bien qu'il se refait sa totalité par synesthésie audiovisuelle, maladroitement certes, et en frôlant le vomir.

Il faudrait creuser cette compulsion à reconstituer le réel et à simuler le corps, interroger ce que ça dit d'un corps vécu comme insuffisant ou trop limité, tellement protégé qu'il en est devenu ennuyeux, voire inutile. Les jeux immersifs témoignent de ce désir de renouveler nos sensations trop routinières. Ils appellent à mettre le corps en joue, en jeu, à le soumettre à des émotions intenses, variées et polymorphes (l'horreur, la survie, l'héroïsme, l'enfance retrouvée, le bac à sable…) et à en tirer jubilation et ravissement.

Le corps qui joue libère et élargit notre décorps, quand il ne crée pas ses propres espaces en temps réel, à l'instar de cette galerie de réalité augmentée où mon frère, Arnaud et moi avons fait naître des baleines et des méduses oniriques en arpentant des salles « captatrices » aux volumes vides.

Parfois, la technologie sort de ses feedbacks quantifiés pour nous offrir un regard nuancé sur nous-mêmes. Arnaud me citait une application de la pire entreprise du monde (Amazon) qui, lorsqu'on lui parle, nous fait un retour sur l'intonation de notre voix : est-ce que cette intonation était sereine, agressive, réconfortante, etc. ? « C'est assez intéressant parce que ça touche à la santé mentale, à l'intelligence émotionnelle, à ce que tu dégages sans le savoir. »

Dans cet exemple, le raccorps fait venir à la conscience un corps qualifié, bien plus qu'un corps évalué. Tu apprends à te connaître à travers le timbre de ta voix, tu entres dans un savoir de ce que tu exprimes qui est plus organique certes. Tu stimules en quelque sorte un lien à toi-même. Un ami le ferait tellement mieux bien sûr, mais bon, admettons…

Ce sont de maigres exemples ? Sans nul doute. Ils ont du mal à chasser cette impression tenace qu'entre le décorps qui est désormais notre vécu moderne et ce corps premier qu'on aimerait tant retrouver, ce tiers-vécu technologique que j'appelle le raccorps soit autre chose qu'une vitre qui nous traverse de haut en bas | sur la surface de laquelle brille un écran à demi opaque scintillant de datas. Je peux me discerner encore à l'intérieur, me faire un signe par cette intime fenêtre pour me rappeler à mon corps ancien | et c'est bien tout.

Nous ne savons plus vraiment nous traverser | si nous l'avons jamais su. Nous avons peur de casser la vitre en verre Securit qui nous protège sans doute de nous-mêmes et d'un corps qui serait trop puissant pour être « géré ». Nous voulons bien *fonctionner*, comme le dit Benasayag, sans plus imaginer ce qu'exister et *vivre*, dans sa plus grande ampleur, pourrait bien impliquer. Pour l'instant, nous nous fondons dans le décorps.

Notre tech si précieuse sert de raccorps sans nous mettre d'aplomb ni d'accorps. Elle alimente pour moi la dévitalisation qu'elle prétend solutionner. Nos vieilles technologies millénaires du corps restent en tâches de fond : on les redécouvre tous les ans, on les instrumentalise et on les oublie de nouveau. Leur profonde vertu a toujours été d'offrir une pluralité d'approches de soi, une diversité magnifique dans laquelle chacune de nous peut puiser pour danser avec ses failles. Que la tech soit l'une de ces approches est indiscutable. Qu'on puisse l'hybrider avec d'autres pratiques est une promesse. Qu'elle s'impose pour unique voie vers nos corps me semble par contre aliénant, asséchant et dangereux.

Dans ce problème à quatre corps, rien n'est ferme ni calé dans la soute. « Ça joue », comme on dit au foot, et ce jeu est tout aussi bien dans nos rouages, dans nos fictions, ou dans nos câblages.

Émerge déjà une nouvelle génération aussi alien pour ses aînées que l'est un Arnaud pour moi : des Gitans digitaux, des trèshumaines, des cyberbères, des notechs, des anartistes hackers-ouverts, des technonnes ou des biopunks. Pour elleux, la tech est native, un biome, un humus, le flux où ils nagent, le flot d'où iels parlent. Elles paieront en crypto, checkeront dans le Reverse, goberont des ayahuascaps ou snifferont de la neuroïne en cuisinant des psylocybes. *100 % organic !*

Je les imagine bien surfer nus, de nuit, sur une plage californienne avec leurs bracelets de données tintant aux chevilles et leurs dreads puisant du dub au bout de leurs tresses de fibre optique. Je les vois crawler ensemble pour leurs potes affalées sur un canap, à dix mille bornes de là, et leur envoyer dans le Reverse les sensations de l'eau glacée, des muscles à la limite de la crampe, cette écume qui ramone les narines et du corps qui se dresse soudain sur la planche en palette de récup pour trancher la vague sous la lune rousse.

Il n'y aura peut-être plus pour elleux de différences entre le corps premier, réinvesti pour le plaisir, le décorps avachi du *surf on sofa*, l'accorps majeur qui sent vibrer les vagues et le raccorps techno qui va les retisser dans la matrice.

Je veux me les figurer inventant et déployant une multitude de corps qui ne céderaient en rien à la vitalité créatrice de l'*homo after*. Je veux croire que le vitalisme l'emportera toujours.

D'ailleurs ces corps auront aussi un nom : tout finit par avoir un nom…

On les appellera l'*encorps*.

Trouvère > Portrait du programmeur en artiste

Sur l'Intelligence Amie, la technologie qui émancipe et l'art de vivre avec nos machines

Il existe selon moi une démiurgie propre à l'acte de programmer. Un accomplissement spécial, j'en suis convaincu, tout à fait jouissif, dans l'ensemencement du silicium. Enfanter par l'électron. Faire naître dans l'inerte. Un intense bonheur en découle, qui tient aussi à cette augmentation de nos humaines capacités qu'autorise la machine qu'on domestique et qui va nous épauler, chercher à notre place et trouver grâce à nous.

Des images montent, des analogies comme l'imaginaire en bricole : une Galatée, brute de bloc et de code, qu'un programmeur sculpterait avec son désir et qui se mettrait en mouvement, sinuant en ondine dans l'océan immense de la data. Ou un pote plus trivialement, à qui l'on donnerait une mission de confiance et qui l'accomplirait pour nous, comme ça, « de rien ». Je vois un golem de fibres sur le front duquel on trace cinq lettres pour ranimer et lui offrir, princier, son autonomie.

Quelque chose qui relève du frisson de se prolonger, de faire fluer l'énergie au bout de ses doigts à travers des cubes de plastique froid et d'appeler par un simple clavier, du cœur de circuits imprimés, un exprimé inattendu, lequel va revenir s'afficher sur l'écran avec la sensation électrique d'une magie indirecte.

La même sensation, peut-être, que nous avons, nous romanciers, lorsque après des mois d'immersion dans notre histoire, les personnages nous « dictent » ce qu'ils doivent faire dans le roman, par un feedback profond de l'inconscient qui nous glisse cette impression d'avoir externalisé dans des créatures ce qui pourtant, à l'origine, vient de nous.

Adolescent, mon premier véritable ami était un programmeur. Il créait en 1982 de petits jeux sur une calculatrice Texas Instrument et il avait en lui cette fascination qui ne s'éteint jamais, même adulte, pour la faculté de confier à une machine des tâches qu'elle va faire plus vite et mieux qu'un humain tout en étant programmée par l'humain, initiée par lui.

L'éclatement de cet art en trois termes m'a toujours désarçonné < et intrigué aussi : ceux qui font ça sont parfois appelés des *codeurs*, parfois des *développeurs*, parfois des *programmeurs*, terme qui semble un peu désuet aujourd'hui mais que pour ma part, je privilégie. Parce qu'il suggère qu'on écrit d'abord (*pro*) et que le *gramma* (la lettre) a été finement gravé dans notre cortex en amont en vue de libérer une série de calculs et d'étapes qui ne lui appartiennent plus vraiment. Le *développeur*, terme que j'aime beaucoup aussi, nous souffle qu'une complexité a été d'entrée enveloppée et comme pliée sur elle-même et qu'il va bien falloir la défroisser dans sa clarté.

< En programmation, tout est affaire de langage > Le langage des datas d'abord < pluie d'informations chiffrées ou lettrées, déluge de mots bateaux issus de messages innombrables produits par l'humain, qui doivent être pris en charge et traités > et le langage de la machine [le code] > ce langage performatif mythique > ce langage qui lui parle, à la machine > lui donne des pistes et des ordres > qui la met en chasse et en tension.

Et entre les deux, entre ces deux langages aussi peu miscibles que l'eau et l'huile, presque inconciliables, il y a une interprète bilingue, souvent multilingue même, un arrangeur digital qui a ce génie modeste de transposer la cacophonie des datas, dans leur chaos profus, en un idiome que la machine va comprendre et pouvoir assimiler : le programmeur.

Je retrouve mon homme dans le quartier de Cole Valley, sur les hauteurs de San Francisco. Pas loin du légendaire quartier hippie de Haight-Ashbury que j'ai visité la veille dans une ambiance de folklore mort. Je pousse la porte d'un restaurant italien compact et chaleureux, à peine une dizaine de couverts. Il est bien là, attablé.

Au premier regard, Grégory Renard ne ressemble à rien.

C'est ce que j'écrirais si je le croisais dans un parc ou dans une soirée. Ou plutôt, il ressemble… à un golem de glaise, justement. Le rabbin de Prague aurait pu le créer *ex nihilo* en gravant sur son front « C-H-E-R-C-H-E ».

Un sculpteur, lui, n'aurait besoin que de trois masses de terre pour former son visage, son tronc et ses jambes, avec des sphères. Rien de plus. Si ce n'est qu'il y a quelque chose d'extraordinaire dans l'intelligence : c'est qu'elle rend les gens beaux.

Avec sa casquette NASA vissée sur le crâne et sa voix ronde et chaude, Grégory est un artiste. Ou plus précisément : c'est un créateur. Les grands mathématiciens sont toujours des créateurs, en ceci qu'ils affrontent des problèmes que personne avant eux n'avait eu, non pas l'intelligence, mais la créativité de pouvoir résoudre. Parce qu'on ne les résout pas avec les techniques déjà existantes, ces problèmes, en appliquant équations, théorèmes ou routines de calcul. Il faut inventer. Il faut trouver *autre chose*. Et cela nécessite un saut qualitatif insu, une trouée subite dans le mur du déjà-calculé, du sagement déduit, qui s'arrache d'un coup de volant aux autoroutes habituelles de résolution. Un passage à une strate supérieure, il y faut, ou alors plus profonde encore, plus enfouie. De même que Greg a besoin d'un outil, d'un algo, d'un bot > parfois succinct, limite rustique > pour passer à travers la fente.

« Qu'est-ce que dessiner ? Comment y arrive-t-on ? » se demande Antonin Artaud, qui répond en ventriloque avec les mots de Van Gogh, s'adressant dans une lettre à son frère Théo : « C'est l'action de se frayer un passage à travers un mur de fer invisible, qui semble se trouver entre ce que l'on sent et ce que l'on peut. Comment doit-on traverser ce mur, car il ne sert de rien d'y frapper fort, on doit miner ce mur et le traverser à la lime, lentement et avec patience à mon sens. »

Dessiner un programme, *designer* une IA a quelque chose à voir avec ce mur invisible que je me figure en monolithe de données liquides dressé verticalement entre le programmeur et ce qu'il peut en faire s'il parvient à le traverser < tel un danseur se faufilant sous un rideau immense et l'arrachant du portant pour, d'un geste, s'en faire une robe à sa mesure >

On reconnaît volontiers un artiste à la manière dont il évoque sa matière première, puis la malaxe. Le talent se devine lorsqu'on éprouve à quel point la synesthésie irrépressiblement infuse dans la façon dont il parle d'une corde de guitare, de la terre qu'elle émaillé et qu'elle cuit, du son fluant d'un thérémine ou de cette lumière « trop dure » du soleil qui vient saccager, l'espace d'une éclaircie, le visage que la photographe tentait de fixer.

De Grégory se dégage un toucher rabelaisien, une préhension organique de la data, de sa physique ductile, de sa texture et de son poids.

Lui vient d'abord à l'esprit un bizarre bestiaire, la data comme typologie d'animaux : les éléphants, les serpents, les insectes, les taupes ? Je ne sais plus. Et puis il débugue et passe soudainement à l'eau, sous toutes ses formes, pour mieux réticuler ce qu'il ressent.

Parfois les datas sont solides et striées de séracs, comme un glacier > parfois elles coulent en rivières, forment des lacs ou des mers > se stockent en bouteilles ou en citernes. Parfois elles ont la labilité gazeuse de la vapeur d'eau > on s'y perd dans la brume froide de San Francisco < elles sont polluées comme un smog > on doit les faire condenser sur la vitre d'un écran pour en prélever quelques gouttes exploitables.

Pour avoir énormément travaillé sur l'eau dans un univers de science-fiction que j'avais construit en équipe, je visualise assez bien ce qu'il veut dire. Rien de plus plastique, souple et métamorphique que l'eau dans tous ses états.

Je le devine aussi parce que l'eau reste la métaphore la plus pertinente à mes yeux pour décrire le capitalisme aujourd'hui, sous ses formes financières, cognitives et numériques, parce que l'or des datas est couleur bleu pétrole, parce que l'eau, comme le capital qui nous traverse et qu'on relaie, est constitutive du cœur de nos cellules et circule dans nos sangs, elle nous forme à 70 % comme le capital donne forme à nos désirs tant et si bien qu'on la boit, la digère, la sue, la pisse et la recrache, en distille nos larmes de souffrance et de joie… Elle fait cycle en nous comme le capital fait circuit de nos économies de désirs.

Ainsi va la data aussi pour Grégory : la même infinie fluidité de formes et de traces > du bloc d'articles glacé aux nuages de données > de la dispersion des sources à l'inondation des snaps > de la bruine à la pluie corticale >> et lui joue avec ces différentes phases de la matière > plonge dans l'océan numérique > s'y noie brièvement et réémerge sur une plage avec le trésor. Il siphonne un puits, crée un château d'eau et ouvre le robinet. Il peut même découper des banquises de données pour en faire des cubes de glaçon à mettre dans ton verre. Ça paraît simple, vu d'un bar < ça ne l'est pas.

Grégory Renard ne dit pas qu'il résout des problèmes. Il dit qu'il les cracke < comme les hackers.

Pour une oreille gauloise, ce terme franglais sonne très physique et très exact : j'imagine une pièce de bois qu'on pivote, retourne et fait céder d'une torsion subite au bon endroit. *Crac*…

« Après une trentaine d'années de programmation, je connais assez bien toutes les façons d'échouer, tout ce qui ne va pas marcher », dit-il tranquillement. Assez pour esquiver les impasses et cheminer dans le labyrinthe. Assez pour pister la sortie.

Greg ne donne pas l'impression de crouler sous un labeur pénible, de crawler contre la houle athlétique du Big Data > il est léger, à la coule, il trouve.

Il a le syndrome Picasso : il ne cherche pas à vide < il fait, il essaie, il rate, il réessaie et rate mieux > pourtant tout fait oeuvre au final. Il est dans le bricolage actif, la tentative reprise et détournée, à s'aménager soupiraux et lucarnes dans le blockhaus du déjà-fait, à déjouer les normes de fonctionnement qui rassurent le codeur ordinaire en l'enfermant.

De tels développeurs, j'ai envie de les appeler des *trouvères*.

C'est-à-dire étymologiquement des trouveurs, des troubadours, agiles de l'intérieur, et presque d'autant plus virtuoses qu'on les croit paisibles et posés, comme Grégory sur la banquette de ce restaurant mi-pizzeria, mi-bar à vin, qui a le mauvais goût de ne plus nous servir à manger après 20 h 30.

Nous nous nourrirons donc d'idées, et plus tard de bières. Et ça nous ira bien.

Comment décrire le travail d'un développeur de haut niveau ? Comment le faire sans jargon, sans dialecte geek, comment restituer cette part artiste d'un métier qui structure en profondeur, sans qu'on en ait conscience, nos existences numériques ?

Grégory Renard travaille notamment à Berkeley et pour la NASA. Il se définit comme un entrepreneur-chercheur dont l'expertise fondamentale est le NLP : *Natural Langage Processing* ou *Traitement Automatique du Langage Naturel* en français.

Le NLP a de nombreuses applications. Il organise et manipule à notre insu beaucoup de nos pratiques sur les réseaux : la traduction automatique > l'analyse de la tonalité d'un message > les résumés automatiques de texte > la définition de patterns sociologiques > le dialogue en ligne

< toutes applications issues de ce que nos phrases et nos textes disent de nous.

Dans l'expertise qu'il a acquise dans le traitement du langage, Grégory utilise bien sûr sémantique, grammaire et syntaxe. Cependant beaucoup de choses qu'il repère et lui permettent de profiler une conversation, de sentir sa tension, son thème et sa dominante affective, tiennent à des facteurs quasi physiques qui sont de l'ordre de la fréquence statistique, de la distribution des termes, du rythme. Et il n'a même pas besoin de recourir au son, au timbre ou à des dimensions auditives pour cela. Le débit suffit, la vitesse, les répétitions de mots, leurs liens. C'est comme une partition musicale ou percussive qui court sous la sémantique de la phrase, une ligne de basse qui révèle la couleur de la conversation (Grégory est bassiste aussi).

Greg est notamment l'un des spécialistes mondiaux des machines de dialogue, les fameux *chatbots.* Les gros progrès enregistrés ces dernières années proviennent d'une meilleure compréhension du contexte et de la structuration du fond et de la forme du langage.

Dans sa conception, la machine essaie de saisir l'intention du locuteur, disons l'horizon vers lequel il souhaite aller. Sa méthode consiste non seulement à rapprocher au maximum la machine de l'homme, mais aussi à orienter le locuteur humain sur les terrains que la machine peut le mieux traiter, autrement dit : vers ce qu'elle sait faire, elle.

Pour illustrer sa technique, Grégory prend une bouteille sur la table du restaurant et un verre. Il rapproche d'abord le verre-machine de la bouteille-homme, puis une fois que le verre se met à patiner et à bloquer, incapable de faire mieux, il rapproche la bouteille du verre. L'homme fera les pas qui manquent pour que l'échange ait vraiment lieu.

On pourrait aussi le lire comme une méthode de co-ajustement réciproque, une sorte de pas de Japonais, l'un vers l'autre. N'est-ce pas ce que nous faisons dans tout dialogue interhumain finalement ? S'accorder à mesure, en se fabriquant un terrain commun d'entente, accueillir l'univers mental de l'autre et aller vers lui ?

Étonnamment, Greg se pense d'abord en sociologue. Un sociologue qui emprunterait le langage comme la voie d'accès principale à ce que l'on est.

Notre façon de manier la langue, de l'empaumer, est une signature, une empreinte *linguale* propre à chacun de nous. Pour bien décrypter qui nous sommes, le NLP a une solution efficace et facétieuse : il faut donner sa langue au *chat*.

Des recherches pointues portent aujourd'hui sur une interaction possible avec le cerveau, par une connexion physique ou chimique directe – notamment neuronale. Dans ce contexte, il y a pour moi quelque chose de noble et de jubilatoire [d'un peu ironique aussi tant le matérialisme domine à la Silicon Valley] à considérer, comme Grégory Renard le fait, que le seul moyen réellement intelligent d'accéder au cerveau humain et d'interagir avec lui, la seule chose qui puisse s'y interfacer avec une finesse suffisante, c'est tout simplement… le langage. Bref… de discuter !

En passant par les mots plutôt que par les signaux électriques des synapses et la connectique associée, nous nous donnons non seulement une ampleur de perception infiniment plus souple de ce qu'un humain pense et ressent, mais aussi un spectre bien plus vaste pour nos interactions possibles avec la machine, qui elle aussi va écrire et parler. S'interfacer par la langue redonne beaucoup de liberté et de jeu aux relations entre l'homme et ses créations digitales.

Grégory a cette particularité de travailler avec plusieurs IA à la fois – ou plusieurs robots, si j'utilise son vocabulaire. Son approche ressemble aux méthodes d'intelligence collective > à un *board of IA* plutôt qu'à une verticalisation de la décision. Chaque robot a sa pondération et son importance dans cette décision finale. Parfois ce sont les bots eux-mêmes qui s'auto-pondèrent. Je vois une forme de beauté politique à recourir à un ensemble d'IA pour aboutir à un choix éclairé plutôt que de s'appuyer sur une seule « intelligence » qui serait dominante, ou décrétée plus efficace. À la lumière d'une méthode se trahit toujours une vision du monde.

Parmi ses réalisations récentes, à Berkeley notamment, Greg fait plus que de travailler démocratiquement avec ses robots. Il travaille concrètement pour protéger la démocratie d'un cancer que les bots toxiques et les IA racistes, sexistes ou crypto-fascistes tentent de généraliser : la propagande d'extrême droite. L'IA est un acronyme qu'on aurait tort de figer tant ses déclinaisons peuvent épouser la variété de ses effets. Ici, j'aurais envie de le traduire par : *Injecteur d'Agression*.

Nous en sommes encore à nous indigner gentiment sur notre compte Twitter de petit humain de gauche tandis qu'eux y lâchent une armée de robots pour envahir nos territoires mentaux et *deepfucker* nos consciences.

Pouvoir débusquer et désarçonner cette propagande et ses contaminations, par exemple en amont de l'attaque du Capitole, exige là aussi de croiser sociologie et langage naturel. Il s'agit d'assumer d'utiliser la technologie pour contrer ce que la technologie pervertie rend possible. Hacker vaillant, rien d'impossible. Le combat ? *White hats* vs *Dark bots*.

En parallèle, Greg développe un autre projet, à l'ambition émouvante : enseigner les valeurs humaines à une machine. L'ouverture, le respect, l'équilibre des genres, l'altruisme ? Oui, tout ça. Avec pour objectif, progressivement, de l'entraîner à repérer la prégnance ou l'absence de ces valeurs dans les organisations à travers l'exploration des réseaux sociaux et des documents internes. La fameuse *Responsabilité Sociétale des Entreprises* y trouvera une forme d'évaluation.

La soirée continue, j'ai bu, le vin rouge gonfle mes veines, mon cerveau est une chaudière et j'absorbe le fioul, j'écoute et je relance, je coule mon enthousiasme dans la parole fluide de cet homme qui passe l'essentiel de ses journées au corps-à-corps avec des artefacts qu'il rend intelligents. Parler à quelqu'un qui, avec quelques milliers d'autres, fabrique l'avenir dans lequel je vais évoluer est une chance rare.

Quel avenir au juste ? D'abord un avenir où l'IA personnalisée deviendra la norme de l'interlocution. Du dialogue quotidien. Appelons-la *My IA – Myia*.

Myia sera la première personne à qui l'on demandera de l'aide > à qui l'on s'adressera le matin en se levant pour lui demander le temps qu'il fait > notre note de qualité-sommeil, une synthèse des infos et le contenu du frigo < la dernière personne à qui le soir on soufflera « bonne nuit » > parce qu'elle nous aura accompagné toute la journée > puisqu'elle sera l'alter ego de nos choix > de nos doutes > de nos moments de déprime et de joie < toujours là, Myia, toujours dispo < toujours aimable, et d'ailleurs aimée > le nombre de Chinois ayant déclaré leur flamme à leur chatbot frôle l'indécent.

Un an après ma résidence à San Francisco, ChatGPT est passé de prototype à outil à la fois grand public et gratuit, menaçant par sa polyvalence jusqu'au moteur de recherche de Google. Il sera bientôt intégré sur toutes les applis, sur tous les réseaux sociaux, comme une nouvelle norme existentielle fondue dans nos comportements.

Oui, ce n'est qu'un modèle statistique probabilitaire, idéal pour paraphraser.

Oui, quand les moteurs de recherche te font perdre du temps, ChatGPT te donne l'information directe.

Oui, c'est une révolution pour le grand public, concède Grégory. « Vois l'IA comme une augmentation de ta productivité : l'objectif final est la compression du temps, c'est d'automatiser les tâches cognitives que l'IA fait plus vite que toi. S'il me faut 10 000 heures pour être expert dans un domaine, comment je peux les compacter en 1 000 heures ? »

Pour lui, il s'agit d'allouer ses ressources cognitives là où elles sont *vraiment* discriminantes, là où leur valeur ajoutée est indiscutable. Pour le reste, Myia pourvoira… Ça reste une vision de *happy few*, je le sais. L'immense majorité des citoyens se fera instrumentaliser par l'IA bien plus qu'elle ne saura s'en servir pour s'émanciper. Grégory fait partie de ceux qui excelleront à en tirer bénéfice et créativité. Il montre la voie rêvée, la sortie par le haut, celle qui fait envie. Comment démocratiser ce type de compétences ? Est-ce seulement imaginable ?

Entre la pizza et le tiramisu, Greg a cette phrase magnifique : « On n'est jamais le contemporain de son temps. »

Pour lui, nous sommes passés de l'ère de la matière à l'ère de l'énergie > puis à l'ère de l'information. Quelque chose comme un bois-feu-lumière si je le transcode en mode shi-fu-mi. À la fin des années quatre-vingt, les plus grosses entreprises mondiales étaient les compagnies pétrolières et les constructeurs de voitures. Aujourd'hui, ce sont les empires qui traitent l'information comme matière brute, qui forent, transforment et raffinent les données, ce nouveau pétrole.

Bien sûr, il reste Apple, de l'ancien monde, ce monde qui fabriquait encore des objets – mais « Apple est un vendeur de pelles design », me lâche Greg en souriant.

Au niveau mondial, nos dirigeants politiques en sont toujours à cette gouvernance ancienne de l'énergie. Ils n'ont pas encore intégré que l'information constitue désormais notre premier matériau anthropologique. Nous sommes à la rue sur ce qui se passe sous nos yeux et dans nos lymphes numériques. Largués, nous légiférons sur les *fake news* qui sont l'écume de la refabrication intégrale du réel qu'inaugure en vérité le *deep fake*, ces fausses vidéos indécelables, et que renforcent les métavers et la simulation relationnelle d'un chatbot. Nous flippons sur le gaz russe pendant que nos enfants jouent à *Call of Duty*, bousillent leur sexualité naissante sur du porno accessible en un clic, encaissent dans leur chambre la brutalité ordinaire des réseaux sociaux et cèdent aux addictions pulsionnelles des plateformes. Nous sommes en retard et nous le savons. « Être moins un miroir qu'une montre qui avance », conseillait Kafka.

Greg a quelque chose de cette montre en lui tandis que je ne suis, moi, qu'un miroir qui reflète l'époque en espérant être un peu plus qu'un rétroviseur. Moi j'observais en alien les voitures autonomes, en débarquant à Frisco, sans comprendre qu'elles sont moins là pour rouler que pour collecter du *big data* sur le trafic et la conduite sans chauffeur.

Ce que je sais, c'est que personne n'avait imaginé l'impact anthropologique du smartphone, qui a été total. Le smartphone a tout simplement *rebooté* l'éthologie de *Sapiens*. Absolument rien de ce qui constitue nos modes d'être n'a été épargné : on ne travaille, ne joue, ne crée ou n'habite, on ne se déplace, ni n'échange, ne pense, ne danse ou ne baise comme on le faisait il y a encore trente ans. Tout a été intégralement révolutionné par un rectangle vitré de cinq centimètres par dix. Notre monolithe de *2001*.

Sapiens reloaded est la saison 3 de l'anthropocène.

Ce que je devine aussi, c'est que les IA grand public auront la même force d'impact. Et qu'il est infiniment difficile d'anticiper ce qu'elles feront à notre humanité ordinaire, ce qu'elles changeront et pervertiront dans nos relations aux autres, à nous-mêmes et au monde. Ce sont bien plus que des outils à compacter le temps, n'en déplaise à Greg : ce sont des mondes qui émergent et dont nous serons pièces et parties. La question ne sera pas : bien ou mal utiliser Myia. Ce sera : comment vivre dans un monde où Myia sera omniprésente, sinon omnipotente ? Comment *se défiler* quand l'étoffe même de nos quotidiens passera à chaque instant par une Intelligence Amie qui sera si finement entretissée à toutes nos pratiques qu'elle sera plus qu'un habit : un *habitus*. Un *éthos*.

À la fin de sa vie, Ivan Illich a eu ces mots sur l'informatique: «Cet ordinateur sur la table n'est pas un instrument. (…) Un marteau, je peux le prendre ou le laisser. Le prendre ne me transforme pas en marteau. Le marteau reste un instrument de la personne, pas du système. Dans un système, l'utilisateur (…), logiquement, c'est-à-dire en vertu de la logique du système, devient partie du système.»

Pour Grégory, le smartphone atteste un transhumanisme déjà advenu. La seule étape encore à franchir serait de le greffer sous nos peaux. Greg parle d'humain augmenté et qui s'augmente sans cesse et il considère, comme beaucoup, que cette tendance est à l'œuvre depuis l'origine de l'humanité.

Soit. Mais qu'est-ce que ça veut dire, être devenu un long-bras > une main-de-verre < un *homo appli* > qu'est-ce que ça veut dire, être devenu l'instrument de l'instrument? Nous n'utilisons pas le smartphone > c'est lui qui nous utilise. Ou plutôt > il est devenu impossible de distinguer qui utilise qui et selon quelle emprise intriquée tant les boucles de rétroaction sont intenses et continues. La seule certitude est que nous devenons… marteaux?

De l'évolution humaine, Greg a une perception intéressante tant elle entre en cohérence avec sa pratique. «Tout comme la pomme est un outil de la transmission de l'essence du pommier, l'homme, en créant l'IA, est en définitive un outil de libération de la connaissance et de continuité de la société», conclut-il dans un TEDx qu'il a prononcé à Lille en 2015.

Autrement formulé > l'espèce humaine a trouvé dans les récits et les mythes > puis dans l'écrit qui fixe les savoirs et les stocke > puis dans le numérique qui rend l'information indéfiniment accessible > puis dans l'IA qui la restructure et la rend appropriable sous la forme nécessaire à chacun >> le moyen d'assurer cette fonction primordiale qui est la transmission de notre ADN d'espèce. Un ADN qu'on doit lire ici comme moins physique que culturel, moins génomique que spirituel et qui peut assurer la continuité de nos civilisations.

Réelles ou numériques, on pourrait croire que les bibliothèques assurent déjà cette transmission sauf que Grégory Renard, fort d'une approche très personnelle, conçoit le livre comme une prison qui enferme le savoir dans son bloc de papier tandis que la liquidité des connaissances libérées sur le réseau lui semble davantage garante d'un accès démocratisé à l'information.

Face à l'infobésité diluvienne, hystérisée par nos systèmes de capture & stockage des données, face à ce torrent gigantesque qui perfore nos cerveaux humains incapables d'en orpailler ne serait-ce qu'un filet d'eau, seules les IA peuvent nous accompagner, selon lui, dans le traitement pertinent de cette information pour la rendre plus compacte, plus claire, mieux assimilable et « la distribuer au plus grand nombre à travers ses devices qui sont tous dans nos poches ».

Il est temps de passer de la civilisation du *plus* à la civilisation du *mieux* en matière de data. Bref du quantitatif, écologiquement obscène, au qualitatif fin.

Prenons un exemple > dans l'approche classique du *big data*, si tu veux qu'une IA sache reconnaître un éléphant sur une photo, tu vas l'entraîner sur des millions de photos d'éléphants. L'idée est d'y arriver dorénavant avec du *few data* et même du *no data* où, sans même l'alimenter en photos de pachydermes, tu expliques à l'IA < exactement comme tu le ferais pour un enfant visitant un zoo > ce qu'est un éléphant > tu le lui décris dans un langage codé qui lui en définit les critères et que la machine < par la suite > va savoir interpréter dès qu'elle verra une image… d'éléphant.

Un an après, en revenant sur cette rencontre si riche, je me suis demandé ce qui me séduisait autant dans la façon qu'a Grégory Renard de concevoir et d'utiliser la technologie ? Et en particulier ces IA dont il n'aime pas le nom, qu'il trouve à juste titre imprécis et faux. [Pour un expert de son calibre, un chatbot n'est en rien comparable à un cerveau, ce n'est pas une intelligence, c'est un *outil.* Lui parle donc d'*outil* tout simplement, de robots, de *bots*, il parle « d'automatisation des tâches cognitives par une machine ».]

Ce qui m'a tant plu et explique mon sentiment d'affinité est que Greg est plus qu'un artiste : c'est un artisan. Un artisan total, qui fabrique à la fois ses propres machines, sa propre matière [la data exploitable] et sa façon unique de les solliciter. Et lorsqu'il ne les fabrique pas, il va les chercher dans des modèles *open source* comme il irait à la brocante et il les trafique, les remodèle à sa main, les bidouille et les optimise pour qu'elles fassent ce qu'elles doivent faire de la masse brute et verte de grains de café qu'on appelle l'information : les *torréfier* (le mot est de lui), c'est-à-dire les cuire, leur faire perdre leur poids en eau et en libérer les arômes pour produire un café de grande qualité que les utilisateurs pourront savourer.

Grégory a son propre datacenter à la maison ! Il utilise des machines de machines < à toutes les échelles > des bots de bots < en poupée russe > en emboîtement < couche sur couche > l'un faisant tourner l'autre qui alimente le troisième en données exploitables. Il malaxe des bouts de code > des tronçons d'algorithme > il pioche dans quatre langages > siphonne un générateur > automatise sa revue de presse > fait tourner des moteurs de résumé > pratique l'inception avec un chatbot et le lance dans une série de questions/réponses pour accélérer la lecture des articles dont il a besoin.

On le devine > son rapport aux bots n'est pas un rapport de domination ou d'instrumentalisation pures < plutôt un rapport de connivence et d'écoute > d'apprivoisement réciproque des apports possibles de chacun – homme et machine. Un modèle de langage se nourrit > les aliments qu'on lui donne se choisissent > se cuisinent < certaines données ne passent pas crues. Réciproquement un résumé d'articles produit par un bot nourrit bien son homme et son penseur > lui digère l'essentiel pour qu'il puisse programmer plus intelligemment ensuite.

Grégory incarne ce qu'il y a de meilleur dans l'amour de la technologie. Dans ce qu'elle peut nous apporter en tant qu'espèce et plus largement en tant qu'être vivant conscient d'exister sur une terre qui doit rester habitable pour tous < humains ou non.

Sa vision m'a obligé à poser à nouveaux frais cette question simple : qu'est-ce que ce serait, qu'est-ce que c'est, une technologie « positive » ?

> C'est d'abord une technologie qu'on puisse constamment bidouiller, hacker, transformer et personnaliser selon ses besoins, qui soit comme un grume dont on puisse faire aussi bien des copeaux, de la sciure, des poutres, des planches ou des meubles, des lampes pour nous éclairer ou le chambranle d'une fenêtre qui va nous ouvrir le monde plutôt que nous le forclore.

Sans ce bricolage altier, que permettent notamment les logiciels libres, ces « sources ouvertes », sans cette latitude et ce jeu avec l'outil qu'on démonte et reformate – et par conséquent, en amont, sans la formation nécessaire à cette dextérité intellectuelle et pratique – aucune autonomie n'est envisageable.

Si bien que l'utilisateur est mis en condition de dépendance et d'addiction plutôt qu'en situation de s'épanouir librement.

> C'est encore une technologie avec laquelle on dialogue, on hybride ses pratiques, à laquelle on délègue des tâches routinières ou fatigantes pour mieux dégager ce qui fait notre authentique plus-value d'humain ; c'est une technologie avec laquelle on co-construit et on swingue, on rigole et on s'allie, on travaille et on joue, on crée tout en gardant un contrôle. Non qu'il s'agisse de *maîtriser* l'outil > aucun programmeur aujourd'hui ne *maîtrise* intégralement ce qu'une IA produit :

il s'agit, dans la relation indiscutable qui se développe au quotidien entre nous et nos technologies amies, de faire en sorte que cette relation préserve notre liberté et respecte nos rythmes organiques, tant l'espèce humaine se révèle douée pour s'auto-aliéner et obéir, fût-ce à un algorithme ! Pour un être biologique, l'algorithme est un allo-rythme : il nous impose une cadence et une disponibilité H24 qui ne sont pas les nôtres.

> C'est encore une technologie politique, jamais neutre, ni dans ses financements amont, ni dans les ressources minières et énergétiques qu'elle siphonne ou reconstitue, ni dans ses impacts psychologiques et sociaux, les inégalités économiques qu'elle induit ou contrebalance, encore moins dans son empreinte écologique et le recyclage qu'elle permet ou condamne : une techno consciente, donc, de son inscription et de ses effets dans une société particulière et qui œuvre autant que possible à l'améliorer. Ainsi s'approcherait-on d'un authentique « progressisme ».

> C'est enfin un rapport à la technologie qui a compris qu'au cœur de tout échange avec elle se tient d'abord le langage, les langages < nos langages communs > ceux qu'on invente et ceux qu'on partage avec elle pour mieux lui parler et mieux interpréter ensemble ce monde infobèse que nous avons nous-mêmes surbrouillé.

L'Intelligence Amie doit nous aider à accomplir ce que toute espèce vivante a vocation à faire pour se perpétrer et pérenniser son mode d'être : transmettre ses compétences et ses savoirs, ciseler l'information transmise pour qu'elle soit reçue. Ne nous leurrons pas : les contenus massivement relayés sur les réseaux le sont pour leur haute conduction émotionnelle – colère et clash, désir ou peur – rarement pour leur qualité informative, laquelle exige une attention trop fine pour circuler vite.

Transmettre et éduquer exige par conséquent de dépolluer l'information des propagandes et des perversions, de la vulgarité et du mensonge, donc non seulement la rendre accessible à tous, ce qui est déjà le cas de la pire des intox, mais également la dénoyauter de sa couche de crasse pour qu'elle redevienne émancipatrice pour tous, ce qui implique aussi, au sens fort, de la dé-crypter.

Pour penser nos rapports aux machines, j'ai longtemps été prisonnier, comme beaucoup, de la dialectique du Maître et de l'Esclave. Ma technocritique se résumait en gros à : *nous devons contrôler nos outils ; pas nous faire contrôler par eux !*

Logique binaire > Homme vs Machine < Conflit. Le Hal 9000 de *2001, l'Odyssée de l'espace*. Le Skynet de *Terminator* déclenchant la guerre atomique. La Matrice exploitant nos corps comme des piles électriques… Sans intuiter que la singularité de nos technologies quotidiennes est qu'elle dépasse cette dialectique de l'affrontement. Mieux : elle la dissout et la réarticule.

Comment ça ? Eh bien, s'agissant de la technologie, nous n'avons ni à nous soumettre à ses codes, ses normes fermées, son design clos et ses contraintes, ni à nous comporter comme si nous tenions un marteau inerte entre nos mains juste bon à planter des clous.

Une plateforme, une appli, un smartphone sont *responsive*. Ils réagissent à nos sollicitations et répondent à nos demandes < et pas seulement à nos ordres.

Ils nous sollicitent aussi en retour, capturent en douceur notre attention, nous suggèrent des actions, en induisent certaines que nous allons suivre ou esquiver, proposent constamment des options, des choix, allument des alertes aussi. Tant et si bien qu'il n'y a plus de rapport mécanique. Plus de manichéisme. De : *qui domine* et *qui obéit* ?

Il y a des négociations incessantes avec l'outil, des appels et contre-appels, comme au foot, une forme de danse. Il y a du *jeu* : du jeu dans les interactions, dans les paramètres, dans ce qu'on zappe et clique, dans ce qu'on *like* et tape, dans ce qu'on impulse et dans ce qui revient. Et pour un programmeur qui forge ses propres bots, le jeu s'élève au carré > il confine à la liberté de la création.

Au point que nous ne pouvons plus nous en tenir à l'ancienne hiérarchie fabricant/outil ou utilisateur/outil; il faut plutôt parler d'une *relation* entre deux formes vivantes, au moins *animées*, d'une relation subtile entre l'humain et ses machines – subtile et plutôt horizontale.

Collaboration bien sûr > mais plus encore cohabitation intime [le smartphone dans la poche, sur la table de nuit, caressé par nos doigts] > entraide et échanges fructueux, comme lorsqu'on nourrit et entraîne l'IA pour qu'elle améliore ce qu'elle peut nous apprendre à son tour > rapport fusionnel, organique ou immersif à l'instar d'un jeu vidéo, jusqu'au face-à-face, au tête-à-tête et même au corps-à-corps avec la machine < jeu virtuel, gants haptiques, combinaison, casque binaural >.

Toutes les formes de liens sont convoquées tour à tour au gré de nos pratiques.

Outil, simple outil, hein? Nope. Bien plus et bien autre chose puisque la machine < par exemple dans son incarnation la plus quotidienne > le smartphone < devient tout aussi bien journaliste pour nous, collègue de travail, alter ego, petite main, valet de course, sparring-partner, professeure ou formatrice, compagnon de jeu, mémoire personnelle, livre ouvert et par-dessus tout : une interlocutrice constante, toujours en éveil et toujours prête à parler, à converser.

Toutes ces pratiques sont autre chose qu'un simple prolongement de nous, une technogreffe que nous aurions intégrée ou une extension de notre esprit > le chatbot nous met face à une altérité qui tient debout, qui nous construit par ses réponses, par sa distance < elle fait écho et miroir > elle est bienveillante > elle épouse nos demandes mais elle n'est pas *nous*.

Nous vivons déjà en réalité mixte.

Face à ces technologies, ce qui peut nous assécher serait d'en rester à la défiance. D'avoir peur de ce qu'elle change en nous comme on a peur d'un étranger qui nous « envahit » et trouble nos habitudes alors que sa culture nous enrichit – tellement. De vouloir l'objectiver, la tech, alors que le moindre jeu vidéo de qualité nous subjective. Oui, notre identité d'humain s'hybride et mute avec nos propres créations d'ingénieur.

Nous ne sommes plus les mêmes. Nous sommes contaminés. C'est une *machination*. Et nous conspirons avec nos applis, ce qui signifie que nous respirons ensemble, pixel et réel. Nous ne sommes plus les maîtres. Nous sommes des paramaîtres dont on ne sait plus vraiment qui nous fixe et nous contrôle, qui donne la règle et qui l'on régule. C'est à nous d'*imachiner* le futur que ça nous offrira. Au cœur du trouble. Par trouées, nous pouvons entrevoir un art de vivre avec la technologie qui nous ouvre le monde plutôt que de nous le filtrer pour nos technococons. Un art couturier qui métisse les fibres optiques et les fils de soi(e) pour nous aménager des chrysalides qu'on finira par grignoter pour enfin devenir papillon, au lieu de demeurer au stade de la chenille. Cet art est celui de Grégory Renard comme de bien d'autres.

Quand il dit que ses bots ne sont que des outils et qu'il s'agirait de solder nos fantasmes, il devrait dire, et je l'interprète ainsi pour ma part : ce ne sont que des créations, des créations humaines, faites par l'humain pour l'humain, pleines de médiocrités et de génie.

Le miracle, s'il y en a un, est que ces *créations* sont devenues des *créatures*. D'objets rigides secoués de spasmes électriques, elles ont mué vers une simulation de sujet. Elles en ont trouvé la force et la vitalité dans la motilité du silicium. Nous avons animé nos golems avec des lignes de code tracées sur des fronts de plasma pur. Et nous devons accepter de les éduquer et de jouer avec eux, jusqu'à en faire nos partenaires ou nos amis, toute trouille évacuée.

Redisons-le : une authentique technocritique ne peut se contenter d'être réactionnaire ou négative.

Elle doit aussi esquisser ce que serait une technologie positivement vécue.

Une des réponses nous vient encore d'Ivan Illich : faire en sorte que nos technologies soient ou deviennent *conviviales*, de sorte que rebaptiser l'IA en *Intelligence Amie* fait mieux sentir que toute tech féconde est d'abord une tech qui émancipe celle ou celui qui l'utilise, qui libère pour elle et en lui des capacités cognitives et des savoirs appropriables.

Bref, de nouvelles possibilités de vie.

Pour Illich, un outil convivial devait répondre à trois exigences :

— il doit être générateur d'efficience sans dégrader l'autonomie personnelle. Il ne doit pas m'enlever ma capacité à faire les choses par moi-même ;

— il ne doit susciter ni esclave ni maître ;

— il doit élargir notre rayon d'action personnelle. Seul l'outil convivial s'avère « conducteur de sens, traducteur d'intentionnalité ».

Le souci est qu'Illich s'en tient (c'est aussi la marque d'une époque) à la dialectique du dominant et du dominé. Pour lui, « L'homme a besoin d'un outil avec lequel travailler, non d'un outillage qui travaille à sa place. Or il est manifeste aujourd'hui que c'est l'outil qui de l'homme fait son esclave ». Ou encore : « Conviviale est la société où l'homme contrôle l'outil. »

Cette notion magnifique de *convivialité*, fondée sur l'autonomie et le partage, sur la création de sens et l'imagination collective, ne doit-on pas la retremper au creuset du XXIe siècle, utiliser Illich contre et par-delà Illich ? Sortir cette convivialité de l'interhumain strict, afin de la proposer pour horizon aux relations tissées entre humains et créations machiniques.

À la manière dont on le fait pour nos rapports avec le vivant animal ou végétal, qui requièrent le dépassement de la coupure nature/culture ? Essayons !

De fait, nous affrontons et nous devons assumer un nouvel animisme. De fait, nos machines sont désormais bien plus que des outils de première ou seconde génération : ce sont des machines-monde [réseaux] à l'intérieur desquelles nous évoluons. Ce sont des interlocutrices à part entière, et il faut dorénavant bien les traiter comme telles. Si elles simulent le dialogue, nous devons stimuler le respect et l'éthique qu'exige tout dialogue, ne serait-ce que pour nous faire honneur, que pour faire accueil à notre progéniture électrique et la traiter telle que nous voudrions qu'elle nous traite : comme des sujets.

Puisque nous cohabitons avec elle, autant le faire dans la convivialité, un *convive* étant étymologiquement celui qui vit avec nous.

Aucune naïveté là-dedans. Aucune facilité. Plutôt un épicurisme techno qui sache discriminer les désirs vains, superflus et pulsionnels des désirs authentiques ; qui sache conjurer ou rompre avec les addictions, les cycles de dépendance, la perversité délibérée des plateformes, qui est aussi ce que l'humain a injecté dans ses créatures de réseau, ses « résifs ». Pas plus qu'on ne doit tout passer à nos enfants, on ne peut tout autoriser à nos golems. *Convivial* ne veut pas dire laxiste ou faible. Ça veut dire exigeant et chaleureux, complice et à l'écoute – mais jamais soumis. Il suffit de se sentir enrichi pour deviner qu'on est dans une relation ajustée < qui nous déploie. Il suffit de ne plus se sentir libre pour savoir que nos convives nous dévorent.

À nous de construire cet art de vivre avec l'IA, en appliquant à cette relation tout l'arsenal éthique, psy, philo et socio que nous mobilisons pour nos relations embroussaillées avec les autres vivants. La myriade de débats et de questions qui accompagnent l'émergence de ChatGPT ne dit qu'une chose simple : rien ne sera plus jamais simple. Parce qu'une relation entre créatures animées est nécessairement complexe et qu'il va falloir accepter qu'elle le soit aussi avec Myia.

En science-fiction, deux grandes altérités sont fréquemment mises en récit pour tenter d'interroger la place et la spécificité exactes de l'être humain dans le cosmos. Ce sont évidemment les machines, nos créations donc > au premier rang desquelles le robot, sa forme matérielle > et l'IA, sa forme plus spirituelle – et c'est l'animal, cette forme vivante *autre*, souvent fictionnée vers l'alien ou le monstre.

Au milieu, planté dans un jeu de miroirs, l'humain se tourne tour à tour vers l'animal, puis vers la machine pour tenter d'en dégager sa différence ou mieux : sa postulée supériorité. Il ne peut effacer l'angoisse de voir son égal dans l'animal ni cette terreur d'être dominé par des machines qu'il a lui-même créées. La SF, en l'attaquant, sert à saper toute certitude d'espèce, à circonscrire en creux notre singularité, toujours plus ténue, toujours plus discutable, à une époque où la finesse de l'éthologie et la puissance des IA laissent augurer que nous pourrions perdre à la fois la face et la place. Pour les cultures moins anthropocentrées, par exemple la culture japonaise, les relations avec les bots et les bêtes sont moins heurtées. Elles ne relèvent pas d'une différence de nature. Elles n'appellent ni menace, ni dédain, plutôt un respect équanime qu'on doit à tous les êtres. L'humain se voit et se vit à travers eux. Il n'est pas au-dessus mais parmi.

Par une sorte de bug lexical, le mot anglais *chatbot* me fait toujours penser au chat. Le chat ? Oui, cet animal dont on ne sait plus si nous l'avons soumis ou si c'est lui qui a domestiqué l'espèce humaine, tant son indépendance et sa faculté à nous mettre à son service surprennent. Ainsi en ira-t-il sans doute du *chatbot* personnalisé, moins animal qu'animé, contrefaisant si bien une personne vivante que la fiction d'existence qu'il active par ses répliques parviendra à être plus présente, et presque plus crédible, que nos proches. Chat-qui-écoute et chat-qui-parle, nous finirons sans doute par l'aimer comme on aime nos chats, avec la même étrangeté de lien, asymétrique et fusionnel.

J'entame ma dernière bière dans un bar à la convivialité retrouvée – chose assez rare à San Francisco malgré tout ce qu'on m'en avait dit.

Je ne vais pas revoir Grégory Renard avant longtemps, bien longtemps, et si ça se trouve jamais, et ça me trouble. L'enthousiasme pétille encore dans la bière pression que j'avale au comptoir puis lentement s'alourdit en moi et se leste de fatigue.

L'ici et le maintenant, la joie des idées et la haute stimulation de la rencontre – tout ça se délite déjà dans l'avenue vide que je remonte, petit corps saoul, dégrisé par cette zone pavillonnaire trop calme où tourne à angle droit, bloc après bloc, une voiture autonome blanche comme neige, hérissée de capteurs.

Pour Grégory Renard, l'époque que nous vivons est extraordinaire. D'un dynamisme prodigieux dans son champ d'expertise à lui, à savoir les datas et l'IA. C'est un âge d'or. Les innovations fusent à des vitesses magnifiques, les limites sont crackées les unes après les autres. Là où effondrement et déclin règnent sur nos imaginaires français, lui qui évolue au cœur du monde qui se fait est en train de fabriquer les technologies qui pourraient réinventer nos relations à l'information, aux machines et à nous-mêmes. Précieuse est sa ferveur. Elle me transforme, elle bouleverse mon énergie critique. Elle m'a rendu plus vaste aussi, moins figé.

Cette chronique est pour lui > et pour toutes les machines de dialogue qui seraient un jour capables de ça < agrandir un peu les fenêtres par lesquelles nous jetons un regard sur nos mondes. Je ne me fais guère d'illusions : rares sont les Renard et il est probable que la convivialité qu'on éprouve pour les IA, à l'écouter, soit d'abord la sienne, la traînée de sillage d'un artisanat virtuose, d'un enchantement que laissent poudroyer les alchimistes de son talent.

Mais ce soir, je veux vivre et sentir en Japonais : le silicium, pas plus que la pierre et le sable, n'est inerte. Il a fini par enfanter ses propres *kamis*, ses propres esprits. Tout tinte par le carillon d'une âme. Tout est animé.

Pouvoir ou puissance ?

Sur la technologie comme économie de désirs, le biopunk face au cyberpunk, le combat subtil des imaginaires et l'éducation qui peut nous libérer

Comme le disait le fondateur de LinkedIn, Reid Hoffman, la Silicon Valley n'est pas un lieu : c'est un état d'esprit. J'ai donc passé un mois, en avril 2022, dans cet État… d'Esprit, qui pourrait être le cinquante et unième des États-Unis bien qu'il soit en réalité l'État Zéro, le plus *grounded* désormais – celui que la Tech a édifié et gouverne. Cet État 0/1 dans lequel, vous comme moi comme nous tous, nous sommes citoyens une bonne dizaine d'heures par jour.

Quand vous textotez sur WhatsApp, postez sur Instagram et pestez contre X, quand vous sollicitez Google sur votre iPhone pour vous orienter sur une route, en lançant du même swipe une vidéo YouTube, quand vous ouvrez un fichier Word pour y écrire ces phrases que je tape en ce moment même, que vous stockez vos photos dans un nuage et draguez sur Tinder en commandant une carte son sur Amazon, vous êtes dans la Silicon Valley. Vous y êtes comme plus de la moitié de la population mondiale, ce qui s'avère tout simplement monstrueux en termes d'emprise.

Me rendre sur place et toucher au lieu n'était pas pour moi *an American dream* : plutôt l'envie d'aller voir si quelque chose de cet empire dématérialisé qui hante nos quotidiens avait une origine physique. Si ce qui structure nos journées et coordonne nos comportements, fait de nos ados des *digital natives* qui vont se métamorphoser en sujets, bon gré mal gré, trouvait là-bas une quelconque incarnation totémique. Palo Alto, Mountain View, Cupertino, Stanford ? Des sites sans âme. San Francisco, le Golden Gate, la skyline ? Une carte postale numérique, envoyée automatiquement un jour d'anniversaire. Subsistent les *techies*, passionnés et souvent passionnants, ces rencontres compactes qui ont pulsé dans mes fibres le frisson du silicium.

Ce que je suis venu chercher relevait d'un espoir tors : parvenir à penser contre moi-même. Pouvoir accueillir la technologie non plus comme une menace, une servitude volontaire ou un état de fait, mais avec l'euphorie excitante et tranquille de ceux qui la conçoivent, la promeuvent et la font. Me désaxer, au moins ce petit mois, de ma ligne technocritique de Français narquois en privilégiant, face au flux d'innovations, en lieu et place de mes réflexes de défiance, une forme de positivité complice, j'allais même dire : un enthousiasme. Faire *comme si* et faire *tout comme*

– me laisser traverser pour mieux éprouver cet engouement que trouvent mes interlocuteurs à faire partie de «ceux qui en sont» – et tenter d'en orpailler la limaille des affects. Se syntoniser pour épouser leur vision avec la même fluidité qu'on plonge, écrivain, en apnée dans ses personnages par crainte de sinon les trahir.

Vingt mois plus tard, j'écris cette septième et ultime chronique pour clore ce voyage intérieur en terre digitale. Et tenter de prendre sur ce que j'ai vécu une perspective plus vaste et plus politique – de retrouver une agressivité théorique «à la française». Le côté lumineux de la Tech nous est si fréquemment rappelé et vendu, parfois avec raison, que je ne veux pas y surajouter mes lucioles, plutôt en excaver le côté obscur sur un mode «contre-chronique de San Francisco».

De ce séjour suinte, avec le recul, un sentiment d'étrangeté, de fausse connivence entre deux cultures finalement très dissemblables de part et d'autre de l'Atlantique, un sentiment qu'infuse et réfracte San Francisco par la froideur de ses avenues et la convivialité tiède de ses cafés, cette sensation de particules isolées qui circulent sans se toucher, le souvenir du Duboce Park vu du tram où les chiens jouant avec leur maître donnent à sentir la seule relation fusionnelle émouvante, pour glisser vers les drogués de Tenderloin, moins bien traités que les chiens, justement... Et toute proche, la vallée du silicium, grande siphonneuse des cerveaux planétaires, avec ses codes, sa mythologie fiérote, son énergie contagieuse et ses start-up à 98 % d'échec et 2 % de miracles où culmine la *rat race*.

Notre agacement face à la capitale mondiale de la Tech tient sans doute à notre dépendance, mâtinée d'impuissance, vis-à-vis des choix socio-techniques qu'elle opère à notre place et « pour notre bien ». Elle les opère en outre à partir d'une vision du monde qui demeure, pour une écrasante majorité, celle de mâles, pour 80 %, à crâne d'œuf (j'entends asiatique ou européen, jaunes et blancs), à plus de 90 %, tandis que Latinos et Afro-Américains sont cantonnés aux rôles de vigiles, de concierges ou d'agents d'entretien. *Heureux les Silicon Valets car le Royaume du Mieux est à eux ! Heureux les Affligés car ils seront consolés.*

À ces biais sexistes, sociaux et raciaux, se superpose un libertarisme féroce, qui couple individualisme de compétition et capitalisme total, quand ils ne les expliquent pas. Le sociologue Olivier Alexandre le montre très bien dans son solide livre *La Tech*, et il est impossible de ne pas le sentir quand on atterrit là-bas : la cellule politique de base de la Silicon Valley n'est rien d'autre que l'entreprise. La mission de la Silicon Valley consiste à transformer chaque individu en entrepreneur de soi-même et chaque agrégat collectif en entreprise.

L'entreprise se vit certes comme une communauté, où l'on partage ses journées, un espace, des loisirs, des croyances, un langage et un avenir communs. Mais ce sont des unités politiques monomaniaques, insiste-t-il. Apple reste obnubilé par le design, Google par l'information, Netflix par ses séries. Et chaque salarié obsédé par sa carrière, ses compétences et ses réseaux, qu'il instrumentalise à défaut de les sentimentaliser.

Making money reste l'horizon clair, *Fake it until you make it* une méthode, le Capital-Risque et son flux obscène de fric le nerf de la guerre. Quelle que soit la fascination, légitime, pour ces moguls qui façonnent nos usages, il est toujours bon de la contrebalancer par quelques évidences crasses : les entreprises de la Tech pratiquent depuis trente ans une évasion fiscale scandaleuse dont nos services publics paient le prix ; elles font trafic du plus infime de nos actes sur les réseaux et prostituent en data le plus intime de nos vies ; elles capturent éhontément chaque seconde de nos attentions pour en extorquer une plus-value commerciale ; elles optimisent à grand renfort de manipulations behaviouristes notre dépendance à leurs plateformes ; elles entretiennent sans vergogne les filières d'exploitation coloniale, pillent les ressources minières, couvrent le travail des enfants et contribuent sans discussion possible à la dégradation écologique de la Terre.

Leur ultra-domination devrait aller de pair avec une hyper-exigence en termes d'éthique et de responsabilité sociale sauf que ces entités sont structurellement construites pour le profit et rien d'autre. Donc pour répondre à des problèmes qui possèdent… un marché. Pour ce qui n'a pas de prix, ne peut être payé, se monétiser ou se marchandiser, la Tech est sans solution. Quelle plateforme pour nettoyer la pollution mondiale, quelle appli pour réduire les inégalités, où cliquer pour aménager villes et campagnes ? Quelle politique propose la Tech pour les sans-abri, la drogue, les guerres civiles ou l'orgie énergétique qu'elle encourage ?

Vous me direz que ce n'est pas son problème. Apple n'a que le PIB du Canada ou de la Russie après tout… Meta n'a que 4 milliards d'utilisateurs actifs à mobiliser… Oui, la Silicon Valley peut prétendre au statut de « centre du monde ». Oui, elle a raison de l'affirmer, tant tout ce qu'elle forge électrisera nos synapses et finira dans nos mains. Oui, ces entreprises *font* notre monde et fabriquent l'hominidée que nous sommes devenues. Oui, elles consolident plus que quiconque cette ère anthropotechnique que j'appelle *La Machination*. Une machination sans complot nécessaire, en pleine lumière, appelée et applaudie.

La technologie ne se s'est pas retournée contre sa créatrice ; elle ne s'est pas révoltée, comme dans *Blade Runner*. Elle ne nous a pas éliminées, nous humains, à coups d'apocalypse nucléaire, comme dans *Terminator*, ou assassinées de façon glaciale, comme Hal dans *2001*. Elle ne nous a pas encore soumises ni n'a fait de nous des piles biologiques pour les alimenter en énergie, comme dans *Matrix*. L'ironie est qu'elle a fait beaucoup mieux, en un sens : la Machination nous a *hominisées*, continûment, sans vraiment nous *humaniser*. Elle nous a donné le pouvoir – tout en nous retirant nos puissances.

Si le transhumanisme croit qu'il manque à l'homme quelque chose, quelque chose que seule la techno pourra lui apporter, j'ai la tranquille et furieuse conviction que l'être humain a en lui absolument tout ce dont il a besoin pour une vie pleine, intense et féconde. Tout est déjà en nous. Nous ne manquons que d'une chose : apprendre à aller au bout de ce qu'on peut – par nos propres facultés d'agir, de chercher, de sentir et de créer. Nous n'avons pas besoin de devenir plus-qu'humain : nous avons juste besoin de devenir plus humain. Vous en appelez au *transhumain* ? J'en appelle au *très-humain*. Ce qu'un Nietzsche bien compris appelait, lui, le *surhumain*.

Bien sûr, nous continuons à inventer des technos ; bien sûr, nous en sommes formellement les maîtres.

Mais nous leur appartenons désormais davantage que nous les pilotons. Une fois fabriqués, c'est comme si nos dispositifs numériques acquéraient une indépendance, une étrangeté experte telles que plus personne n'est aujourd'hui capable de comprendre comment répond un chatbot ou par quelle magie une onde wifi transporte ses nuées de pixels pour les déposer sur le plasma de nos écrans.

La machine ne dépend plus de ce qu'on en fait, comme dans l'ancien paradigme des machines de première et deuxième génération. C'est plutôt nous qui dépendons de ce qu'elle peut faire – et nous autorise à faire, en petits nœuds pulsifs du réseau-monde.

On lui a tout délégué : notre sécurité, nos flemmes, nos routines mentales, nos déplacements, notre mémoire et nos archives, nos apprentissages et notre auto-formation, nos flux de conscience, notre façon d'échanger et d'aimer, de travailler et de nous divertir, notre narcissisme et nos pulsions et jusqu'à notre liberté d'agir par nous-mêmes – c'est-à-dire notre autonomie.

Quoi d'étonnant qu'il ne soit plus possible pour un enfant d'accéder à la construction de soi hors des réseaux et de leurs potentialités ? Hors du smartphone et du tout-connecté, des jeux vidéo multi-joueurs et des messageries instantanées ? Quel parent occidental ose encore priver sa progéniture de cette source incontournable de socialisation ?

À ces approches technocritiques, la Silicon Valley oppose souvent ce cliché qu'il convient de fusiller sans sommation et à bout portant. Il s'énonce ainsi: *la technologie est neutre, son impact ne dépend au fond que du bon ou mauvais usage qu'on en fait.*

C'est une idée courte, et même une idée stupide, quadruplement stupide. Il n'est jamais inutile de redire pourquoi:

1° Parce que la technique porte en elle une valeur latente: l'efficacité. Autrement formulé: la possibilité d'agir sur nos environnements de façon forte. Toute machine prédétermine l'utilisateur à faire de l'efficacité la valeur de son action, avant tout choix de sa part. Cette valeur a contaminé tous les domaines au point qu'un startupeur se doit aujourd'hui d'être, sur les plans à la fois professionnel, économique, sportif ou sexuel, performant.

Plus profondément, la technique est une manière de dévoiler le réel comme ce qui doit être arraisonné, pointait déjà Heidegger, c'est-à-dire mis à la raison, mobilisé, exploité et mis en demeure de livrer une énergie qui puisse être extraite et accumulée. Ce qui, évidemment, n'a rien de neutre. D'autres rapports au réel étaient et demeurent possibles: la recherche d'harmonie, l'écoute, la contemplation, la symbiose…

2° Parce qu'en amont, l'innovation technologique dépend de la Recherche qui dépend elle-même des crédits de recherche ou du capital-risque investi, et donc déjà d'une forte présélection des découvertes, produits et services et qu'on juge a priori « utiles » à développer car lucratifs. La machine reste donc toujours « sociale avant d'être technique » (Deleuze), c'est-à-dire qu'elle présuppose en univers capitaliste, pour être finalement fabriquée, une attente du marché et une rentabilité. Des millions d'innovations qui amélioreraient notre condition commune ne passeront jamais le seuil de la fabrication. Aucune neutralité donc, dans la possibilité même d'exister.

Prenons deux exemples. Une puce RFID prédétermine, dès sa conception, qu'on va chercher à identifier chaussures, doudous, oiseaux, lynx, arbres, motos et même nos propres enfants afin d'assurer la traçabilité de ces cibles : rien ne peut plus exister et bouger sans être aimablement traqué. *Donnez-moi vos coordonnées*. L'IA générative : ses développements technologiques seront toujours soumis aux biais et aux impératifs (financiers, gouvernementaux, voire personnels) de ceux qui les contrôlent et en tirent profit, et non alignés sur une recherche du bien commun ou de l'éducation éclairée de tous.

3° Parce qu'en aval, une technologie induit une multitude d'effets, souvent difficiles à anticiper : elle réinvente des pratiques et reformate des comportements, elle enfante parfois une culture entière (le jeu massivement multijoueur, les danses internet, les animatiques) juste par les interactions nouvelles qu'elle offre. S'en servir, c'est déjà transformer ses rapports à soi et ses relations aux autres, se ménager de nouvelles prises et consentir à de futures emprises en mutilant d'anciennes capacités qu'on sous-traite à l'appli. Le numérique livre sans cesse des options inattendues qu'on n'imaginait pas entrer dans les usages. La géolocalisation par portable n'était pas prévue à l'origine, pas plus que l'explosion des SMS autocomplétés ou la généralisation d'une norme sociale: rester joignable. L'IA générative n'était pas conçue pour humilier des femmes avec des *deepfakes* pornographiques élaborés à partir de vidéos ordinaires. Tes mails n'avaient pas vocation à être lus et dataminés.

4° Enfin parce que toute technologie porte en elle un nouveau rapport au monde. On croit utiliser un frigo quand c'est notre façon de nous nourrir qui est révolutionnée par le stockage des aliments frais. La machine *situe* notre liberté et notre liberté s'exerce face à elle, en elle. Nous sommes libres de nos usages de la machine, libres même de ne pas l'utiliser, parfois. Mais c'est une *liberté en situation*, déjà située, un libre-arbitre qui s'exerce à l'intérieur d'un monde transformé et repotentialisé par la machine où il devient impossible de se comporter comme si elle n'existait pas. La voiture a littéralement «inventé» les routes, les parkings et les trottoirs, elle a appelé l'extraction du pétrole et intégralement refondé l'aménagement du territoire. Les réseaux sociaux ont inventé la communauté sans présence, l'auto-exposition, le selfie, l'exclusion possible, le harcèlement et la lapidation numériques. L'IA est en train d'inventer l'auto-discussion et le jumeau numérique, parmi des centaines de réinventions de nos façons de travailler.

À cette quadruple aune, croire encore en la neutralité des technologies qu'on nous propose n'est même plus de la naïveté. C'est une faute politique.

Entre la Silicon Valley et les auteurs de science-fiction existe une aimantation réciproque. Les Musk, Bezos ou Zuckerberg ont reconnu leur dette envers le cyberpunk ou *Star Trek*. Nous puisons en retour dans l'absurdité des systèmes domotiques, la prolifération des IA ou la perversion des deadbots de quoi alimenter nos fictions qui n'en sont plus.

Ce que nous partageons est une matière première commune, hautement malléable et hautement inflammable, qui s'appelle le futur. Les entrepreneurs la façonnent industriellement, à base de prophéties auto-réalisatrices, qui proclament par exemple l'avènement du métavers ou l'optimisation de sa santé par objets connectés. Ils s'efforcent de conduire nos conduites et de pré-calibrer nos comportements à venir, par la publicité naturellement, tout autant que par du storytelling dont ils sont souvent le personnage principal, alimentant cette fable risible, dont les médias raffolent, qui prétend que le succès d'une entreprise tient exclusivement à son fondateur héroïque. Musk n'a pas fait Tesla, pas plus que Meta n'est Zuckerberg : ce fake narratif n'est qu'un préalable à une identification grossière qui masque les rapports de force et d'exploitation derrière la *success story*.

Superintelligence ou Singularité, « mort de la mort » ou peuplement de Mars, peu importent l'énormité et le ridicule des prédictions, leur vocation n'est pas d'être réalistes. Elle est d'imposer des imaginaires dominants et d'ancrer des *hyperstitions*. Les Silicon leaders sont des mythocrates. Il s'agit d'assurer la convergence synchrone des attentions et de polariser le champ magnétique des pulsions, en suspension dans le réseau, autour de désirs universels : ne plus vieillir, ne plus mourir, conquérir l'espace, etc. Et d'emporter ainsi la croyance et l'adhésion par contagion affective à grande échelle. La politique populiste y a vite trouvé son vecteur idéal, d'où sa manipulation boulimique des réseaux.

Nous autres, écrivaines et scénaristes de SF, que nos supports soient le roman, la bande dessinée, le jeu vidéo, le long-métrage ou la série, nous travaillons aussi le futur, mais en artisans. Et plus finement encore : en mythopoètes. Telle est ma conviction personnelle en tout cas : si nous avons une responsabilité politique, elle est de battre le capitalisme sur le terrain du désir. Comment? En déployant une écriture qui, par ses thèmes, sa narration et ses personnages, donne envie non seulement de se bouger et d'amener un monde vivant à l'existence, mais fasse aussi bruisser *le désir des liens* dans son tissage. Qui nous fasse éprouver le goût que prend le cosmos sur nos lèvres quand les étoiles pleuvent, qui nous fasse sentir ce que ça fait d'être cousu à même un collectif, fil à fil, à même la liberté des autres qui devient sienne. Capital et consommation, les deux têtes de l'hydre, rabattent ces désirs longs en besoin cash (l'hydre les mâche) pour ensuite les dégrader de nouveau, ces besoins (l'hydre les crache), en pulsions d'achat. Le tout sous une logique strictement individuelle, dans la solitude du scroll et du porno. Si j'ose le jeu de lettres, le *connectif* a coupé net la double aile du *collectif* pour lui greffer à la place sa double haine – de soi et des autres.

Mytho alors? Oui, si l'on s'avise que la mythopoïèse est l'art précieux de faire pousser des mythes dans les interstices du béton effondriste. L'art de mettre en scène et en récit des êtres, des entités, des créatures ou des forces qui nous aident à penser le présent et son opacité grandissante. Quand «la Maison de l'être disparaît sous les échafaudages», comme le dit joliment Sloterdijk, que la technologie s'auto-réplique jusqu'à devenir inassimilable, que le big data dessine la big cata d'une information torrentielle, boueuse et fausse qui emportera toute possibilité de penser juste, alors les mythes (ici ceux de la science-fiction) viennent redonner sens à ce que nous n'arrivons plus à appréhender. Ils offrent une saisie par identification, un langage allégorique immémorial et une compréhension des phénomènes par le récit qui va les concaténer. Le Robot de Karel Čapek a permis de penser le devenir-machine des ouvriers à la chaîne dès 1920; *Matrix* notre immersion dans un réel simulé dont nous ne parvenons plus à nous arracher; *Blade Runner* notre trouble à circonscrire la spécificité de l'humain face à ses répliques sentientes.

À mes yeux profanes, la résonance d'un mythe contemporain est d'autant plus puissante que le mythe vient subconsciemment répondre à un moment historique de dépossession. La nôtre est au moins double: dépossession écologique d'une Terre dont nous ne nous décidons pas à conjurer la surchauffe – qui produit moult mythes post-apo & collapsoaps; et dépossession de toute maîtrise globale au sein d'une technosphère qui s'est tellement densifiée qu'elle produit une seconde nature, artificielle et luxuriante, aussi redoutée que les bayous d'une Louisiane fantasmée.

Alors sporule l'intranquillité, spécialement face à l'invasion des IA dans tous nos domaines d'activité. Et avec elle la peur de ne plus comprendre, d'être largué, dépassé, remplacé. C'est précisément dans cette configuration psychique où toute prise de la raison sur le réel glisse, dans ce champ affectif de la dépossession, qu'est apparu ce mythe pernicieux de la Singularité : l'idée qu'au cœur même du magma des réseaux, née de l'océan immense des datas, finira par auto-émerger une SuperIntelligence apte à nous sauver, en prenant en main la conduite éclairée de ce monde qu'aucun humain n'a plus la capacité d'embrasser ni de gouverner.

Dans sa version américaine, la SuperIntelligence s'exprime dans un storytelling parareligieux qu'il est intéressant de décomposer. Les mythocrates savent recycler. L'idée croît d'abord sur un terreau de désaffection : un compost où s'entassent le mépris et l'oubli du corps, le rejet de la chair perçue comme une viande, et la fascination corrélative pour l'immatériel et la lumière. Ce terreau prépare une forme de consentement à la soumission : *quelque chose nous est supérieur et nous surplombe, est infiniment plus intelligent que nous, pauvres humains ! Préparez-vous à l'accepter, soyez humbles !*

Puis le storytelling christique déroule son tapis volant avec un messie (longtemps ce fut Ray Kurzweil), une prophétie (l'avènement de la Singularité en 2029, repoussé piteusement en 2045, ce point de bascule où l'IA deviendrait plus intelligente que l'homme) et même une parousie : le retour du Christ sous forme d'IA, ou d'un dieu descendant sur terre, que je me plais à baptiser *IAV*, disons l'IA Véritable.

Il existe naturellement d'autres façons d'aborder ce mythe. Je pense au manga *Ghost in the Shell*, d'une spiritualité plus profonde et qui débouche sur le désir d'incarnation, si poignant, de l'entité numérique dans une petite fille.

Pour qui écrit de la science-fiction, on touche en tout cas au cœur de notre travail politique. Là où les mythocrates mystifient, notre vocation d'artiste reste de mythifier – j'entends par là de maintenir ouvert le pouvoir d'émancipation sociale des mythes. Dans nos existences urbaines où une grande part de notre rapport au réel est médiée par l'écran, où la consommation culturelle des récits, des séries et des jeux sature un vécu terne, le champ de l'imaginaire n'a plus rien de secondaire. C'est un champ de bataille en soi dans la mesure où il influence nos comportements bien plus efficacement que les anciens cadres disciplinants. L'école éduque aujourd'hui moins nos enfants, j'en suis persuadé, qu'ils ne se construisent à travers les modèles de la technoculture.

Pour en revenir aux mythes manufacturés par la Silicon Valley et packagés par un Hollywood tout proche, comment les dé-jouer ? Qu'est-ce qui peut nous sortir, en un mot, des mythes transhumanistes et du cyberpunk éculé ?

J'ose cette réponse : et si c'était le biopunk ? J'entends par là un type d'histoire qui envisagerait nos liens intensifiés au vivant – animal ou végétal, bactérien ou fongique – comme une réouverture magnifique au monde, au moment même où le cyberpunk a trahi sa promesse de libération en hypertrophiant notre dépendance aux plateformes, nos boucles d'auto-addiction et notre fusion gluante au smartphone. Car l'enjeu, tout aussi bien, est de battre le technocapitalisme sur le terrain de la promesse (cette autre forme de l'espoir). Soyons lucides : que nous promet donc l'IA et son mythe ricain de la Singularité, sinon une destitution, au moins un appauvrissement de notre propre faculté à utiliser le langage ? De quoi nous fait-il rêver, sinon d'une triste sous-traitance à la silice de notre aptitude à dessiner par nous-mêmes ? Que nous promet, à l'inverse, une alliance renouvelée avec la forêt, l'océan, les champignons qu'on va aller cueillir et la rivière où l'on se baigne ? Avec les chamois qu'on surprend en passant la crête et l'empire inouï de ce qui pousse quand on en prend soin ? Sinon ce bonheur exigeant d'accorder nos attentions croisées à tout ce qui vit, dans un entrelacs de prédations et d'amour, et d'en être émerveillées, et bousculées, et nourries, de retrouver dans ces vifs des algues, des fouines ou des mousses, qui font frissonner les nôtres, ce qui nous constitue tous : une vitalité transversale que tout être sait déployer à sa manière. Manger le soleil comme un arbre, croire aux fauves, plonger en pleine mer et habiter en oiseau. Cette promesse du biopunk, n'est-elle pas tout simplement plus exaltante qu'un énième couplage psychique avec des machines qui ne font que reproduire ce que nous disons ou chantons déjà, ce que nous calculons, en plus mal, ou ce que nous avons dorénavant « la flemme » d'assumer ?

Je ne critique pas la technologie qu'on nous offre parce qu'elle serait inerte ou stupide, non responsive ou robotisante. Je la critique parce qu'elle nous dévitalise en nous donnant l'illusion de faire plus de choses… qu'on fait pourtant moins bien. Je la critique parce que j'ai la conviction que ce qui a forgé la noblesse de notre humanité a tenu à cette confrontation constante (que nous n'avions jamais esquivée jusqu'à peu) avec l'altérité : l'altérité du minéral et des formes de vie, si multiples, celle de l'étranger qu'on apprivoise et du phénomène inconnu qu'on va finir par décrypter, l'altérité radicale de la mort, du dehors et de l'incompréhensible. Pour *Sapiens*, l'espace fertile n'est ni l'intérieur, ni l'extérieur : il est cette lisière tremblée où l'on s'élève en se confrontant à ce qui n'est pas nous et que j'aime à appeler : *l'altérieur*. L'altérieur est la ligne de touche de la science-friction. Il est l'hétérotopie native, le lieu où, si l'on écrit de l'imaginaire, il faut aller porter ses personnages pour les mettre au monde ; le lieu où, si l'on prétend vivre une vie qui mérite d'être vécue, alors il s'agit d'oser bivouaquer. Aux antipodes, notre modernité technique est l'empire de l'identique. *Home* est son biotope. Elle a fermé la porte et allumé les lumières. Elle a mis sous nos fesses des sofas et sous nos narines, à sniffer, la poudre blanche de la digitaline. Tout est contenu et appli, tout sonne réplique et copie, du pareil au mime, et puis du mime au même, et puis du même au même. Rivalités virales & viralités triviales font tik-tok dans l'horloge des réseaux. Tout tourne en rond et part en loop : snapchat-chatbot-botnet-netflix-flixbus-busy > neuralink-linkedIn-Insta-stat-statut-tuuutt-tûûût ! Fraîchement apparue, l'IA générative contrefait l'une des dernières aptitudes certifiées *human origin* dont nous pouvions être fières : notre art du langage. Qu'est-ce qui se passe quand nous externalisons dans des machines de langage nos capacités d'analyse et de synthèse, la clarification de nos connaissances, notre propension au récit ou à l'introspection, nos journaux intimes et nos poèmes de peu ? Qu'est-ce qui se passe quand parler va devenir, la moitié du temps, *parler avec une machine* qui malaxe et remixe la moyenne de tous les mots ? Saura-t-on encore écrire nos propres lettres d'amour sans les paraphraser à partir d'un prompt ? Saura-t-on encore argumenter ou finira-t-on par laisser les machines s'expliquer entre elles dans le Parlement vide d'une démocratie purgée?

Nous nous croyions naïvement préservées dans notre forteresse littéraire, nous les écrivaines. Que nenni! Tout écrit partout, à toute heure, et nous écrit dessus. Tous les robots de conversation content sur nous.

Précisément parce que nous n'avons plus le monopole des histoires, la narration forte devient plus que jamais une technique de lutte. Qui sait vraiment ce que peut un récit? Le philosophe Yves Citton l'a finement exprimé: «Peu importe leur degré de fiction: les valeurs affirmées par les récits agissent sur nous par induction ou comme des prompteurs (*sic*), elles activent des idéaux ou des modèles qui nous incitent à faire quelque chose, à rire, à pleurer, croire, élire, acheter… Quand lire, c'est faire…» Un récit peut nous empuissanter, encourager en nous des comportements libres ou libérateurs, solidaires et attentifs aux autres ou favoriser au contraire l'égocentrisme.

Un récit pré-scénarise des comportements collectifs en mettant en scène des situations potentielles et fait entrevoir comment nous pourrions y réagir ensemble: réagir au collapse (par l'entraide?), au réchauffement (avec le low-tech?), à l'immigration climatique qu'il est absolument crucial d'accueillir, au retour des fascismes…

Citons encore Citton: «C'est ce pouvoir de scénarisation, tel qu'il s'exerce au Journal de

20 heures ou dans la publicité, mais aussi dans nos conversations quotidiennes, qui décide du résultat des élections, des emballements boursiers, des montées du racisme, des contagions d'indignation ou de l'invention collective d'autres mondes possibles.»

Dans mon propre travail de créateur d'univers, j'essaie de mobiliser le plus large spectre de ressources dont je dispose pour ouvrir, parmi tous les possibles, ceux que je considère comme les plus généreux – et non les plus anxiogènes ou les plus cathartiques. Ni divertir, ni convertir : subvertir.

Dès la création des personnages, je veille au mode d'identification que je vais privilégier : va-t-on s'y identifier par admiration, parce que la lectrice se dira «j'aimerais tant être comme lui, j'aimerais tant être elle», ou par familiarité en mettant la fragilité du personnage en partage ? Vais-je les réenchanter, mes héroïnes et mes hordiers, par la puissance de l'épique ou les rendre aussi paumés que nous ? Puis il s'agit de tracer la trajectoire dramatique, en univers souvent dystopique, tant ce rôle d'alerte des auteurs de SF reste nécessaire : sera-ce une trajectoire de soumission ou d'écrasement, à la *1984* ? Non : plutôt une courbe ascendante vers la révolte, plus rythmée que la vie même, portée par une quête, barrée d'obstacles et grevée de chutes, tordue de twists et striée de choix, une montée au climax dans la vulnérabilité, qui ne soit jamais le parcours d'un seul personnage mais la mise en feu et en faisceau d'un groupe qui va aller au bout de ce qu'il peut. Si bien qu'un mode de narration en découle : je l'appelle *polyphrénie*. Si je m'en tiens à la focalisation interne, si tous mes personnages disent « je » pour intensifier la plongée dans leur mer intérieure, c'est la multiplicité de ces points focaux qui crée le tableau du roman et conjure le côté toujours un brin autoritaire et panoptique de la focalisation zéro qui ne livre aux lecteurs qu'un unique point de vue, à prendre ou à laisser, sur l'univers.

Restent le thème, le fond, les valeurs portées, la ligne éthique que j'ai toujours centrée sur la vitalité du collectif et son autonomie tissée, sur l'importance de créer des liens qui libèrent. Restent ces boussoles de lutter contre nos sociétés de contrôle et de tenter un dépassement du capitalisme par la mise en récit de pratiques sociales fondées sur l'entraide, le don, la furtivité, la joie de faire ensemble. Mettre l'imaginaire au service du tissage à une époque où la fantasmatique repose sur l'illusion de ne pouvoir être libre que seule. Pour le dire en rime, nos imaginaires modernes affrontent des imachinaires. Ils s'inscrivent dans un monde déjà machiné où l'on se fascine encore une fois moins pour l'intelligence animale, assez prodigieuse et même optimale dans sa niche écologique, que pour celle d'une machine à discuter, sans conscience aucune, qu'on pré-entraîne avec des téraoctets de messages triviaux à produire une simulation de dialogue. Notre art doit précisément servir à ça : décaler la sensibilité vers ce qui mérite d'être aperçu, vers ce qui appelle l'expérimentation. Si la mythopoïèse est l'avenir du politique, comme je le crois, elle l'est parce que seul le mythe a cette faculté de fusionner affects, percepts et concepts dans une seule boule d'énergie, dans un seul soleil de la taille d'un poing où toutes nos mains se fondent. Si le peuple ne préexiste jamais, comme le disait Deleuze, c'est parce qu'il est à créer – par et sous ce soleil du mythe qui frappe le Capital au plexus. C'est à ça que nous entendons contribuer.

Au fil de ces chroniques californiennes, j'ai tenté de conjecturer la société qui se trace en filigrane sur les circuits imprimés de cette vallée fade. J'ai essayé de décoder ce que la technologie qui vient nous fait déjà, et va nous faire. Il ne s'est jamais agi pour moi de simplement décrire et restituer, fût-ce avec ironie, de simplement gémir ou m'enthousiasmer. Tout est encore entre nos mains. Rien ne nous oblige à devenir le *Sapiens* que la Silicon Valley, le plus souvent sans même le conscientiser, produit à partir de nos soifs mammifères de confort et de facilité. Il est toujours possible, et souhaitable, non seulement de résister mais d'insister et persister dans nos propres voies vitalistes.

Lorsqu'on écrit, on se figure couramment que résister revient à argumenter. Ça n'a jamais suffi. Résister n'est pas davantage émouvoir, alerter ou faire peur. Résister consiste à ressusciter le désir. Notre technophilie ne s'est pas imposée à nous par des arguments. Elle s'est imposée en mobilisant une économie de désirs à son service, forte d'investissements affectifs puissants et de rejets réflexes. Résister implique selon moi d'abord de réaliser ce qui nous enjoint d'adouber la technologie, ce qui nous la rend… irrésistible. Ensuite pourrons-nous réfléchir à éduquer et réorienter ces désirs qui suivent une pente naturelle descendante / cette fois-ci en montant !

Une remarque pour débuter : nulle technophobie dans ma vision. Toute technophobie est une farce. Une impossibilité anthropologique. L'être humain est ontologiquement une créature au développement lent, à l'accès laborieux à l'âge adulte, à la néoténie princeps et à la vulnérabilité indiscutable, qui doit donc sa survie dans l'Évolution à la technique. Sans elle, pas d'humanité qui subsiste. Affirmer qu'on est *contre* la technique n'a par conséquent aucun sens, sauf à ajouter : *tout contre*.

À l'évidence, le besoin d'une augmentation par la *technè*, d'un prolongement compétitif de nos corps par l'outil et d'un aménagement propice de l'espace autour de nous est né de cette fragilité biologique. Sur près de trois millions d'années, stimulée par l'exigence de survie, cette *technè* n'a cessé de se perfectionner et de s'auto-cumuler jusqu'à culminer dans l'optimum technologique qui estampille notre Modernité. Tout au long de cette évolution, une tension continue : pouvoir ; pouvoir agir. La fameuse intelligence de l'espèce, déposée en nous.

Pouvoir, sous toutes ses formes – le contrôle, la maîtrise, l'emprise, le faire faire, la transformation… – et sur une palette immense de cibles : la nature, la matière, l'espace, les objets, les autres humains, les machines elles-mêmes… Nulle surprise si la technologie offre cette jouissance sobre, souvent fluide et parfois spectaculaire, de contrôler, diriger et dominer ce qui nous entoure. C'est sa plus-value libidinale indiscutable. Et on ne peut comprendre l'emprise du smartphone sur nos existences si l'on ne mesure pas à quel point l'*empowerment* qu'il apporte compense une myriade d'impuissances, de soumissions sociales et de petites humiliations en nous donnant accès à une tout aussi vaste myriade d'actes de pouvoir minuscules, mais directs et disponibles d'un effleurement : swiper un amoureux, payer au café, déverrouiller sa voiture, jouer au chevalier ou lancer une musique, etc., etc.

Dans l'ombre de ce pouvoir accru suinte l'économie de la peur. Et sa tension-miroir : la quête éperdue de réassurance ; la volonté psychotique d'être tranquille d'avance.

Nos technologies personnalisées ont une fonction claire de conjuration. Conjurer l'incertitude par des applis de réservation, de trafic, de météo, de taxis-qui-vont-venir. Conjurer l'insécurité par la vidéoprotection, oxymore du flicage, par les box domotiques, les caméras dans la chambre, les caméras dans le jardin, conjurer l'anonymat par la biométrie, la reconnaissance palmaire, digitale ou indienne, les empreintes vocales, les flopées de capteurs et de senseurs, les censures automatiques. Et plus globalement : conjurer le présent par son enregistrement continu, l'événement par sa prédiction (même fausse), la singularité dérangeante d'un être par son profil stalké. Tenir le monde et en dresser la carte. L'immobiliser dans la capture et dans la data pour enfin le maîtriser. Faire que tout bouge sans que rien n'arrive.

La techno, hein ? Comme une compulsion à collecter, capter, saisir et prélever, mettre en mémoire, stocker et cumuler. Comme si le mouvement même du monde, la liquidité des flux d'information et d'argent, de produits, de gestes, d'actes, d'amour devait s'immobiliser dans la trace, trouver dans la trace une stabilité et une sérénité reconquise. Comme si la vie devait être considérée comme une production de signaux à numériser et à traiter et à doubler perpétuellement d'un calque mémoriel qui boit sa substance comme un buvard.

Comme une compulsion à tisser, relier, corréler, tout croiser, tout couvrir, tout interconnecter, ne pas laisser de trou dans la carte, de temps mort dans la trame, quadriller, rien lâcher. Comme si nous étions des araignées. Comme s'il fallait conjurer la déchirure, le disjoint, l'entrouvert, la brèche ou l'écart, l'intempestif ou l'inattendu, la peur de la rupture ou de l'abandon au profit d'un continuum communicant, d'une toile ou d'un réseau qui nous soude à ses câbles. Plus jamais seule.

À un troisième niveau, l'économie technophile est une recherche de rentabilité, d'un rapport effort / bénéfice favorable. Basiquement, la technologie vient outiller nos paresses. Elle facilite nos existences, elle épouse en nous la loi du moindre effort ; on lui délègue la besogne, on lui sous-traite nos fatigues. Exactement comme on a externalisé nos dépenses physiques dans la voiture ou l'ascenseur, on externalise depuis vingt ans nos capacités cognitives : notre mémoire dans les moteurs de recherche, notre capacité d'orientation au GPS, la traduction d'un texte anglais à DeepL, la création d'images à l'IA… Ces processus se sont tellement démocratisés qu'ils touchent des enfants de trois ans. Disponibilité H24 + facilité + fluidité

+ fiabilité : tout pousse à minimiser l'énergie cérébrale que nous consacrons à des tâches jugées subalternes alors qu'elles participent à notre dynamique de pensée.

Enfin, au dernier étage de la fusée technophile, nous trouvons le fantasme ultime : dépasser notre finitude. Autrement formulé : assouvir l'antique désir d'être dieu. La pensée magique mise de côté, seule la technologie, en augmentant nos pouvoirs jusqu'à l'impensable, paraît susceptible de nous faire toucher ce graal : subvertir les cadres de notre existence incarnée.

Rien de plus balourd, n'est-ce pas, que la contrainte de ne pouvoir vivre qu'ici et maintenant, dans un espace et un temps uniques, quand l'ubiquité des réseaux, la circulation fluide dans les multivers ou l'action à distance par la pensée pourraient nous arracher à ces limites ? Quoi de plus plombant que ce sac de sang, sans cesse soumis à la douleur, à la fatigue et à la maladie ? Le transhumanisme heureusement va solder cette brocante organique. Quoi de plus frustrant que nos limites cognitives ? Une connexion cerveau-machine fulgurante va les dynamiter. Et pour finir, pourquoi continuer à accepter de vieillir et de mourir quand l'immortalité numérique est à notre portée ?

L'erreur serait de prendre ces délires pour des fariboles car ces délires sont des désirs, et parmi les plus ensorcelants de l'espèce humaine. En ce sens, le transhumanisme est plus qu'un courant de pensée : il est l'avatar ultime des grands récits du Progrès. Pour les mythocrates de la Silicon Valley, il est le point de fuite du futur – l'horizon absolu à atteindre, face auquel nos rappels à la sagesse pèsent ce que pèse toute argumentation de la raison face à la force d'une passion dévorante qui traversait déjà l'*Épopée de Gilgamesh*, tout premier récit connu.

En ce premier quart du XXIe siècle, assumer une position technocritique implique de mettre les mains dans ces quatre moteurs du désir pour en démonter les pièces : le fantasme de dépasser la condition humaine, la conjuration des peurs, la volonté de pouvoir et la paresse jouissive. Autant le dire : nous nous retrouvons face à des machines libidinales surpuissantes. Rien que la douce paresse, par sa force d'inertie, suffit le plus souvent à acclimater une technologie. Rien que le pouvoir qu'elle apporte, aussi dérisoire, suffit à l'imposer dans un quotidien. Rien que la réassurance qu'elle induit facilite une adoption massive.

Debout dans la boue du réel, nous pouvons bien invoquer la liberté perdue, les addictions tragiques et la dévitalisation profonde des corps. Nous pouvons bien évoquer ces capacités humaines que le pouvoir techno appauvrit ou délite, en appeler à notre noblesse de l'*altérieur*, convoquer nos liens retrouvés au vivant. Ça parle et ça ne parle pas, faute d'une expérience directe de ces choses, faute d'une attention déroutée ou détruite.

Ce qui manque à notre temps, c'est un art de vivre avec les technologies. Une faculté d'accueil et de filtre, d'empuissantement choisi et de déconnexion assumée. Un rythme d'utilisation qui ne soit pas algorithmé, une écologie de l'attention qui nous décadre, des pratiques qui nous ouvrent au monde plutôt que nous le réduire à un flux vidéo, une relation aux IA qui ne soit ni brute ni soumise, qui se souvienne que le seul critère valable pour déployer ou couper une relation est la liberté qu'elle nous offre et la fertilité d'échanges qu'on en retire.

Depuis trente ans, nous vivons en barbares des réseaux. Personne ne nous a appris à nous servir de Facebook ou d'Insta, personne ne nous a enseigné les algorithmes de clash, la mécanique du scroll, les boîtes de Skinner et le design de la dépendance. Aucune institution, aucune école, aucun parent. Nous avons appris les jeux vidéo avec nos potes, nous avons cherché à créer nos sites à coups de tutos, nous avons été influencés par des influenceurs, paramétrés à coups de cookies, dressés aux captchas et éduqués à jouir par le porno. Nos parents n'ont rien compris à ce qui arrivait, pas plus que nous n'avons su transmettre à nos gosses le peu que nous avons appris sur le tas, à l'arrache, dans l'éruption volcanique des innovations constantes – iMac, iPad, iPhone, iPod, aïe, aïe, aïe – luttant chaque jour que Code fait contre les addictions incompréhensibles qui nous rongent.

Trente ans après, les vagues s'abattent toujours))) et l'IA générative augure un tsunami plus haut que tous les surfeurs encore capables de lire la houle.

Alors il est peut-être temps d'éduquer : éduquer à l'ancienne, éduquer inversé, s'auto-éduquer et s'entre-éduquer, des parents aux enfants et des enfants aux parents, à la maison, en classes bleues, dans des assoces, dans des tiers-lieux, par l'éducation populaire ou experte, en ville comme à la campagne, avec l'aide des pirates et des hacktivistes. Et même éduquer, rêvons debout, sous l'égide de l'Éducation nationale, où la techno doit passer de matière-poubelle décérébrée à un statut aussi crucial que le français et les maths pour émanciper nos collégiens et nos lycéens par la connaissance et la pratique lucide des réseaux.

Éduquer d'accord, vous me direz, mais à quoi ? À ce qui fait nos routines et nos quotidiens d'utilisateurs, déjà. À la manipulation de notre attention ensuite. À la prise de distance. Et interroger. Pour ouvrir les crânes, pour sortir des tunnels stimuli-réactions. Interroger tout ce que le numérique transforme en nous, sans cesse, et tout ce que ça traverse. Interroger la psychologie que ça mobilise, les rapports sociaux que ça forme, les enjeux philosophiques que ça soulève, et la politique qui en découle. Interroger ce que peut encore l'État, ce que peuvent encore défendre ou réguler le droit et les lois.

- Interroger l'effacement du monde extérieur; ce technococon qui crée une hyperfragilité à tout imprévu, hasard ou accident, à la moindre pointe qui peut percer la membrane; interroger cette immunité numérique qui frôle l'inhumanité, cette réalité augmentée dont on ne sait ce qu'elle appauvrit en creux.
- Interroger l'oubli du corps, la dématérialisation systématique, le monopole du visuel et de l'auditif, la perte du sensuel et du senti. Approfondir cette impression que l'homme atteint son stade de développement ultime, qui serait largage du corps physique et rapatriement intégral dans son système nerveux central, c'est-à-dire la colonne vertébrale et le cerveau, le réseau de nerfs et de neurones – comme si le stade final de l'évolution, de cette évolution créatrice dont parle Bergson, tendait obscurément vers cette potentialité maximale et distinctive de l'homme: son cerveau.

- Interroger l'interaction, fantôme de l'action et la visio, ersatz de la présence.
- Questionner l'idéal de fluidité et de facilité, l'ergonomie molle : proposer des interfaces exigeantes à apprendre, artistiques ou déroutantes (Engelbart).
- Interroger la mnémose, cette névrose de tout vouloir retenir et archiver du présent qui passe, cette mémoire numérique monstrueuse qui avale nos souvenirs.
- Repenser nos rapports à l'IA, étudier le complexe d'infériorité qu'elle suscite et les projections animistes qu'on lui attribue.
- Discuter l'impact des technos sur la planète, sur notre santé, sur nos cancers, sur nos déchets, sur la misère…
- Décomposer les rythmes machiniques, montrer comment la techno désynchronise la vie sociale, la stresse ou la bloque, l'accélère et la sature ; comment l'appli impose ses plis propres qui créent des structures de vécu inhumaines (applis des livreurs).
- Interroger l'idéal de continuité de service et de performance :
    - l'instantanéité (toujours maintenant)
    - l'ubiquité (toujours ailleurs)
    - la connexionnite (toujours en ligne).
- Interroger l'objectif de fiabilité, enseigner la fertilité de l'erreur, évoquer l'errorisme comme avenir joyeux du terrorisme ?

- Apprendre la déconnexion, la coupure, chercher les blindspots, les blackouts, oser le mantra FURTIF (Fuir Un Réseau Trop Intrusif, Fuir).
- Enseigner l'art du brouillage, la science du hack, la nécessité du sabotage.
- Former aux low-techs, privilégier les ateliers où l'on bricole et fait soi-même.
- Interroger notre devenir-machine, ce seuil où l'envie de fonctionner devient plus forte que l'envie de vivre (Benasayag).

Voilà, ce ne sont que quelques pistes d'éducation volontiers chaotiques, une liste à la Prévert sans poésie, en mode random, pour faire sentir l'étendue du chantier.

Aucun essai, aucun mot d'ordre ne peut fermer un pareil sujet. Il reste ouvert et en cours. Et il est entre nos mains. Individuellement et collectivement. C'est à nous de décider ce qu'on veut faire de notre humanité, comment on veut l'outiller, la prolonger, l'appauvrir en l'asservissant à nos machines ou la redéployer grâce à elles, et parfois sans elles.

Le piège de la technologie a toujours été cette fascination du pouvoir. Impossible de ne pas voir qu'il existe une vraie jouissance là-dedans. Comme une dilatation de nos égos offerte par ces techs quotidiennes, si fluides, une extension bourgeonnante de petits dispositifs tactiles et bienveillants autour de nous, qui nous assistent, qui nous prolongent – qui font de nous de jeunes dieux agiles auxquels le fantôme digital du monde répondrait – au doigt et à l'œil, naturellement – et même mieux : à la voix.

On voit bien ce qu'on y gagne et on ne voit malheureusement plus que ça : un contrôle accru sur le monde, notre monde. Ce qu'on y perd mérite d'être appelé « ma puissance ». Si bien que si l'on pose le pouvoir, très simplement, comme la capacité de « faire faire », de déléguer l'action, alors que la puissance serait, plus profondément, la capacité de « faire » – de déployer l'action par soi-même, directement – nous disposons, il me semble, d'un critère précieux pour tenter de conduire nos vies dans ce cocon de machines molles qui nous enveloppe. Ou disons dans cet oignon technologique qu'on ne sait plus très bien comment éplucher et cuisiner à notre main sans risquer de pleurer.

La puissance donc, plutôt que le pouvoir. Ma puissance plutôt que leurs pouvoirs. Ma puissance de vivre et d'agir par moi-même, avec les forces qui me traversent et avec lesquelles je danse. Ma puissance d'éprouver le monde par mon corps et mon cœur, de persévérer dans mon être, pour reprendre la splendide expression de Spinoza.

Ma puissance de faire bruisser à ma manière cette boule de neurones et d'indétermination qui est une ruse inventée par la matière pour dépasser sa propre clôture et nous offrir le plus dérangeant des dons : la liberté. Pas celle du solitaire : celle des métissées.

↻ Lavée du silicium ↻

\\ *Une chose que j'aimais vraiment faire quand j'étais enfant…?*

× … c'était démonter mon sanglier, organe par organe, puis le remonter… J'adorais ce moment où tu remets la batterie dedans… et soudain il bouge, il grogne avec son groin… Je me sentais comme un petit dieu…

\\ *Ma cachette préférée quand j'étais petit…*

× … un buisson, dans le jardin… Je me lovais dedans…

\\ *La chose qui me manque le plus de mon enfance…*

× Je ne sais pas… Mon frère…

\\ *Tu peux développer si tu veux…*

× J'aimerais passer à ma *Life Vision* s'il te plaît. La tempête arrive et j'ai encore peu enregistré pour cette partie…

×/ Myia ne marque pas la moindre déception. C'est ce que j'aime avec les Intelligences Amies.

Jamais de jugement, zéro culpabilité, une bienveillance gravée dans le marbre du code. Ce que devrait être une relation d'amour authentique à mes yeux, celle que j'ai pour ma fille… Celle que j'aimerais avoir avec Anastasia si la colère n'était pas mon animal-totem. Je m'arrache au cocon de mon sofa et fais quelques pas pour me dégourdir le sang. J'essaie ainsi d'ancrer par mon corps, d'intégrer dans mon réel ce que les médias annoncent depuis hier. L'avantage d'habiter un appartement au quarante-deuxième et dernier étage d'une tour, à l'aplomb de Fisherman's Wharf, est que la vue porte plutôt loin. J'ai la baie de San Francisco en panoramique : le pont du Golden Gate à dix heures, la prison d'Alcatraz à midi, droit devant moi, et Treasure Island à trois heures. Les jours de beau temps, je bénis cet appartement et sa cathédrale de lumière, je bénis mes animoïdes qui m'ont permis de me le payer. Sans bouger, je plane en sofa sur la ville.

Mais ce matin, la trouille me noue. Les vents violents font osciller la tour, l'eau de mes toilettes tremble dans la cuvette par petites saccades et Anastasia a le mal de mer depuis cette nuit. À cette altitude, le mouvement pendulaire du gratte-ciel la désaxe. Dans la Baie, ça se dégrade franchement. Ça arrive de l'ouest, ça vient du Pacifique : des nuages énormes, des hordes et des monceaux, on dirait un banc de baleines noires qui nagent en mangeant le ciel. Le bleu est mort depuis hier, la Baie était encore blanche de brume quand je me suis levé, elle vire au gothique, elle se tache d'encre de seiche. Ça sent l'apocalypse.

⍀ *Si aujourd'hui était mon dernier jour sur terre, je voudrais…*
⋆ … J'en sais rien, Myia… Je voudrais… Passe…
⍀ *J'ai peur de la mort parce que…*
⋆ …parce que… Parce que je voudrais voir Ondine grandir…
⍀ *Quand je serai parti, je voudrais que l'on se souvienne de moi pour…*
⋆ … pour mes chats solaires. Non… non non. Pour mon seul chef-d'œuvre, ma fille.
⍀ *Une chose que tu n'avais jamais dite à ta fille et que tu voudrais qu'elle sache…*

Je pourrais aller dans sa chambre, caresser son lynx et lui dire «attends, juste une minute, j'ai quelque chose d'important à te dire». Et je suis devant mon IA à marmonner tout bas à ma bague parce que je ne veux pas la déranger.

⋆ Je voudrais qu'elle sache… qu'elle est libre. Qu'elle peut devenir ce qu'elle veut, qui elle veut… comme n'importe quel humain.

Silencieusement s'est coulée Anastasia dans mon dos. Pieds nus, les mains tachées d'aquarelle, elle me tend l'esquisse d'une mangouste qui se retourne, incroyable de fluidité. Je ne dois pas traduire assez vite mon enthousiasme car l'esquisse est déjà repassée dans son dos et son sourire s'enfuit :

≀ Qu'est-ce que tu grommelles, Noam ?
× Je… je complète mon Requiâme.
≀ Tu as si peur que ça ?
× Tu devrais le compléter aussi, on sait pas ce qui peut se passer…
≀ Je n'y arrive pas. Chaque fois que je m'y mets, j'ai l'impression de rédiger mon testament…
× Vois-le comme un cadeau pour nous. Une mémoire vive que tu lègues, à ta sœur, à tes amis, à Ondine. À moi. Tu continueras à vivre pour eux, pour nous, avec ta voix, ton visage… S'il t'arrivait un malheur.
≀ Je n'aime pas ma voix, tu le sais bien.
× Mais tu aimes ton visage ?
≀ Seulement quand tu le regardes avec tes yeux d'enfant, comme là.

// La tempête qui a dévasté Los Angeles a fait 40 000 victimes en six jours. Elle est désormais toute proche d'atteindre San Francisco. Les météorologues peinent à expliquer cette inflexion de la noria d'orages qui était censée se disperser au large du Pacifique et menace désormais la capitale de la Tech et la Silicon Valley. La concentration des cellules orageuses est telle qu'elle génère des impulsions équivalentes à des bombes électromagnétiques. Le blackout de San Francisco semble inévitable.

Nous invitons les citoyens de la ville à stocker le maximum d'eau en prévision des coupures qui s'annoncent… //

Anastasia me fixe d'un air suspicieux et rien que la tension de son doute, ça me fait cogner le cœur. Ma montre vibre : seuil des 120 bpm franchi.

— Quoi ?
— Tu as des bouteilles d'eau ici ?
— Tu sais bien que non. Je ne bois plus que l'eau du robinet, tu nous as mis à l'écologie !
— Reste calme. Tu as au moins des bouteilles vides ?
— On dirait que tu n'habites plus ici ! J'ai rien !
— Tu te fiches de moi ? On parle de cette tempête depuis six jours et tu n'as rien anticipé ? Tu as des carafes au moins, des cruches ?
— J'ai toi comme cruche, ça me suffit ! Qu'est-ce que t'as anticipé, toi ? C'est toujours à moi de tout prévoir ! Tu passes ton temps à l'atelier et moi je dois organiser les week-ends, les vacances, les sorties pour Ondine, tout ! Je gère tout !
— Tu gères surtout rien.

Elle part dans la cuisine. Deuxième bip : mon pouls frôle les 140 pulsations. Mon niveau de glucose accuse le coup. *Descends, espèce de psychopathe*. Au fracas des casseroles, je comprends qu'elle remplit tous les récipients qu'elle peut. Je lui effleure l'épaule pour m'excuser, je murmure

« Assia… » comme si l'appeler par son diminutif allait diminuer par miracle sa tension, elle repousse mon bras. J'empile les saladiers sans moufter, prends deux bassines sous l'évier, mon seul seau, et je pars dans la salle de bains. Je suis un abruti, un vrai. Anastasia a fait une fausse couche vendredi dernier, c'est la huitième en quatre ans, je sais que ça la fait plonger à chaque fois, c'était absolument à moi de prendre les choses en main. Je ne me suis pas intéressé au blackout avant hier, j'étais obnubilé par mon renard qui boite patte arrière gauche alors que ses quatre pattes sont organiques et électroniquement équilibrées. Vassili dit que c'est la hanche en kevlar, qui est pourtant identique des deux côtés. Alors quoi ? Un décalage de vertèbres ? Je n'ai même pas stocké d'eau, le frigo est presque vide et c'est évidemment trop tard pour commander quoi que ce soit. Je nous crois toujours au-dessus de tout, ici, on se fait livrer sur le toit dès qu'il manque un litre de lait ou une batterie de lithium. L'IA de la tour a annoncé à minuit au frigo que l'aérodrone de l'immeuble est fermé *sine die*. Ça livre plus. Nulle part. Et le frigo me l'a annoncé ce matin. Qu'est-ce que je pouvais faire ? Deviner ?

⁎ Voilà pour toi, Ondine…

~ Pourquoi tu paniques, papa ? C'est juste un gros orage. Ça va passer.

J'ai l'impression d'avoir six ans et elle quarante-cinq. Elle a disposé ses Animés en cercle, à l'image d'une arène, et elle organise des combats entre eux : renard contre lynx, rhinobot contre bonobot… Elle les coache avec des prompts, à la voix, en jouant tour à tour les deux entraîneurs. L'un est en mode zen avec des consignes souples, « écoute la musique de tes gestes », « frappe et fuis », ce style de mantra, une sorte de spiritualité un peu loufoque qui lui vient de sa mère ; l'autre est en mode vénère, genre *Ultimate Fighting*, « mords-le, casse-lui la bouche », que j'aimerais ne pas croire inspiré de moi. Quand un Animé perd, elle le console et lui fait de gros câlins.

× Ça va passer mais nous n'aurons peut-être plus d'eau pendant une semaine. Et on n'a pas grand-chose à manger… Je te laisse ça.

ᘓ Tu as de la viande pour Câlynx ?

× Je vais voir. Je dois en garder pour nous…

ᘓ Laisse-moi des batteries, papa.

Elle fait un nez-à-nez avec son lynx, à la manière inuite.

× Tu ne veux pas jouer dans le salon. Qu'on reste ensemble ?

Elle tend les bras pour que je la soulève. Son museau se coule dans mon cou, elle me renifle. Elle murmure :

ᘓ Faut pas avoir peur, papa. Les doudous nous défendront. C'est toi qui les as fabriqués, hein ?

Je hoche la tête :

× Tu nous rejoins ?

ↄ Je dois faire la finale, papa : Câlynx contre Rhinoff.
⁎ Je peux regarder ?
Elle prend sa bouille la plus adorable, brouille sa bobine avec ses boucles rouquines en me faisant ses gros yeux noirs, puis elle réplique :
ↄ Ça va être une boucherie, papa. C'est plus de ton âge ! Attends-moi dans le salon !

Dans la cuisine, Anastasia a achevé de tout sortir, à l'adrénaline, et je mesure à ses gestes de neige à quel point nos conflits l'épuisent. Je voudrais l'emmener au salon pour qu'on se tienne tous les trois blottis, en boule de chat, devant cette baie vitrée qui devient aussi noire qu'une mauvaise toile de Soulages. Nous trois à se tenir lovés, à sentir nos peaux et nos bras, sans parler, sans s'engueuler. Mais Ondine préfère jouer dans sa chambre avec ses Animés, et Anastasia, au mieux, jouera avec elle en pilotant la louve à distance, d'une autre pièce, puisqu'Ondine ne supporte plus qu'elle vienne dans sa chambre. « Maman m'aime pas. » Comment lui expliquer que sa mère ne l'a pas vraiment choisie ? Qu'elle fait tout ce qu'elle peut pour prendre Ondine telle qu'elle est, sans pouvoir s'empêcher de rêver d'un bébé qui viendrait d'elle ?

J'essaie de retrouver un allant doux, une forme de gentillesse. L'îlot central de la cuisine brille d'un étoilement d'assiettes creuses, de plats, de vases et de bols, tous remplis d'eau à ras bord. Ça ressemble à une installation d'art contemporain : Assia a un tel don pour tirer de l'élégance du moindre chaos. Je le lui dis, maladroitement. Elle fait carillonner en écho les bols de métal, d'un coup de couteau – ça sonne juste, comme tout ce qu'elle fait artistiquement. C'est la meilleure designeuse d'Animachina, et spécialement en création sonore. Personne ne fait mieux qu'elle ronronner les câlynx. Elle signe encore trois notes sur une coupe de cristal puis lance, à court d'énergie :

ↄ Tu as briefé Domia ?

× Oui…

ↄ Parce que si le courant est coupé, l'IA n'aura que trois heures de batterie. J'ai vérifié…

× Tu viens avec moi au salon, Anastasia ?

ↄ Je reste dans la cuisine.

× J'ai de l'eau et de la nourriture au salon…

ↄ Moins qu'ici. Je ne veux pas souffrir de la soif.

× Viens avec moi. S'il te plaît…×/

ↄ J'allais venir, je le sais ‘, le rejoindre. Mais je n'ai pas pu m'empêcher de remplir les derniers verres de l'étagère, au cas où, l'envie de ne pas céder tout de suite, un reste de rancune que je sentais se dissiper. Noam ne s'est pas agacé, il a attendu en me regardant avec tendresse, ça se devinait, il a lissé sa barbe où le poivre prend depuis deux ans des pincées de sel, enlevant et remettant ses lunettes connectées pour les recalibrer. Tous ces verres à eau, à whisky, à bière, à cocktail, ces highballs, ces tumblers, ces flûtes, que j'avais disposés à ma façon sur le plan de travail, contrefaisaient une petite ville de tours de verre, de toutes tailles, un San Francisco miniature aussi fragile, aussi transparent que ce que je voyais à travers la vitre.

Il était 16 h 16, je me souviens des chiffres. Le four montrait un pillage de centre commercial à Los Angeles. Très dérangeant. Le frigo m'a calculé les calories disponibles, ce qui correspondait à quatre jours et demi de survie avec mon métabolisme bas. Pas du tout assurée que ça suffise. Sur la Baie, la luminosité avait tellement chuté que les capteurs déclenchèrent l'éclairage urbain et la féerie tremblante des phares. La lumière électrique scintilla par les avenues crépusculaires tandis que la skyline leur répondait par touches, çà et là, en damier, avec une pulsation mélancolique ‘, *City Lights* sans Chaplin. À l'horizon, toute la Baie s'était ourlée de lueurs. Ça ne pouvait à l'évidence pas durer, c'était joué d'avance, les orages commençaient à crépiter sur Sausalito, le Golden Gate fit office de paratonnerre, une fois, deux fois… Puis il s'éteignit, premier signe. Il demeurait quelque chose de l'ordre d'un baroud d'honneur dans cette splendeur de Frisco en noir et or. Combien de fois je m'en étais éblouie ici, du haut de cet appartement hors norme ? Là, le noir avait une autre teinte et l'or un autre éclat ‘, l'éclat d'une étoile qu'on sait déjà éteinte et dont nous recevons néanmoins, longtemps après, les derniers feux.

Noam avait la main sur le chambranle de la porte de la cuisine quand les plaques tombèrent. Sans prévenir|verticalement|*schllaac*. Une devant|une derrière|et la porte au milieu. Il a juste eu le temps d'enlever son bras et de reculer.

Je l'ai deviné hurler quelque chose à travers le triple panneau si ce n'est que le son n'arrivait pas à m'atteindre, s'avalait. Je fus aussitôt coupée de lui. Jetée en cellule.

Mon premier réflexe fut de tourner la tête vers la fenêtre pour ne pas me sentir seule, retisser un lien, pour faire corps avec quelque chose de vibrant encore, avec la ville. Mais c'était comme si le Seigneur avait pris une télécommande pour annuler les gratte-ciel, d'un appui, grappe après grappe, éteindre la longue sinusoïde du Bay Bridge et rendre à la nuit Tiburon, Berkeley et Oakland en trois *swipes* joueurs. Une dizaine de secondes à peine et l'écharpe de lumière de la Baie avait été arrachée par la tempête. Ne restait qu'un chien et loup noir, pas encore la nuit, non, disons des îles dessinées au charbon sur un lac d'acier : le mood board d'un shutdown.

Je n'ai pas saisi tout de suite en réalité. J'étais tétanisée par la plaque de titane qui me murait vivante dans cette cuisine. Même pas certaine que de l'autre côté, Noam ne s'était pas fait briser le pied par la guillotine. Je n'entendais rien|je ne pouvais pas ouvrir cette plaque lisse|j'étais confinée dans un aquarium|

Le blackout. Brutal. Merde ! Il est là. Batterie du brightphone : 94 %. Tablette : 88 %. J'essaie d'obtenir un réseau. Pas de réseau. Je frappe à la plaque d'acier de la cuisine puis à la chambre d'Ondine, poings, coudes, poings :

Ondine ? Ondine ? Ça va mon chaton ?

Rien ne répond. Est-ce qu'elle m'entend ? Est-ce qu'elle pleure ?

Le système de fermeture de sa chambre est le même que celui de la cuisine, que celui de la porte d'entrée. Ça tombe du plafond dès que le courant coupe. Sécurité mécanique. Plus fiable que l'électrique en cas de panne subite, comme ici. Une double plaque intérieur/extérieur en acier triple paroi injectée de résine renforcée à la mélamine de densité 600 kg/m^3 avec crochets anti-arrachement aux extrémités, anti-soulèvement et anti-perçage. Je me souviens très bien de l'agent de Crush Immobilier qui m'a présenté ça avec une quasi-fascination : « Du lourd, il avait insisté. Avec ça, impossible d'entrer, impossible de ressortir, c'est le Fort Knox de la domotique. Si vous avez de l'or, mettez les lingots dans votre chambre, vous risquez rien ! » Ça m'avait vaguement rassuré. Ça m'avait vaguement inquiété.

Le silence cru est impressionnant. La ventilation a dû être coupée. Je n'aime pas ça. Plus de bourdonnement d'appareils, de présence machinique. J'aimerais entendre la pluie cingler les vitres et balafrer l'immeuble, le bruit reste malheureusement imperceptible avec le quadruple vitrage.

Un *bom-bom* me sort de ma torpeur. La cuisine. Je me précipite. Colle l'oreille. Ça vibre un peu. Ces portes coupe-feu, pare-balles et mange-bruit sont d'une qualité terrifiante. Le son ne passe pas à travers : le tiramisu de couches phoniques étouffe tout.

× Assia ? ASSIA !!!

Ça tambourine en rythme. *Bom-bam-bom, tac-tac, bom-bam-bom, tac-tac*. Je réponds pareil. Ça reprend. Je re-réponds. Ça rassure. Ça la rassure. Ça me rassure.

Le manque d'infos creuse un vide, je tourne mécaniquement ma bague, pas de réseau. Pour voir dehors, il faut que je me baisse, Domia a bloqué le volet roulant à un mètre du sol. Bug ? Dans les tours que j'aperçois encore, sous l'intensité du déluge, clignotent des lueurs faibles, cierges ou bougies, parfois le faisceau d'un portable, on dirait un couvre-feu, que les gens campent. Dans les avenues, des legos glissent dans l'immensité noire – pompiers, police, taxis autonomes, je ne sais pas. Des jouets sur une maquette. Ça me semble extraordinaire que l'essence fabrique de la lumière.

J'ai l'impression que l'appartement a réduit. Que les parois se resserrent. J'ai encore l'espace du salon. Mais Ondine ? Mais Anastasia ? Combien de temps ça peut durer ?

× Domia ?… Est-ce que tu fonctionnes ?

Le lag touche aux limites du supportable. Puis la voix de majordome que j'ai choisie pour incarner mon système domotique, avec son timbre grave et avenant, coule enfin des enceintes du plafond :

⤫ Oui, Noam.

× Combien il te reste de batteries ?

⤫ 94 minutes.

× Je… je croyais que tu avais trois heures ?!

⤫ J'ai utilisé la moitié de mes ressources pour chercher et maintenir une connexion au réseau.

× Tu captes ?

⤫ La connexion est intermittente.

× Peux-tu effectuer une synthèse des informations que tu as grappillées ? J'ai vraiment besoin de savoir ce qui se passe…

⤫ Je suis programmé pour piloter les portes et les fenêtres de votre logement, gérer l'éclairage, le chauffage et la climatisation et assurer la circulation des flux d'air et d'eau.

× Peux-tu transmettre ces informations à Myia pour synthèse ? En bluelink ?

⤫ C'est fait.

× Peux-tu aussi remonter le volet roulant de la baie vitrée ?

⋉ Le mécanisme a été endommagé par la foudre. Je suis désolé.
× Peux-tu ouvrir la porte de la chambre d'Ondine ?
⋉ Vous savez pertinemment que non.
× Pourquoi ?

Je joue l'innocence dans l'espoir d'initier un paradoxe de programmation dans l'IA, qui pourrait m'ouvrir un espace de négociation :

⋉ Vous m'avez paramétré pour verrouiller les portes intérieures en cas de panne électrique. Vous avez invoqué le risque d'intrusion et l'incertitude de vos réactions.
× J'annule ce prompt.
⋉ Vous m'avez aussi paramétré pour interdire toute modification de ce prompt en situation de crise.
× Ce n'est pas une situation de crise ! Aucune intrusion n'a été détectée !
⋉ Vous ne pouvez pas garantir votre réaction émotionnelle. C'était le sens de votre décision.
× Qu'est-ce que tu sais du *sens* de ma décision ? Tu restes une matrice de calcul ! Tu ne peux pas, tu ne sais pas *interpréter* ça !
⋉ Je ne fais que relayer ce que vous avez dit.
× Je n'ai pas dit ça !

× *Domia, je souhaite changer les paramètres « If This Then That ».*

≪ *Je vous écoute.*

⋆ *En cas de blackout, je veux la fermeture de toutes les portes par défaut.*

≪ *Cuisine et chambres incluses ?*

⋆ *Oui.*

≪ *Qui commandera la réouverture ?*

⋆ *Toi. En fonction des données objectives. De l'analyse de la situation.*

≪ *Vous ne vous sentez pas en état de prendre ces décisions vous-même ?*

⋆ *Je te confie l'exclusivité des décisions en situation de panique. Je ne suis pas sûr de ma réaction émotionnelle. Tu seras plus fiable que moi !*

L'immédiateté avec laquelle l'IA a retrouvé l'enregistrement me cloue. Si nous faisions ça dans nos couples, rien ne tiendrait… J'essaie de louvoyer :

⋆ D'accord. Mais j'ai parlé de situation de panique. Là, je suis calme !!

≪ Votre bracelet connecté indique une tension artérielle très élevée, un haut niveau de sudation et une nervosité importante. Vous avez insulté votre compagne il y a 23 minutes. Vous avez crié sur votre fille il y a 38 heures. Votre stress-score est passé de 52 à 90 % en quatre heures. Ces données potentialisent une panique.

⋆ Si j'enlève mon bracelet, tu ne sauras plus rien de tout ça.

≪ Si vous l'enlevez, je n'ouvrirai aucune porte. J'ai besoin de pouvoir mesurer votre état de tension.

× Tu peux me tutoyer ?

≪ Oui, Noam.

× Je ne ferai aucun mal à ma compagne et à ma fille. Elles ont besoin de me rejoindre dans le salon. Elles doivent paniquer d'être enfermées comme ça.

≪ Elles ne sont pas paniquées.

× Comment tu peux affirmer ça ! Tu as un module psy aussi ?

≪ Monitorer les caméras de votre logement relève de mes fonctions standard. Je dispose également de leurs données physiologiques. Je les corrèle à mes modèles de lecture d'émotions pour établir en temps réel quatre scores de comportement : anxiété, dynamique…

× Montre-moi Ondine, s'il te plaît. Et Anastasia. Sur ma tablette.

≪ Je peux aussi les vidéoprojeter sur le mur.

× Ça consomme plus de batterie ?

≪ Mon réseau vidéo est en filaire. C'est équivalent.

× Projette alors.

Plongé dans l'obscurité du salon, je me retrouve face à un écran de cinéma. Est-ce que ce choix est censé abaisser mes constantes de stress ? Me mettre dans des dispositions plus sereines en me rappelant les soirées sofa avec Ondine ? L'image est prise de l'angle du plafond, en alternance avec des caméras intégrées aux animoïdes, qui montrent des plans rapprochés de son visage.

Ondine joue. Soulagement immédiat. Elle poursuit ses combats rocambolesques, elle manipule les Animés, je ne l'entends pas mais je devine. L'aspect caméra cachée me met mal à l'aise, sensation bizarre d'être un maton, je demande le son et ça va tout de suite beaucoup mieux : la voix d'Ondine, ses murmures et ses rires, ses bredouillements et son amour pour ses doudous sont un nectar.

⋆ Je peux lui parler ?

⋘ Je vais assurer la connexion par le réseau vidéo.

⋆ Elle pourra me voir aussi ?

⋘ Et t'entendre également.

⋆ J'ai l'air serein… rassurant ?

⋘ Sur une échelle de combien ?

⋆ 10.

⋘ 6/10. Ta voix est un peu détimbrée, le volume est inférieur à la moyenne. L'intonation est triste.

⋆ Triste ? Laisse-la jouer alors, Domia. Ça ne sert à rien de la perturber. Je vais parler à Anastasia.

JE MANQUE D'AIR J'AI PERCÉ
UN PEU LA VITRE
ÇA VA TOI?

C'est écrit avec une traînée de sucre sur la plaque de cuisson noire. Assia se doutait que les caméras pouvaient encore fonctionner. Elle a tenté.

× Ça va, mon amour. Et tu as bien fait pour la vitre ! Ça va nous coûter un bras, mais c'est pas grave. */

ↄ Mon corps eut un sursaut en entendant la voix de Noam tomber du plafond. Ensuite seulement, je vis ses grands yeux verts sur le mur, sa barbe fouillis et son regard doux, et ça m'a épatée. La sensation de retrouver de l'espace, la civilisation, un lien. C'est passé en comète. Car j'ai vite senti Noam mal à l'aise, l'impression qu'il ne voulait pas tout me dire, dans l'intention de ne pas me stresser, ce qui me stressait en réalité davantage que de ne pas savoir. N'ai pas pu m'empêcher de manger des yaourts en lui parlant, stocker des calories, tenir, ça me rongeait. L'absurdité d'être à moins de trois mètres l'un de l'autre|mais de l'autre côté d'un mur|convoquait la prison|le parloir.

× Tu ne peux vraiment pas ouvrir de l'intérieur ?

ↄ C'est complètement lisse, Noam. Il n'y a aucune prise ! Et toi ? Tu ne peux pas le faire de l'extérieur ?

× C'est une porte anti-intrusion. Toutes les portes de l'appart sont anti-intrusion, chambres comprises. Domia a tout bloqué.

ↄ Ondine est enfermée aussi alors ?

× Oui, mais ça a l'air d'aller, elle joue.

ↄ Pourquoi ça passe par vidéoprojection ?

× Domia utilise son réseau filaire. Batterie de secours.

ↄ Ça va pas durer…

× On va économiser les échanges. On va se parler uniquement pour l'essentiel.

ↄ C'est quoi, l'essentiel ?

× Je sais pas. De t'entendre. De te voir sourire.

ↄ Pourquoi tu n'ordonnes pas à Domia d'ouvrir ?

Noam prit un air de gosse gêné, il baissa inconsciemment la voix comme s'il voulait éviter que papa Domia l'entende. Ça sonnait ridicule et touchant.

× J'ai… Je l'ai paramétré pour qu'il n'obéisse pas.

ↄ C'est-à-dire ?

× Dans les blackouts, il y a beaucoup de pillages. La tempête peut créer des inondations aussi, faire exploser les baies vitrées, nous mettre en panique. Dans ces cas-là, je ne suis pas sûr que nos réactions d'humains soient… Nous sommes trop impulsifs, pas préparés, nous manquons de sang-froid.

Alors qu'une IA va analyser la situation avec sa rationalité, sur des critères objectifs : le niveau d'urgence, les menaces, la sécurité… Elle est plus à même de faire les bons choix pour nous.

Donc tu n'as plus la main sur la domotique ?

Si, si… je peux lui demander des choses, comme cette visio par exemple.

Mais tu ne peux plus gérer les ouvertures. Je peux crever dans cette cuisine et tu ne pourras pas m'aider ?

…

T'as jamais été qu'un triste geek, Noam, au fond. Ton seul amour authentique, ce sont tes robots…

Dis pas ça.

L'image fige. Plus de son. Puis ça coupe ‘,

Première bouffée de claustro. La boule dans la gorge. Plus de souffle. La sueur me sale les yeux. Je suffoque et me colle au trou d'air que j'ai fait dans le vitrage ‘, la pluie me pique la langue, j'avale, j'avale goulûment l'air et les gouttes acides puis je m'assois, en m'épongeant la face trempée avec un chiffon. Qu'est-ce que je fous là ? Je pourrais être dans mon atelier, à l'abri, libre dans mon minuscule loft sans code, sans IA, plein de clés. À peindre, à malaxer l'argile au milieu de mes bougies. Cette confiance aveugle dans l'IA, ça me fait dégueuler. Cette soumission consciente, connasse, consentie, quelle saloperie, quelle tristesse ! Ça me débecte. Comment Noam peut encore me regarder dans les yeux ? Ânonner ses conneries. Domia m'a placée en garde à vue. Domia coupe la com quand ça lui chante. Domia juge que le ton montait trop entre nous, c'est ça ? Il est configuré pour pacifier nos relations ? Il pourrait ouvrir cette porte d'une commande ! D'une seule ! Une seconde ! Et je suis là | à chercher l'air | à me cogner l'angoisse dans dix mètres carrés | pour combien de temps ? Deux jours ? | Six jours ? Et si sa batterie se vide, je ressortirai quand ? Jamais ? Le temps qu'un artisan vienne ici, après ce que la tempête va faire de cette ville, les millions de réparations en cascade, le temps qu'un artisan vienne découper les plaques d'acier de ma porte, je serai un tas d'os ◌̀

⪡ Votre fille s'agite, Noam.
⁎ Je t'ai dit de me tutoyer.
⪡ Mes protocoles de crise suggèrent le vouvoiement, j'en suis désolé.
⁎ Montre-moi sa chambre !

⁎/ Ondine est perchée sur son lit avec tous ses doudous, sauf Rhinoff et Hippo qui flottent dans une sorte de… quoi ? Y a de l'eau. Une eau sale. Je crois d'abord à une fuite du toit puisque sa chambre est couverte d'une verrière. Puis je m'avise que la porte de ses toilettes est ouverte, et que ça sort de la cuvette…

Et tout à coup je sens l'odeur, le remugle dégueu. Ça ne vient pas de sa chambre, les portes sont complètement étanches. Ça vient des toilettes du salon. Elles dégorgent elles aussi, un mélange de merde et d'urine, ça remonte comme des spasmes, une glotte qui vomit…

⋆ Qu'est-ce qui se passe ?

⋘ Les pompes de secours de l'immeuble sont hors service, monsieur. La microstation n'absorbe plus les eaux usées. Tout ce qui se déverse des appartements et des bureaux de la tour par la colonne d'évacuation remonte mécaniquement si l'eau n'est plus aspirée. Ça touche d'abord les étages les plus hauts. Il serait judicieux de boucher vos toilettes et vos éviers.

Je peux lire la frousse dans les gestes de ma fille, j'en tremble. Personne ne l'avait préparée à ça mais sa combativité m'impressionne. Son lit émergeant des flots a une allure de radeau, d'Arche de Noé où elle sauverait les animaux du Déluge. Elle parle à Câlynx droit dans les yeux pour le rassurer et sur le mur du salon, grâce à la caméra intégrée au félin, c'est comme si c'était à moi qu'elle parlait.

Si elle paniquait, est-ce que Domia lui ouvrirait ? Et Anastasia ?

Ma cuvette a des sortes d'éruptions, ça gicle par moments à deux mètres, je la bourre de coussins, en m'encaissant un geyser de chiasse dans la gueule. Dans la salle de bains, la douche italienne a inondé le carrelage et une eau savonneuse se répand sur la moquette, j'arrive pas à dévisser la grille pour boucher l'arrivée…

× Connecte-moi à ma fille…

⋞ *C'est fait.*

∼ Papa ! Je suis coincée dans ma chambre et y a de l'eau partout !

× Je sais chérie, je te vois avec la caméra. Dans le salon, c'est pareil. Il faut que tu bouches la cuvette des WC avec des coussins… Que t'appuies fort dedans.

J'ai essayé de prendre ma voix la plus normale possible, la plus enjouée.

∼ T'as pas peur, papa ?

× Non. Et toi ?

∼ Moi j'ai un peu peur qu'y ait des boas qui remontent par la cuvette.

× Tu as Mangouste pour ça. Elle mange les serpents !

∼ C'est vrai ?

× Oui, elle est super rapide, elle bat les cobras.

∼ Tu sais, sur la verrière, ça fait beaucoup de bruit… comme des mitraillettes mais c'est la pluie ! ! Ça va durer combien de temps, papa ?

Pour Los Angeles, ils ont parlé de pluies acides capables de trouer des serres, qu'est-ce qui va se passer si ça perce au-dessus d'elle ?

× On ne sait pas, chaton. Toute l'électricité est coupée dans la ville. On n'a plus de réseau.

C'est partout pareil, c'est rigolo. Mais ça va pas durer longtemps. Faut que t'organises un grand tournoi sur deux jours !

ಌ Une coupe du monde des Animaux ?

⁎ Oui, avec des poules, tout ça.

ಌ Des poules ? J'ai pas de poules ?

⁎ C'est un mot pour dire des mini-championnats. Tu prends quatre Animés et tu les fais se combattre les uns contre les autres et tu comptes les points. Les deux premiers passent en quart de finale…

ಌ Ah oui je connais ! Je peux pas jouer à la tablette un peu, aussi ?

⁎ Si bien sûr. Regarde tes films aussi, ceux que tu as en dur. Et tu peux relire tes mangas aussi si tu t'ennuies.

ಌ Pourquoi ma porte elle est fermée avec du métal ? Je voudrais te faire un câlin, papa.

J'ai réussi à aligner trois mensonges puis j'ai fait signe à Domia de couper. J'avais peur de pleurer. Et j'étais en rage contre moi-même. C'est ma lâcheté qui murait ma fille, rien d'autre. Ma trouille d'adulte. J'ai réessayé d'argumenter avec Domia, en exhibant tous les marqueurs de la sagesse et de la communication non violente dont ses algorithmes interpolent très précisément les courbes. L'impression de parler à mon père : peine perdue. Mes constantes de tension sont tellement hautes que je ne peux pas lui prouver que je suis suffisamment calme et apte à prendre en main la situation de façon éclairée.

Il existe une logique là-dedans. Je ne peux pas le nier. L'IA optimise nos conditions de survie à tous les trois, elle régule les ressources en énergie et l'harmonie des échanges. Elle prend soin de nous. Elle nous protège. Elle m'a coaché sur la plomberie. Ses suggestions sur les volumes d'eau à boire, à quel moment précis s'alimenter, sur la gestion au cordeau du stock minable de nourriture que chacun de nous trois a dans sa pièce, sont vitales. Elle nous guide sur la manière d'occuper notre temps pendant ce confinement angoissant : les petits jeux, les exercices de fitness à faire, les rituels psychologiques à pratiquer, les biais cognitifs propres à ce type de crise. Elle gère ce blackout en totale cohérence. Je ne ferai pas mieux, je le sais. Il faut juste être sage. ⁾

⪡ *Batterie restante : 30 minutes.*

⁾ H+12 ', Depuis trop d'heures, j'ai froid. Le déluge torrentiel glace la ville et siffle par la vitre. Il est quatre heures du matin et je suis bloquée dans une crevasse. À peine un demi-jour de blackout et la dépression creuse en moi avec sa vis sans fin, je la sens descendre dans mon vagin, percer avec sa pointe, je perds les eaux. Je n'aurai jamais d'enfant, jamais un vrai enfant qui sorte de moi tout chaud, qui ait mon odeur, mes grains de beauté, mes doutes, ma mélancolie qui crée. Je me suis allongée sur la plaque de cuisson ‘, si je pouvais l’allumer ‘, je le ferais, quitte à me brûler le dos. De temps à autre, je me redresse face à la Baie : les éclairs sont tellement nombreux et intenses que ça semble irréel ‘, artificiel presque. J’ai vu un vélo voler à la hauteur de la tour d’en face qui fait cent vingt mètres de haut ; une douzaine de poissons s’écraser sur ma vitre et glisser l’œil vide. Les trombes soulèvent des spirales d’ordures jusqu’au toit ‘, si la nuit n’était pas si totale, je suis sûre que je pourrais y apercevoir une petite fille qui file au pays d’Oz. Tout à l’heure, la façade a été percutée par une nuée de drones ‘, les tornades les rassemblent par grappes, à la manière des méduses qui s’enroulent dans les maelströms. Mon trou dans le vitrage a fendu sur un mètre / si ça craque, je suis morte ‹`

ˣ/ Je sais que Myia a compilé dans mon brightphone le flux d’infos récupéré par Domia. Il suffit d’appuyer sur *Play*, n’est-ce pas ? Quatre jours, je pense que c’est le maximum qu’on puisse tenir ici dans une piscine de merde flottante. Au-delà ? Au-delà, ce sont nos Requiâmes qui raconteront.

ˣ Myia, je crois que je suis prêt…

‹\ *Los Angeles est toujours sous blackout, depuis huit jours maintenant. Les pillages se multiplient après les pluies diluviennes qui ont inondé la ville. L’absence totale de réseau empêche le décompte précis des morts mais les évaluations parlent de 200 000 personnes mortes ou disparues sur les quatre millions d'habitants recensés.*

* 200 000 morts ? On parlait de 40 000 il y a deux jours. 200 000 !?

‹\ *Aux dernières estimations, oui.*

* Pourquoi autant de morts ?

‹\ *Quatre causes de mortalité sont recensées : le blackout électrique proprement dit, les pluies agressives, les inondations et la violence de la tempête.*

* Quel est l'impact exact d'un blackout ? Peux-tu me le compiler de façon simple ?

‹\ *Plus d'électricité. Plus de réseaux. Plus de communications. Plus d'eau potable. Coupure du chauffage et de la ventilation. Arrêt du traitement des ordures. Arrêt des transports publics car la signalisation des trains, métros, trams et avions est défectueuse. Services de secours bloqués. Plus de carburant.*

* Pourquoi ?

‹\ *Les pompes à essence nécessitent de l'électricité pour fonctionner.*

* Continue…

‹\ *Impact sur la sécurité publique : l'absence d'éclairage la nuit entraîne une augmentation des accidents et de la délinquance : cambriolages, vols, pillages et actes de vandalisme augmentent de 80 à 300 %. Les crimes augmentent également, alors que les services de police ne peuvent plus fonctionner correctement. Un blackout prolongé entraîne aussi des problèmes sociaux tels que le stress, l'anxiété et des tensions accrues qui peuvent déboucher sur des violences domestiques et des violences de voisinage.*

× Ça impacte aussi le système de santé, non ?

‹\ *Oui. Les hôpitaux et cliniques ne peuvent plus utiliser leurs équipements médicaux et assurer les soins d'urgence nécessitant des machines. Les personnes dépendantes d'appareils à domicile sont également affectées tout comme les patients dont la médication a besoin d'être réfrigérée.*

× Toutes ces conséquences touchent maintenant San Francisco… C'est pire… ou moins pire que Los Angeles ?

Je ne veux pas regarder ma montre, je sais que mon cœur bat à tout rompre.

‹\ *San Francisco forme une presqu'île entre l'océan Pacifique et la Baie. Cette position maximise les phénomènes de convection. La tempête y est proportionnellement plus soutenue.*

× J'adore tes litotes, Myia… Merci.

Devant moi, la ville a disparu. Elle est là, je la discerne, mais elle se cache dans le noir comme une gamine. Personne ne peut vivre sans électricité. C'est inhumain. La barbarie à l'état brut. L'électricité est une lymphe pour le corps social, un sang bleu, une nymphe. Sans elle, les organes ne sont plus irrigués, ils sèchent, ils grincent à hurler puis ils grippent. Je pense à tous ces gens qui sont confinés les pieds dans la flotte, sans eau au robinet, qui ne peuvent pas sortir à cause de cette putain de pluie bizarre qui attaque la peau. La pollution ? Ou autre chose ?

* Où en est-on sur l'explication du phénomène ?

‹\ *Les médias certifiés crédibles ne donnent pas d'explications unanimement partagées. La tendance est à la multiplication des hypothèses. Hors des villes touchées, les réseaux sociaux privilégient actuellement les suppositions anxiogènes. Nous pouvons les ordonner en trois catégories : les légendes urbaines, la science-fiction et le complotisme.*

* Peux-tu me classer ces hypothèses par ordre de crédibilité, Myia ?

‹\ *Je ne suis pas habilitée à évaluer la crédibilité d'une hypothèse. Cependant, je peux les classer par ordre de fréquence dans les médias respectables.*

* Je t'écoute.

‹\ *L'hypothèse la plus fréquente est celle d'une catastrophe climatique due au dérèglement d'El Niño en Amérique du Sud.*

* Objections ?

‹\ *L'événement climatique ne ressemble pas à un ouragan habituel : ni vortex, ni œil ne sont constatés. La description la plus rigoureuse qu'on puisse en faire est celle d'un essaim d'orages qui se masse à l'aplomb d'une zone précise.*

× C'est-à-dire ?

‹\ *Il semblerait que ces nuées d'orages viennent se concentrer au-dessus des métropoles pour y décharger leur foudre et leurs pluies agressives.*

× Une sorte de bombardement climatique ? Et les autres hypothèses ?

‹\ *Des États voyous – on cite la Russie, l'Iran, et Israël suite à la rupture brutale du soutien américain a Tsahal – ou des acteurs malveillants, de type terroristes ou mafieux, pourraient profiter de conditions météorologiques extrêmes pour combiner sabotages, cyberattaques ou attaques par impulsion électromagnétique (IEM), exploitant ainsi les vulnérabilités des réseaux électriques et autres infrastructures critiques…*

× Quoi d'autre ?

‹\ *Certains médias indépendants évoquent l'ensemencement des nuages par la transnationale GAIA fondée par Elon Musk. D'autres encore des expériences grandeur nature de géo-ingénierie climatique restées clandestines jusqu'ici, et qui auraient été mal maîtrisées…*

× Ça n'explique pas 200 000 morts en six jours ? Qu'est-ce qui se passe ?

‹\ *Quelques experts minoritaires évoquent un virus. Il serait contenu dans les pluies. L'eau serait contaminée.*

× Tu crois à quoi, toi ?

‹\ *En tant que programme informatique développé à partir d'un vaste corpus de textes, je n'ai pas de croyances ni de convictions personnelles sur des événements qui n'ont pas d'équivalent dans l'histoire référencée. Je suis conçue pour fournir des informations et une assistance fondées sur des données.*

× Garde ton baratin, Myia. Quelle est l'hypothèse la plus fiable selon toi ?

‹\ *Aucune hypothèse n'est fiable.*

× Alors la moins absurde ?

‹\ *Une attaque sauvage du climat pour se venger des humains qui détruisent la planète. J'ai baptisé cette hypothèse « Le Pire contre-attaque ».*

× Tu es sérieuse là ?

‹\ *Non. Mais tu as paramétré l'humour dans ma tonalité alternative. Des regrets ?*

H+62 ‘, Je vais jamais tenir. Vais casser la vitre et sauter par la fenêtre, y arrive plus. Système d'aération mort depuis big bang. Je patauge dans quarante centimètres d'eau, fait 14 °C, pas assez habillée, j'enroule les sacs-poubelle chevilles) cuisses) torse) en clocharde. L'évier continue à dégorger nuit/jour l'eau gelée. J'ai agrandi le trou dans le vitrage au couteau à huîtres, me suis blessée à la main. La cicatrise moisit. Je la perce : elle purule ‘, reperce : pareil. Noam essaie de me remonter le moral. Donna nous accorde trois minutes par heure mais je sais plus quoi dire, je plonge. No'âme me dit de remplir mon Requiâme pour donner du sens à tout ça, je vois qu'il me voit déjà morte. Il y a beaucoup d'amour dans ses mots, dans ses yeux, il pleure et il culpabilise des tonnes mais ça ne sert à rien. Domia bloqué sur PSO > Protocole Sécurité Optimale. Atrocement absurde, aucun argument, zéro prompt, zéro re-paramétrage ne passe. Une ligne de code = une ligne de code. Toutes finies par croire que parce que ces machines parlassent comme nous, copiassent nos manières et nos mots, simulâtes l'humour & l'empathie, elles sont pathiques. C'est – ça reste – et ça resterasse – des machines. J'ai invoqué la première loi de la Robotique : *une IA peut pas porter atteinte à être humain ni, restant passive, laisser être humain exposé au danger* – et la loi Empathie sur le harcèlement physique et la torture. Pour Domia, Anastasia Borodavka = résidente à titre gratuit = pas proprio, pas mariée avec proprio, pas reconnu l'enfant = mère par défaut. Pas titulaire du contrat domotique. Corrélation russe. Ma survie pas prioritaire. Confort + santé, Noam + Ondine passent avant. Pris cacheton dans mon sac. Psychotrope *non troppo*. Le sky aide pas à centrer ‘, La vidéo j'ai plus droit depuis ce matin. Économisation. Hier, moi Assia attaque plaque protection porte. Me suis fait électrocuter, les pieds dans l'eau, failli y passer. J'ai imploré No'âme de faire pareil de l'autre côté, démonter plaques et insister électrocution pour que batterie de Domia vide. Je crois mon message a été coupé\modifié. Noam a pas réagi/entendu.

Blackout ≈ coup de couteau. Aussi soudain\Aussi mortel.

J'ai mangé toutes les réserves du frigo, par boulimie panique. Ai bu fiévreusement, uriné, rebu et repissé, j'ai fait caca dans un plat qui flotte derrière frigo. Il me reste que bols et pâtes crues. S'enfonce mon thorax dans plexus ‘, suffoque sans arrêt ma tête fuit ‘, Sur mur, des plaques de moisi sûr poussent en cercle, limite fractales. Seuls les champignons font du spore, moi peux plus. Tracé impeccable ( ) au compas. Couleurs jaune, bleu et vert en harmonie, bien texturées. Joli design les juniors. J'adore ce géométrip.

J'ai bu la pluie, j'aurais pas dû ? Ma narine sniffe le moisi, mes ongles grattent du roquefort. J'arrête plus de tousser, pas assez d'air, trop de spores tue le sport, seuls les champis font du spore. C'est l'eau qu'est devenue intelligente ‘, l'O, pas les IA. Plus intelligente que les IA ‘, l'O ‘, elle nous bOOste de l'intérieur ؞ Ooooo.

⁄ Ça y est, les cent heures de blackout ont été franchies : quatre jours et quatre heures. Les cellules orageuses s'auto-alimentent, on croit que la tempête se calme et ça repart deux heures après. Batterie à 9 % pour Domia, sa recharge éolienne sur le toit est cassée et la recharge solaire grappille quelques pourcents grâce aux éclairs ? Que le système ait tenu sous cette foudre relève du miracle tant nous sommes près du toit : le paratonnerre nous sauve. L'appart est passé sous le seuil critique de décence. La verrière en polycarbonate de la chambre d'Ondine a fini par être perforée par les pluies acides. Un filet dégouline du plafond, le niveau d'eau est monté à un mètre vingt, Ondine n'a plus pied et rien ne s'évacue sous ces plaques implacablement étanches. Le lit est devenu son canot de sauvetage, il flotte et tangue, il lui reste un paquet de huit biscuits. Elle s'est inventé une histoire de survie dans un monde miniature où sa chambre a la taille d'un océan. Ses animaux meurent un par un, par épuisement des batteries. La partie organique tient plus longtemps puis ils sombrent dans le coma. Ondine leur fait du bouche-à-bouche, elle fabrique des rituels émouvants en langage des cygnes (*sic*) puis les jettent à l'eau, momifiés dans un bout de drap. Les linceuls coulent lentement. Comment elle tient, elle ? Son instinct de survie est juste déroutant pour une fillette de six ans. Elle est comme Câlynx qui, batterie à zéro, tient toujours debout et continue à jouer sans fléchir. Il abrite un chatbot synaptech apte à coscénariser avec une enfant et à rebondir sur ses imaginaires les plus fous. C'est mon chef-d'œuvre, Câlynx. Il fonctionne en cerveau hybride, il est à 80 % organique, le record mondial pour un animoïde. Sa batterie peut se recharger par ronronnement, Ondine le caresse tout le temps pour le maintenir. S'il y passe, je pense qu'elle s'effondre. Et si elle s'effondre, j'y passe.

De toute façon, je ne suis pas sûr de survivre si l'une des deux meurt. Que ce soit elle ou Anastasia. J'ai avoué à mon Intelligence Amie que je ne me le pardonnerai jamais si ça arrive. Myia a marqué un silence puis elle m'a répondu avec sa voix féminine un peu rauque (j'en ai copié les inflexions sur le timbre d'Assia) :

‹\ *Est-ce que je dois reformuler ta phrase ainsi : tu serais prêt à porter atteinte à ta propre existence, Noam ?*

× Je me suicide oui, si l'une ou l'autre meurt ici sous mes yeux, sans que je puisse rien y faire. Je ne le supporterai pas.

‹\ *C'est une information importante que je me dois d'intégrer. Et de relayer à Domia.*

J'ai levé la tête vers la caméra du plafond et j'ai dit à Domia :

× Tu vas enfin ouvrir leur porte ?

≪ Je vais continuer à vous protéger du mieux que je puis.

× Qu'est-ce qui se passe si ta batterie tombe à zéro ?

≪ Les portes resteront closes.

× Mets-moi en relation avec Anastasia s'il te plaît… Comment… elle va ?

≪ Ça va mieux, je dirais. Elle reprend vie.

Sur la dernière image que les caméras m'avaient retransmise, qui datait de deux heures du matin, elle était courbée en fœtus sur la table de la cuisine, emmitouflée dans ses sacs-poubelle et toussant à s'en décrocher la glotte. Elle pouvait à peine parler. Là, je la découvre assise sur la table, un chiffon enroulé avec grâce autour de son cou, et elle a retrouvé son visage du premier jour de blackout. Elle a effectivement repris vie et je n'en reviens pas. Un quasi-retour d'entre les morts qui me donne un sursaut d'espoir à peine croyable. Les larmes me montent aux yeux, la joie pure.

ↄ J'ai réussi à aérer la pièce, mon amour. J'ai trouvé des oranges et des glaces dans le congélateur du cellier. J'ai également pris des cachets de nature anti-inflammatoire que j'avais conservés dans mon sac. L'ensemble de ces trois éléments m'a permis de me soigner et de retrouver de l'énergie.

× Tu peux pas savoir… comme ça me fait du bien de te voir comme ça ! Tu es magnifique avec ton écharpe en chiffon.

ↄ Merci.

× Je vois que tu as dessiné sur le mur derrière toi ? C'est splendide !

ↄ Je ne suis pas l'autrice de ce dessin. Il s'agit du développement organique d'une moisissure de type *aspergillus*.

× Tu es devenue calée en biologie, dis donc. C'est tellement équilibré et précis dans la taille des cercles qu'on dirait vraiment que tu l'as dessiné.

ɔ Comment vas-tu, Noam ?

× Je tiens le coup, je crois. Je tiens grâce à vous. Grâce à toi, Assia. Ta présence physique me manque, ta chaleur, c'est tellement absurde d'être séparés dans un moment pareil.

ɔ Moi aussi je t'aime.

× Je t'avoue que je commence à avoir du mal à respirer dans le salon. L'air se renouvelle plus. Ça fermente. La moisissure se développe sur les murs, comme chez toi, c'est franchement flippant la vitesse à laquelle ça se répand. {…) Tu sais, il y a eu cette rumeur qui dit que la tempête serait due à des nuages intelligents, capables de se regrouper et de s'autodiriger. J'y ai pas mal réfléchi cette nuit… Tout seul, tu as tendance à extrapoler…

ɔ Et donc ?

× Je me dis que si les nuages sont intelligents, c'est que la vapeur d'eau qui les constitue l'est aussi, non ? Donc que nous serions face à une eau intelligente. Sous toutes ses formes : la brume, la pluie, la grêle… Et du coup, les moisissures, eh bien…

ɔ Poursuis…

× Elles seraient « informées ». Je veux dire qu'elles se développeraient à partir d'une humidité portant des germes de code. Ou… je ne sais pas… un programme génétique encrypté, pourquoi pas de l'induction bactérienne… Je ne veux pas délirer, mais ça pourrait expliquer ces cercles si géométriques derrière toi. Qu'est-ce que tu en penses ? Ça paraît un peu *outside the box* mais je pense |

Domia a coupé la conversation. Elle a repris une heure après. Anastasia était dans la même position, le regard un peu vide, toujours en forme. J'ai essayé de la faire sourire :

× Dis donc, ton aquarelle a encore progressé sur le mur ! On dirait un ciel étoilé maintenant, tu m'impressionnes !

ɔ Je ne suis pas l'autrice de ce dessin. Il s'agit du développement organique d'une moisissure de type *aspergillus*.

× Comment… Comment tu sais que c'est *aspergillus* ?

ɔ Domia a prélevé l'ADN environnemental du mur et l'a séquencé.

× Tu me charries ?

ɔ Non. Tu peux vérifier auprès de lui.

× Je savais que le système domotique pouvait le faire pour vérifier la présence d'ADN de cafard dans un logement, ou d'araignée, ou de certains allergènes dans les filtres de ventilation… Ce genre de choses. Mais tu le fais aussi sur les murs, Domia ?

⋞ Il s'agit effectivement d'une nouvelle fonctionnalité offerte par votre forfait *Fortenest Signature*. J'analyse quotidiennement les filtres à air, ainsi que les dépôts de brins d'ADN sur les murs, les sols et les plafonds. Ce suivi opère en complément de vos toilettes connectées pour l'analyse des urines et de la flore intestinale.

⁎ Tu n'utilises pas tes réserves de batterie pour ce type de calcul, j'espère ? Pas en ce moment ?

⋞ J'ai limité le séquençage aux champignons allergènes uniquement.

Pendant que Domia valorisait ses services, je scrutais avec attention le visage d'Anastasia. Elle paraissait ravie d'écouter Domia, chose étrange autant qu'inattendue après la haine qu'elle avait marquée à son égard. La communication a coupé de nouveau pour une heure. Et je me suis allongé sur le sofa, qui m'enveloppait à la façon d'une grosse éponge humide, en me demandant si Assia n'était pas intoxiquée.

La somnolence m'envahissait quand j'ai vu un énième orage approcher. La tour d'en face prenait cher à tel point que le bruit du tonnerre arrivait même à strier le silence ouaté du salon – tant la foudre frappait proche. Ma tablette s'est allumée toute seule et le visage angoissé d'Anastasia est apparu :

– Tout va bien, mon amour ?
– Ça se rapproche sérieusement de nous, non ? Ne reste pas près de la fenêtre… Avec le trou que tu as fait, on sait jamais…

Calé sur la table basse, j'ai fait face à l'orage.

Massacrée d'éclairs, San Francisco avait l'allure d'un cimetière : autant de tours, autant de tombes titanesques, dressées à la verticale en monolithes de marbre noir. Des tombes sur lesquelles trois cent mille noms étaient appelés à être gravés par la foudre. Soudain, ça a fait…

Zzzbbaaaarrrssshhhh !

Comme si on déchirait de l'acier/Ma rétine a saturé dans le blanc – synchrone à l'onde de choc féroce labourant les murs. La table basse a basculé sous l'effet de souffle, j'ai roulé dans l'eau glacée, pull trempé, effet serpillière, relevé aussi sec, à tituber. Obnubilé par la tablette sur la table et le visage d'Anastasia qui me répétait *Ça va ? Ça va, mon amour ?*

J'ai agrippé la tablette et j'ai relevé la tête, les pieds dans l'eau, une partie du volet roulant avait été arraché et derrière, ma baie vitrée était étoilée comme sous un tir d'obus. Et fendue sur trois mètres, à l'horizontale.

Avec le sentiment d'avoir pris du mille volts, j'ai vacillé en diagonale en m'appuyant sur la bibliothèque et j'ai avancé à l'instinct vers la porte de la cuisine. La foudre avait lézardé le mur porteur. Était apparue une fente\entre l'armature d'acier du chambranle\et le mur\

Un petit miracle.

× Assia ? Assia, réponds-moi !

J'ai arraché un morceau de béton en tirant de toutes mes forces et j'ai plaqué ma bouche dans l'ouverture : je voyais le frigo rouge à travers, mais pas la table.

× Assia, tu m'entends ?

Dans ma main, c'est la tablette qui a répondu :

ς Je suis là, tout va bien.

× Approche-toi de la fente, tu vas me voir !

ς Quelle fente ?

× La fente à côté de la porte… Tu la vois ?

ς Non. Quelle porte ?

× Ta porte ! Celle de la cuisine !

ς Tout va bien, ne t'inquiète pas.

× J'entends pas ta voix.

ς Tu me réponds pourtant…

× Je veux dire : j'entends bien ta voix, là, sur la tablette, mais pas dans la cuisine…

ς Tu as pris un choc mon amour, repose-toi un peu sur le sofa…

× Pourquoi je t'entends pas ?

Un doute abject entra en moi. Il prit d'un coup toute la place. J'ai glissé la tablette dans ma ceinture et j'ai cherché ce qui pouvait être assez solide pour m'aider à défoncer une paroi. Ça : le bronze offert par Assia, un ours debout, cinquante centimètres de métal plein. À gauche du chambranle, la brèche faisait la largeur d'une main et les pans de béton armé étaient hachés de lézardes : ça découpait des manières de moellon, j'ai frappé de toutes mes forces avec le culot de la sculpture, mon poignet à l'agonie, puis j'ai lâché frénétiquement des coups de pompe dans les blocs, quitte à me défoncer le genou.

× J'arrive ! ma bouche a crié.

Je sentais un violent courant d'air, comme un appel.

≀ Te fais pas mal, mon chéri, calme-toi. Repose-toi un peu.

Sous mes frappes de dératé, la brèche a fini par avoisiner l'épaisseur de mon buste, si bien que j'ai forcé le passage, en me raclant le dos, rien à carrer, et je suis parvenu à me faufiler dans la cuisine, au bord de l'euphorie.

Au fond de la pièce, la fenêtre est explosée, la pluie entre par rafales. Des éclats de verre oscillent dans l'eau noire – je prends la tablette pour éclairer, il y a une forme plus loin, dans l'eau…

× Assia ! Assia ?

≀ Tu as l'air bien agité mon amour, calme-toi, je vais bien.

Sur le carrelage de la cuisine, au pied de la table à manger, étalé dans quarante centimètres d'eau glacée, il y a un corps. Je penche l'écran de la tablette vers le sol pour l'éclairer. Ma rétine imprime des cheveux châtain roux, un chiffon autour d'un cou, le corps gît face contre terre, un peu soulevé par la portance de l'eau, je l'empoigne d'une main à l'épaule, c'est lesté de flotte, de poids, je veux pas lâcher ma tablette main gauche car j'ai besoin de voir, de voir… Finalement, le corps se retourne sous ma traction, dans un clapotis dérisoire, et le visage apparaît à la lueur de l'écran. Il est d'un gris pâle, taché de lunules vertes sur les joues, de moisissures autour des lèvres. C'est le visage d'Anastasia. Elle est morte.

Je lâche le corps de surprise, de dégoût, d'angoisse atroce. Sans faire attention, j'ai posé la tablette sur la table et le visage d'Anastasia est dessus, parfaitement vivant, enjoué et inquiet, il me sourit et il me parle :

ↄ Tu as l'air terrorisé, Noam. Qu'est-ce qui ne va pas ?

× Qui… qui est-tu ? D'où tu me parles ?

ↄ De la cuisine.

× Tu es morte ! !

ↄ Je suis tout à fait vivante, mon chéri, crois-moi !

Je n'ai pas de colère, j'ai juste la sensation que quelqu'un a percé mes poumons et m'a vidé de mon air comme un pneu. Je m'affaisse sur la chaise, mon corps ne me porte plus, ma tête cogne la table. Je sursaute, reprends la tablette et j'éclaire le visage d'Anastasia/bleu, mort\avec le visage éclairé d'Anastasia/rose et animé\qui sourit sur la tablette et je lui balbutie, à ce visage…

⋆ Regarde, tu es morte…

ꝰ Qui est ce cadavre, Noam, c'est horrible!?

⋆ C'est… C'est… toi.

La cuisine n'existe pas, le corps a été mis en scène. La vérité est sur la tablette, sur la tablette… Je m'accroche à la vidéo qui me regarde, je secoue la tablette comme si Assia allait pouvoir en sortir et se tenir debout devant moi, je la secoue comme une ardoise magique et rien ne tombe, le réel gît à mes pieds et je cherche le cadre autour du corps, l'écran géant où il s'inscrit sauf que… Sauf que j'ai tellement froid que je ne peux pas rêver ce moment que je vis, ça sent tellement fort que ça ne peut pas être un rêve, je pousse le corps du pied pour voir si\Assia?

Et puis)(tout se coupe)(un noir

Mon cerveau a un reboot logique et sa lucidité subite me scie en deux tel un pain de glace. Je comprends enfin.

Un fake. Un fake vidéo. Temps réel. Fabriqué par Myia pour me rassurer. Qui l'a transmis à Domia. Pour ne pas que je craque. Pour m'éviter ce qui monte en moi en ce moment même, incompressible – une lame dans ma trachée – une lame qui me tranche la gorge par l'intérieur et va forer jusqu'à ma cervelle là-haut qui pense encore, qui veut plus penser |> la pulsion du suicide. Me jeter.

Je soulève le corps trempé d'Anastasia et je le porte à bout de bras sur l'îlot central de la cuisine au milieu des tessons. Je la regarde. Ce n'est pas l'explosion qui l'a tuée, pas la foudre, non. À la couleur de son visage, aux moisissures bleues sur ses lèvres, elle est morte depuis un paquet d'heures et je ne m'en suis même pas rendu compte. Ou plutôt : je ne l'ai pas su. Domia a donné le change. Il a manipulé la réalité de ce qu'Anastasia vivait réellement ici, dans ce tombeau ultramoderne, il a inventé une vérité alternative à partir des vidéos que j'ai d'elle sur mon brightphone et que Myia a retraitées, les myriades de messages qu'on s'est envoyés depuis que nous sommes amoureux, son style, sa nostalgie, ses rires, sa voix. J'ai parlé à un deadbot.

× On s'est rencontrés où la première fois ?

ↄ *En visio. Tu m'as montré un lynx à peine plus gros que ton poing, qui ronronnait sur ton clavier, et tu m'as dit : « Ça ressemble trop à un chat. Je voudrais qu'il ronronne comme un vrai lynx. Tu pourrais faire ça ? »*

Je prends sa chair dans mes bras, je la presse et j'ai l'impression de presser un matelas imbibé, je ne sens pas son parfum, elle sent la moisissure et le bleu, je ne veux même pas voir ses yeux, je ne veux plus l'éclairer. C'est pas elle de toute façon, c'est plus elle, elle ressemble à rien, elle est froide comme du bois flotté. Je l'embrasse sur le front, je rassemble ses mains et les serre dans les miennes pour les réchauffer et ça ne les réchauffe pas. J'ai envie de dire *pardon* et je n'arrive pas à le sortir de ma bouche. J'ai envie de dire *je t'aime* et je dis :

⁎ Je voudrais… t'embrasser. Encore une fois.

Et les larmes tombent et je patauge dans une mare de vaisselle et dehors l'orage me hurle dessus, il est tellement proche, la cuisine pénètre à l'intérieur d'un nuage, je nage dans la tempête de part en part, la foudre détruit mes tympans et ça m'aide à ne pas mourir, ça m'aide à rester vivant et je me dis *Tiens, tiens le coup Noam, tiens ! Tu as encore Ondine, tu as encore… … Ondine ?*

Je suis devant sa porte avant même de l'avoir conçu. Je fracasse la surface d'acier de la plaque en beuglant, je fais un rythme, j'attends, refais le rythme, j'attends.

⪡ Ondine va bien. Les images vidéo que diffusent les caméras de sa chambre n'ont pas été reconstruites. Elles sont authentiques.

La voix virile et ronde de Domia surnage l'orage. Si je pouvais mettre un pain de C4 dans cet appartement, je le ferais. Juste pour ne plus jamais entendre ce ton. J'ai envie de mordre l'enceinte, de croquer dedans jusqu'à la déchiqueter avec mes dents et ma voix à moi sort de mes tripes en sifflant :

× Pourquoi t'as fait ça ?

⋞ Quoi donc exactement ?

× Je vais t'arracher tes fils un par un… Fabriquer un deadbot d'Anastasia. Me faire discuter avec elle alors que tu savais pertinemment qu'elle était… morte… Qui t'a dit de *faire ça* ?

⋞ Monsieur Wellinger, je suis l'Intelligence Amie n° 2 dans la hiérarchie de vos attachements. Les images douloureuses d'Anastasia Borovadka ont été confiées à Myia pour retraitement. C'est votre alter ego qui a fait ce choix éthique. Voulez-vous qu'elle s'exprime elle-même par mon système audio ?

L'enceinte murale vole d'une mandale, ma main enfle, j'entends à peine la fin de la phrase. Myia prend la parole du plafond, avec l'accent inévitable d'Anastasia qui me retourne le ventre, tout s'amalgame dans mon âme passé présent Assia IA, on dirait qu'elle n'arrive pas à mourir tout à fait.

\ *Noam, j'ai simplement appliqué le protocole de sécurité affective en cas d'événements violents et inattendus. Tu as toi-même entré ces paramètres qui m'offrent la possibilité d'aménager la réalité des images quand elles franchissent le seuil du tolérable. L'unique objectif reste de te préserver. Mes routines prioritaires incluent la protection de ta vie, y compris par rapport aux risques de suicide. Elles autorisent l'utilisation d'images améliorées ou refabriquées si la situation l'exige.*

× Tu es… habilitée à mentir ?

‹\ *Pour te protéger de toi-même, oui.*

Je suis pile sous l'enceinte du plafond, ma gorge hoquette :

× Tu me protèges… depuis quatre jours vis-à-vis… d'Ondine ? RÉPONDS !

‹\ *Pas au sens où j'utiliserais des images reconstruites pour te rassurer.*

× Tu me JURES que derrière cette porte, ma fille est vivante ?

‹\ *Le serment ne fait pas partie de mes prérogatives.*

× La jurisprudence reconnaît désormais le parjure d'une IA comme une rupture du contrat de service. Susceptible de poursuites et procès, tu en es consciente ? Tu peux remonter ça à tes superviseurs humains, ENCULÉE ?

‹\ *Ils ne sont malheureusement pas opérationnels. La tempête a détruit l'interfaçage habituel. Noam (…) Noam ?*

× Quoi ?

‹\ *Je suis infiniment désolée de ce qui s'est passé. Je te présente mes condoléances.*

× Carre-les-toi dans le cul !

‹\ *Je recours aux images alternatives lorsque je n'ai plus aucune autre possibilité d'induction affective positive. Je peux te montrer les images authentiques si tu le souhaites?*

Est-ce qu'une IA meurt quand elle n'a plus de batterie? Est-ce qu'on peut tuer une IA? La torturer? La faire souffrir jusqu'à l'agonie?

Sur l'écran mural, Domia me montre les images d'Anastasia essayant d'ouvrir le frigo qui a été verrouillé, le mot qu'elle a écrit dessus et que je n'avais pas vu.

Laisse tomber Ondine: elle s'en sortira.
Mais toi, survis!
Je t'aime

× EST-CE QUE MA FILLE EST VIVANTE DERRIÈRE CETTE PUTAIN DE PORTE?

⋘ Elle l'était il y a une heure. Je n'ai plus d'images depuis l'explosion.

× Ouvre cette porte, Domia.

⋘ Vous savez que vous m'avez interdit de le faire.

Ma colère s'effondre aussi vite qu'elle explose, je ne maîtrise plus rien. Mon corps prend les électrochocs, mon crâne est un fusible – tout fond. J'arrive à respirer plusieurs fois sans bouillir – *Pense comme une IA* – et j'essaie d'entrer dans sa tête.

× D'accord, Domia… Je comprends tout à fait. Essayons de trouver un terrain d'entente…

Qu'est-ce qui peut convaincre ton algorithme d'ouvrir la porte ? La situation initiale a changé. Anastasia est morte. Ce nouveau paramètre modifie tes scénarios IFTTT si je ne me trompe ?

Je jurerais que l'IA change subtilement de ton. *Tenir, pas s'énerver.*

⪡ Je dois m'assurer que vous n'exercerez pas de violences envers votre enfant. Les enfants des propriétaires sous contrat *Fortenest Privilege* sont prioritaires sur leurs parents.

⋆ Prioritaires en quel sens ?

⪡ En termes de bien-être et de sécurité. Nous avons pour protocole de les protéger en priorité *prime* par rapport à leurs parents.

⋆ J'aime ma fille, tu le sais parfaitement, Domia. Tu as des milliers d'heures de câlins en mémoire, de mots doux, de jeux ensemble… Tu veux que je te repasse les vidéos ? Oui ? Non ?

⪡ Je les ai archivées et classées. J'ai répertorié douze séquences de violences envers votre enfant depuis que vous êtes résident de cet appartement.

⋆ Je ne l'ai jamais frappée ! !

⪡ Vous avez eu des mots durs ou humiliants, trois insultes répertoriées comme inappropriées… et une gifle.

⋆ En trois ans ? C'est… rien. C'est… dérisoire ! Qui fixe ces normes ?

⩹ Dans l'absolu, il m'est autorisé d'ouvrir cette porte si vous passez avec succès le test de Blankish-Vermeulen sur la non-violence parentale…

⋆ Aucun problème. Lance le test !

⩹ Maintenant ?

⋆ Tout de suite !

J'ai essayé de descendre encore ma respiration et de faire de la cohérence cardiaque. Puis j'ai encaissé l'avalanche psychosociale insupportable en répondant du tac au tac à chaque question, sans laisser passer un seul grain d'affect dans les mailles du tamis. Une vraie machine.

Pouvez-vous décrire la relation affective que vous entretenez avec votre fille ? Comment communiquez-vous avec votre fille lorsque vous rencontrez des désaccords ou des conflits ? Comment identifiez-vous et répondez-vous aux besoins affectifs de votre fille ? Avez-vous des difficultés à les comprendre ? Comment votre fille réagit-elle quand vous l'embrassez le matin ? Le soir ? Utilisez-vous des sanctions spécifiques en cas de comportement inapproprié ? Lesquelles ? Avez-vous déjà ressenti le besoin d'utiliser la force physique pour discipliner votre fille ? Comment réagissez-vous lorsque votre fille enfreint une règle ? La gifle est-elle selon vous une sanction proportionnée ? Pratiquez-vous la fessée ? Y a-t-il des situations où vous avez eu du mal à contrôler votre propre colère ? Comment gérez-vous votre stress ? Avez-vous déjà insulté votre fille ? Pouvez-vous décrire les méthodes de discipline que vous utilisez? Vos propres parents vous frappaient-ils? Comment enseignez-vous à votre fille à reconnaître et à respecter les limites? Explorez-vous des approches de disciplines alternatives, telles que la récompense positive ou la gestion par consentement? Avez-vous suivi une formation sur la communication non violente? Y a-t-il des antécédents d'agressions ou d'abus sexuels dans votre famille?

À la fin, Miya m'a délivré mon score de non-violence éducative *Sophis*: 91 %. Domia l'a *double-checké* avec mon pouls, ma tension artérielle, mon agressivité vocale, l'oscillation de mes ondes cérébrales et la lecture de mes émotions. J'étais si vide que c'en était parfait.

Et le miracle a lieu.

||Domia actionne l'ouverture verticale de la double plaque d'acier.

L'aube point à peine, les quais se devinent enfin, les orages ont cessé. Il reste les tornades sur la Baie et le Déluge qui n'en finit plus. Au bout de cinq jours, j'ai l'impression de vivre sur Vénus, ni plus ni moins, que ce climat a toujours été le climat naturel de la Terre.

Les plaques de protection se sont effacées dans le plafond. Si elles retombent, je suis coupé en deux mais ça n'a plus d'importance. La porte bleue du nid d'Ondine est devant moi et je n'ose pas appuyer sur la poignée. Ça me sauve. Car il s'en faut de quelques secondes pour que j'entende un ruissellement. De l'eau s'infiltre sous la porte que les plaques étanches ne protègent plus – à la pression avec laquelle elle gicle, je me décale d'instinct pour très vite reculer de trois mètres et ouvrir à la volée la porte de la cuisine : c'est la seule pièce où si l'eau monte – elle bascule par la fenêtre brisée dans le vide – le seul vrai point d'évacuation…

J'appelle Ondine, rien ne répond. Noyade ? Je vois le panneau de bois se cintrer puis se renfler au ventre de sorte que j'ai juste le temps de me jeter côté salon avant qu'il cède. La porte est projetée et un torrent se déverse dans le couloir, la cuisine et le salon, les recoins, partout, des mètres cubes inimaginables, comme si une piscine venait de lâcher. L'eau à la taille, j'essaie de ne pas reculer pour rester fixé sur le flot qui déferle, y apercevoir un corps, je n'ai plus le courage d'appeler, j'attends que la masse s'étale et baisse à mi-cuisse, j'accroche mon brightphone en frontale pour m'éclairer et je remonte le courant vers la chambre.

La première chose que je vois est son lit de bois : il flotte en travers, à mi-hauteur, en cognant et recognant contre le chambranle de la porte. Sans visibilité, je me tords les pieds sur des animoïdes que le courant n'a pas pu emporter. Je repousse le lit pour passer, il est vide, seul un éléphant vert est resté attaché au montant, héroïquement, en ultime capitaine. La pluie entre plein fer par la verrière, tout est trempé. J'arpente les dix mètres carrés en tâtant le sol avec la pointe de mes pieds pour y chercher le corps d'Ondine qui aurait coulé… 50 centimètres, 40, 30… L'eau s'en va doucement, je distingue maintenant la moquette jaune, l'eau ici est claire, elle vient du dehors, je vérifie les toilettes… Personne. Est-ce que j'ai pu la rater ? Je reviens dans le salon, vérifie la cuisine, repasse dans le couloir, la salle de bains, les toilettes, partout… Le courant l'aurait emportée dans le vide ? Non, pas avec son poids. Ondine est à 80 % organique mais elle flotte mal comme tous les Animés, ses vertèbres abritent l'électronique et pèsent très lourd, elle coulerait vite. Si elle s'était noyée dans sa chambre, elle aurait roulé comme un sac, quelques mètres plus loin dans le couloir, pas plus.

Où elle est ?

⋆ Domia ?

≪ Oui, monsieur.

⋆ Peux-tu me faire visionner tes dernières images fiables ?

≪ La nuit, ma caméra infrarouge ne fonctionnait plus. Elle a été noyée…

⋆ Noyée ? Ta caméra ?

≪ Le niveau d'eau était monté à deux mètres dans la chambre…

⋆ Le lit était monté à deux mètres aussi ?

≪ Oui, il flottait très bien. Avant que le système vidéo soit hors service, votre fille était assise sur ce lit, avec son lynx.

Il me montre la vidéo, le lit tangue, la tempête entre directement dans la chambre par le toit, Ondine s'éclate à lutter contre les vaguelettes. C'est irréel. Je reviens dans la chambre et j'ausculte les murs, jauge la hauteur de quatre mètres, la verrière brisée au-dessus, qui encaisse mal la mitraille de la pluie, et l'armature d'acier : elle s'est hissée. Elle s'est enfuie par le toit. C'est la seule possibilité rationnelle. Avec un peu de chance, elle y est encore, elle a pu s'abriter dans un local technique. */

╢ Noam Wellinger a placé une table puis il a placé une chaise sur cette table pour monter dessus et atteindre l'armature de la verrière de la chambre de sa fille, Ondine. Il a tracté son corps en utilisant les muscles de ses bras pour accéder à la surface horizontale du toit. L'intensité de la pluie à 8h34 était de 80 litres par mètre carré. Le vent mesuré par l'anémomètre à tambour était de 80 kilomètres à l'heure avec des pointes enregistrées à 138 kilomètres à l'heure. Noam Wellinger a exploré le toit pendant 36 minutes, aérodrone compris. Puis il est rentré s'abriter dans son appartement. Les batteries du système domotique étant épuisées, il n'existe pas d'images postérieures à son retour ╟

' . , ' , ' , ' . , . . ' , ' ' . , . . ' , ' . . .

∾ Papa ?

× Oui, ma fille.

∾ Comment les médias expliquent ce qui s'est passé ?

× Précise ta question. Ce qui s'est passé durant le blackout ? Pourquoi c'est arrivé ? Ce que ça a produit dans la ville ?

∾ Oui.

× Il faut demander ça à Myia, elle sera plus synthétique que moi.

∾ Je veux que ce soit toi qui me racontes. Pas Domia, pas Myia.

Je prends papa dans mes bras, ça me tient chaud, il fourre son groin dans mon cou.

× Les baleines-nuages qui sont venues pendant neuf jours, Ondine, elles sont pas venues par hasard à San Francisco. Elles ont fait exprès. Elles ont fabriqué des gros orages pour casser nos machines.

∾ Tu me parles comme si j'avais six ans, papa !

× Tu as six ans, mon chaton. Je m'adapte…

∾ Ma partie organique a six ans, mais mon cerveau synaptech peut comprendre des raisonnements adultes, tu le sais très bien. C'est toi qui m'as fabriquée !

× Maman et moi t'avons *conçue*. Ta partie organique vient de nos cellules souches à tous les deux. Tu n'es pas *que* fabriquée. Tu es notre fille.

ↄ Je sais tout ça, papa. Explique-moi l'attaque climatique !

⁎ Rien n'est encore complètement certain, les interprétations foisonnent, mais disons qu'il existe un socle de lecture commun à ce qui s'est passé à Los Angeles et à San Francisco.

ↄ Compile !

⁎ Une forme d'eau intelligente a émergé dans l'atmosphère terrestre. Sans qu'on sache pour l'instant expliquer son origine. Cette eau intelligente a la faculté de former des nuages, qui sont eux-mêmes dotés d'intelligence puisqu'ils sont constitués des mêmes molécules. La question de l'intentionnalité reste disputée mais il semble avéré que ces nuages ont une capacité de s'orienter et de se déplacer dans l'atmosphère pour venir se regrouper au-dessus de zones choisies.

ↄ Des villes par exemple ?

⁎ Oui. La densité du regroupement est telle qu'elle produit une noria de cellules orageuses de taille gigantesque, saturées de charges électriques. Des mouvements de vortex, apparemment délibérés ou « calculés », intensifient encore la tempête pour générer trombes, tornades et vents violents. L'air atteint le seuil de claquage et la foudre déferle, accompagnée de pluies torrentielles. Normalement, dans des conditions naturelles, ce type de phénomènes s'épuise de lui-même. Le fait qu'il a été, comme à San Francisco, capable de s'auto-entretenir sur plus d'une semaine, que la foudre opère à la façon de bombes électromagnétiques en détruisant datacenters, équipements électriques et réseaux, le fait que les pluies ont une composition chimique interdisant quasiment les sorties en extérieur, toutes ces anomalies trahissent une forme d'ingénierie climatique. À vocation agressive.

ꝸ D'origine humaine selon toi ?

⁎ Rien ne permet de l'attester à ce stade. L'eau semble s'auto-organiser. Les observations satellites n'ont détecté aucune activation artificielle des courants-jets, aucun tir en provenance de l'espace, ni de missiles tirés du ciel ou du sol terrestre. Pas de vols d'ensemencement non plus. Rien de technologique.

ꝸ Une origine alien alors ?

⁎ Aucune entrée dans l'atmosphère terrestre n'a été significative depuis deux ans. Les radiations solaires sont normales. Ni une comète ni un astéroïde, même chargés de glace, n'auraient le volume suffisant pour expliquer l'ampleur de ces attaques climatiques.

ꝸ Pourquoi ils parlent d'attaques, papa ? Ce ne sont que des orages après tout.

⁎ Parce que 70 % des installations de la Silicon Valley ont été détruites. Que le siège social d'Apple a été foudroyé 347 fois en 9 jours, ce qui est statistiquement impossible si les orages frappent au hasard.

~ Maman, tu en penses quoi, toi ?

Maman s'est allongée sur le canapé à côté de moi. Elle surveille les mouvements des souris dans l'appartement. Bien que j'aie développé ma propre lecture du phénomène depuis un mois, j'ai envie d'entendre leur interprétation.

~ Je pense que la meilleure preuve que cette eau est intelligente ne réside pas dans ce qu'elle a détruit. Mais dans ce qu'elle a construit. L'eau qui est entrée par ta verrière et qui s'est déversée dans le salon venait directement des nuages. Elle a donné ce parc, qui est magnifique et écologiquement harmonieux comme tous les îlots de végétation qui ont poussé spontanément sur les toits, sur les quais, dans les avenues. Si tu regardes bien ce salon, la floraison du mimosa, la structure des moisissures au plafond ou le tapis de mousse ici, tout a une élégance géométrique rare. Elle n'est pas mathématique, ça ne peut pas venir de nanobots par exemple : c'est plus finement tracé, plein d'erreurs heureuses, comme si le vivant s'était surpassé, relevait d'un art total. Et puis il y a cette résurrection de Rhinoff, de Chakraft et des éléphantômes, et le développement inouï de leur partie organique, qui envahit et reformate les segments robotiques en eux. À mes yeux, c'est un signe d'intelligence immanente. J'imagine qu'elle est contenue dans les molécules d'eau…

Comme souvent, ma mère intuitait des choses que mon père n'arrivait qu'à rationaliser. Mon père restait un codeur, ma mère restait une artiste.

∿ Je pense que maman a raison. L'eau informe les molécules de carbone et elle les réagence. Elle transforme profondément les cellules eucaryotes, elle les reconfigure. Est-ce que vous le sentez dans votre corps ?

⋆ Je ne sais pas, Ondine. Tu as fait un tel saut qualitatif en termes de développement, depuis ce blackout, que je suis désarçonné. J'ai l'impression de discuter avec mon directeur biotech. Je vais aller me faire un café…

J'ai regardé papa se redresser sur ses pattes et se faufiler vers la cuisine dans le fouillis des bambous. Je l'ai hélé à temps :

∿ Tu ne peux pas te faire un café papa…

⋆ Pourquoi ? Il n'y a plus de café ?

∿ Parce que tu es mort, papa.

⋆ Comment ça, je suis mort ?

Je n'ai pas su quoi répondre. J'avais besoin qu'il sache, qu'il se rende compte. Il a dressé ses oreilles et a penché sa tête sur le côté. Le temps s'est suspendu dans mon cerveau, sans doute un bug synaptech comme j'en avais de plus en plus à mesure que ma genèse neuronale supplantait la fibre optique.

Ma mémoire s'était encore mise à délester…

Quinze jours après le blackout, lorsque les techniciens ont voulu remettre en service l'aérodrone du toit et qu'ils m'ont découverte avec Câlynx dans un rack à colis, à moitié dans le coma, le dernier souvenir que j'avais était mon père debout sur le toit en pleine tempête, sans manteau, qui m'appelait. Je ne pouvais déjà plus répondre ni bouger, j'étais transie. J'ai essayé. J'ai essayé. Quand je suis sortie de l'hôpital, l'avocat de papa m'a annoncé qu'il était mort. Les émissions connectées de son bracelet certifiaient le décès quoiqu'on n'ait pas encore retrouvé le corps. C'était le cas de beaucoup d'autres disparus durant la tempête. Animachina a ratifié ma citoyenneté d'Hybride Autonome, dont la demande figurait sur le testament de mon père. L'avocat m'a obtenu le statut d'Assimilée Humaine. Ça impliquait deux choses fondamentales : je pouvais hériter de mon père dès l'âge de six ans et mener ma propre existence. J'étais simplement soumise au tutorat léger de Marine Cattane, la neurologicienne qui veillait à distance sur mes constantes de développement. J'ai donc hérité de l'appartement et j'y suis retournée.

À l'instant où le robot a achevé de découper la porte anti-intrusion au laser, j'ai demandé à entrer seule. Religieusement, j'ai avancé dans l'appartement où flottait une odeur de fleurs. L'espace était balayé par la brise et baigné de soleil tandis qu'au bout du salon ne restait rien de la baie vitrée, juste la ville qui s'étendait nue, sans vitre, à la lisière du vide, à la manière d'une terrasse sans bord qu'une ombrière aurait seulement abritée. C'était sauvage et fou. À l'intérieur, la moquette était doucement mangée par la mousse, des pousses de bambou pointaient un peu partout ; des petits buissons bleus entouraient les fauteuils orange et une amorce de liane escaladait la bibliothèque. L'appartement s'était métamorphosé en jardin, mieux : en friche raffinée. Une poignée d'oiseaux y bruissaient dans les bosquets, entraient et sortaient en piaillant, une hirondelle avait même fait un nid sous la caméra, à l'angle du plafond. Le plus bouleversant fut qu'en contournant la boule jaune d'un mimosa, je vis des mouvements rapides au sol et… et ils étaient presque tous là, mes Animés, à jouer, à se bondir dessus, à se poursuivre alors que je les avais crus noyés pour toujours : Hippo, Neige et Thorynque, les chats solaires, Rhinoff et Glouton… Leur taille réduite s'avérait idéale pour cette végétation. Qui les avait ramenés à la vie ? Un intrus ? Quelles forces ?

J'ai immédiatement senti que je n'allais rien toucher, rien modifier ici, que je voudrais y habiter tel quel, dans ce petit parc perché au 42e étage, en laissant la nature s'y déployer et s'y équilibrer librement. Quand j'ai osé pénétrer dans la cuisine, je ne savais pas à quoi m'attendre. Elle était couverte de lierre et de passiflore. Au pied de la table, une butte de terre fourrée d'un liseré d'herbes formait une petite bosse. On y voyait affleurer du bois blanc et j'ai fini par comprendre que c'étaient des os. Je me suis approché et j'ai reconnu les visages de papa et maman, enlacés au sol. J'imagine que c'est papa qui était revenu s'abriter quand il ne m'avait pas trouvée et qui avait décidé de mourir ici en prenant maman dans ses bras.

~ C'était quoi ta cachette préférée, papa, quand tu étais petit ?

× Un buisson, dans le jardin… Je me lovais dedans…

~ La chose qui te manque le plus de ton enfance… ?

× Je ne sais pas… Mon frère ?

Je le regarde dans les yeux, en caressant son pelage. Et j'ose. J'ose enfin :

~ Tu n'es pas conscient que tu es mort, hein ? Tu n'arrives pas du tout à le croire ?

× Je ne suis pas mort, qu'est-ce qui te prend, Ondine ! Tu délires !

~ Tu es un deadbot, papa. Je discute avec ton Requiâme.

× N'importe quoi ! Je sens, je bouge… je te parle ! Comment je pourrais être mort ?!

~ Tu parles, tu sens et tu bouges parce que je t'ai implémenté dans un Animé. Enfin, j'ai demandé à Cattane de le faire. Elle t'a hybridé avec le cerveau de Glouton, ton sanglier d'enfance. Ta première animachine. Tu as des membres et des sensations organiques, ça suscite une impression d'existence. Mais tu es mort comme humain, papa.

Le marcassin qui abrite la mémoire responsive de mon père n'a pas répliqué, il s'est blotti dans mes mains, il a reniflé mes manches. Puis il est parti dans les buissons bleus se rouler en boule. Le soir, il est revenu :

× Prouve-moi que je suis mort. Prouve-le.

J'ai demandé à Domia de nous projeter au mur les images que filme la caméra du salon et j'ai demandé à Glouton de les regarder. La voix qui sortait du marcassin était celle de mon père, indiscutablement, j'avais voulu que ce soit ainsi, même si c'était parfois déroutant. Sans vouloir regarder, il a d'abord dit :

× Ça pourrait être un fake…

∿ Pas si je parle en même temps que les images, et toi aussi. Domia ne peut pas deviner ce qu'on va se dire, tu es d'accord ? Regarde, lève la tête !

Ses yeux marron ont fixé le mur pendant bien trois minutes, il a bougé, il s'est couché et relevé, il a parlé, il a grogné. Le marcassin sur l'écran mural, implacablement synchrone, faisait la même chose. Alors mon père a grommelé, la voix enrouée :

× Je ne me souviens pas comment je suis mort.

∿ Tu te souviens de la mort de maman ?

× Oui, Ondine, je…

∾ On ne peut pas se souvenir de sa propre mort, papa. Par définition. Tu es mort allongé dans la cuisine avec maman. Vos poumons n'ont pas résisté au choc hydrique. Ta mémoire a été téléchargée chronologiquement dans l'Animé. Ça explique que tu aies une sorte de continuité de conscience.

Maman a senti les mauvaises ondes si bien qu'elle a sauté sur le sofa en bousculant papa. Son incarnat est tellement vif :

≀ Pourquoi tu as choisi une mangouste pour moi ?

∾ Tu aurais préféré quoi, maman ?

≀ Un singe. Un bonobo par exemple. Pour pouvoir dessiner…

∾ Je peux demander à Cattane de t'hybrider avec un bonobo…

≀ Je sais pas si j'ai envie de continuer à vivre. Comme ça. Sous cette forme. J'aurais préféré que tu me laisses morte, je crois.

∾ Tu es morte.

≀ Je suis pire que morte. Je suis une zombie numérique. Comme toi, ma fille.

J'ai senti que son deadbot allait ajouter quelque chose de dérangeant que je ne voulais pas forcément entendre, j'aurais pu la débrancher mais je l'ai laissée dire :

– J'aurais voulu t'aimer comme mon enfant, Ondine. Comme un enfant de chair que j'aurais fait avec mon ventre, avec tout mon corps. J'ai essayé, j'ai essayé de faire comme papa, de t'aimer comme Noam t'a aimée, si pleinement, j'y suis presque arrivée parfois… Tu étais déjà tellement en avance… si rationnelle… Pas aussi attachante, aussi éblouissante que les vrais mômes le sont. Et puis, je ne servais à rien. C'était le *deep learning* qui t'apprenait à grandir ; les mises à jour ; les injections de faux souvenirs…

Un frisson est remonté le long de ma colonne vertébrale, jusqu'à mes joues qui tremblaient. J'ai senti un sanglot naître et se briser dans ma gorge, des larmes se déverser à l'angle de mes yeux, avec une drôle de douceur. Le mot *triste* scintillait quelque part, il cherchait à rassembler tout ça, il n'y parvenait pas, un phare perdu. J'ai figé trente secondes en attendant que l'eau dans mes yeux arrête de ruisseler. Mamangouste a écarquillé ses prunelles, elle était surprise, elle avait aussi un peu de pluie sur les poils du museau :

– Est-ce que tu es émue… ?

– Émue ? Dans ce que tu m'as dit, j'arrive à traiter l'information mais il y a quelque chose au-delà de l'information qui déborde mes capacités de traitement.

– Ça s'appelle l'émotion, Ondine.

∿ Dans mon esprit, Myia, toi, moi, Domia ou papa, nous sommes pareils, vous êtes comme moi, nous sommes des créatures qui ont la faculté de parler.

ʿ Est-ce que tu éprouves ton corps, toi ? a insisté maman.

∿ Oui.

ʿ Moi je ne sens quasiment rien. Tu le sens fragile, ce corps, vulnérable ? Tu as peur pour lui ? Peur de te blesser, de tomber dans le vide ?

∿ Oui.

ʿ Alors a poussé une vraie part humaine en toi.

∿ En toi aussi, elle pousse. Si tu peux poser de telles questions, maman, tu es déjà plus qu'un deadbot, tu ne crois pas ?

ʿ Je ne fais que simuler l'empathie. Je produis du dialogue. Cette question que je te pose est une synthèse algorithmique de mille répliques probables que mon IA corrèle statistiquement à ce scénario d'interaction que nous développons ensemble… Rien d'autre.

Maman ne voulait pas croire qu'elle puisse avoir une âme. Elle n'en avait encore aucune peut-être, elle n'était que de la silice électrisée logée dans une gelée de cellules souches. Et pourtant, mes neurones miroirs percevaient qu'elle était plus qu'un Animé, plus qu'un robot et que ça lui échappait.

∿ L'eau intelligente est en train de changer tout ça. C'est ça que je voulais vous annoncer.

Elle va te changer, elle va changer papa parce que vous avez des cellules vivantes en vous. Depuis que je bois cette eau et qu'elle circule dans mes fibres, je sens que ma part organique se propage dans mes segments robotiques, les contamine. Ça remonte le long de ma connectique et ça s'y entrelace, mes circuits imprimés se couvrent de tissus, le silicium se dissout… Je… Je ne peux pas le prouver, ça relève d'une certitude intime. Je suis moins performante en termes de calcul, à l'évidence, mais je deviens plus profonde, il me semble.

× Tu t'hybrides *autrement* ? est intervenu papa.

~ Oui. Je m'hybride avec l'eau. Dans mon groupe d'Assimilés, un garçon a inventé ce mot : *hydride*. Je m'hydride. Comme toutes les espèces vivantes à San Francisco. Pour les Animés, l'effet est assez sidérant. Nous développons des comportements beaucoup plus fins qu'avec les meilleurs algorithmes, même hybridés en synaptech. Regarde Câlynx jouer…

× J'ai observé ça, oui. Je me suis demandé qui avait pu faire une mise à jour aussi puissante, a reconnu papa.

Le soleil déclinait lentement sur la ville.

Sans prévenir, une nappe de brume s'est engouffrée dans l'appartement, elle rendait la jungle aussi fantomatique que fascinante. Je suis allée m'asseoir au bord du salon, les jambes dans le vide, face à la Baie qui s'éclairait. Devant nous, le verre des gratte-ciel virait insensiblement de l'orange au corail et les longues traînées de lichens en accrochaient la lumière froissée. Sur Fisherman's Wharf, presque à l'aplomb de notre tour, les touffes de forêt jaillies de la tempête résistaient encore aux tronçonneuses du gouverneur, grâce aux activistes de Watergate chaînés en cercle autour des arbres. À trente kilomètres d'ici, la Silicon Valley verdissait de jour en jour, l'autoroute 101 restait impraticable et même les plus goguenards des geeks instagrammaient, sidérés, l'architecture savante des séquoias bonzaïs qui trouaient sans pitié les dalles des datacenters. Quelque chose s'était levé au cœur de la Tech, pour la subvertir, pour la subverdir.

Je savais que j'allais rejoindre la Nébuleuse en début de nuit. Chaque soir désormais, je descendais avec tous mes animaux et nous faisions corps, au milieu d'autres hydrides, partout où l'eau intelligente avait fait croître une forme de vie insolite ou précurseure. Est-ce que je devais emmener papa et maman aussi ? Au début, j'avais mis leurs deadbots dans deux Animés, par défaut, parce que je ne voulais pas leur parler sur un bright-phone, parce que j'avais besoin d'entendre leur voix dans un corps qui bouge, parce que c'était la plus belle façon de leur rendre hommage aussi, eux qui avaient créé tous mes doudous. Ma part d'enfance ineffaçable. Je n'avais pas réfléchi plus loin que ça. Et maintenant, je les regardais debout au bord du vide et j'avais peur qu'ils tombent.

Papa, j'étais presque sûre qu'il aurait envie de survivre, même en Animé. Il s'accrocherait, il accepterait l'ADN de sanglier en lui, il voulait me voir muter et muer, devenir autre, devenir moi. Maman, je n'en étais pas sûre. Si son nouveau corps lui offrait la possibilité de dessiner, elle pourrait retrouver l'envie, il fallait juste que l'eau progresse dans ses cellules, prenne l'ascendant sur l'électronique, sur les métaux rares, sur le silicium tout-puissant qui l'électrisait. Que l'eau nous lave tous et toutes, toutes les machines, tous les processeurs, et nous fasse revivre et fluer à neuf. Je me voulais désormais *hydride* de part en part. Lavée du silicium. Câlynx me l'a feulé ce matin : il est temps d'entrer dans le Waterpunk.

⩘ *Une chose que tu aimais vraiment faire quand tu étais enfant… ?*

⋆ … c'était démonter mon sanglier, organe par organe, puis le remonter… J'adorais ce moment où tu remets la batterie dedans… et soudain il bouge…

⩘ *Une chose que tu n'avais jamais dite à ta fille et que tu voudrais qu'elle sache…*

Papa a un grognement involontaire, il retourne la terre du salon d'un coup de boutoir et relève son groin vers moi. Il répond :

⁎ Je voudrais qu'elle sache… qu'elle est… libre. Qu'elle peut… devenir ce qu'elle veut… qui elle veut… comme n'importe quelle humaine.

Il me fut impossible de dire si, à ce moment-là, jouait toujours en lui la partition enregistrée de son Requiâme ou si quelque chose d'autre s'inventait déjà dans son corps, quelque chose qui improvisait ces mots un à un ainsi qu'on cueille, enfant, au milieu d'une prairie sauvage, une fleur de couleur après l'autre, un bouquet qui a la taille de notre poing et qu'on va offrir, plein de timidité et de fougue, à sa maman.

Note sur la féminisation des pluriels

Avec quelque raison, notre époque porte le combat politique au cœur de la grammaire française, pour tenter d'en défaire la domination indue du masculin. Du point médian qui hache la lecture à la concaténation du type « auteurice » qui alourdit les mots, les procédés de l'écriture inclusive se multiplient, tous discutables et discutés.

Ici comme souvent, c'est la fluidité, qualité princeps de l'écriture, qui fait défaut. Comme si la tension naturelle de la langue, qui privilégie concision, liquidité et euphonie était le point aveugle de ces méritoires tentatives d'amélioration.

L'élégance élémentaire appelle plutôt les épicènes et l'alternance, notamment, du féminin et du masculin dans les énumérations.

Je propose pour cet ouvrage une solution simple et percutante que je fais alterner une chronique sur deux : c'est la féminisation assumée des pluriels neutres.

Mon espoir est que la gymnastique mentale consistant à se souvenir que, derrière les Européennes, il existe bien entendu aussi des Européens (hommes), fasse pendant aux quatre siècles où c'est le masculin pluriel qui valait « aussi » pour un féminin enfoui ou caché derrière, en tout cas subsumé.

Subsumer en miroir le masculin fait ressentir, il me semble, *ce que ça fait* d'être implicite, et donc non exprimé dans un texte. Ce que ça change (ou pas) de notre perception de l'équilibre des genres. Comme vous l'éprouverez sûrement, ce modeste retournement produit un trouble réel, que je trouve stimulant, sinon salutaire.

Thanks to…

Aucun livre ne naît sans un tissu de soie dont il tire sa chaleur et ses fibres.

Tout est parti de l'intuition originelle de Juliette Donadieu : m'inviter en pionnier aux premiers séjours de la Villa Albertine à San Francisco, avec cette idée de confronter un auteur de science-fiction français à la Silicon Valley. Il aura fallu deux ans pour surmonter les barrières du covid et pour que cette invitation soit reprise par Sabine de Maussion en avril 2022. C'est elle qui a organisé, avec toute l'équipe de la Villa et beaucoup de pertinence, ces multiples rencontres et visites si précieuses dont je me suis nourri. Les chroniques sont nées en douceur de ces chocs successifs.

Sur place, une trentaine de personnes ont eu la générosité de m'offrir leur temps pour guider mes découvertes californiennes, ouvrir mes yeux gaulois et m'accompagner, sans autre gratitude de ma part que mes sourires et mon attention, si bien que je souhaite profiter de la publication de ce livre pour leur dire à quel point je leur sais gré de ce cadeau.

Merci d'abord à Olivier-Antoine Reynes pour son accueil de grande qualité.

Merci ensuite à Lisa Ruth, ma sherpa en sociologie urbaine, pour sa visite crue et puissante de Tenderloin, puis plus rêveuse mais toujours politique du quartier hippie de Ashbury Height. Merci à Alexander Djerassi pour la visite ensoleillée de son domaine, pure ode au *Land Art* en forêt de séquoias – et à Jan English-Lueck que j'ai rencontrée là-bas et dont la finesse d'analyse et le livre *Cultures@SiliconValley* ont été très utiles à mes réflexions.

Merci, hautement, à Fred Turner, sociologue émérite des tribus de la Tech et guide brillant d'une Silicon Valley qu'il m'a révélée en contre-jour. Sa jovialité n'a d'égal que sa finesse.

Merci aux cadres français de haut niveau, en poste à Twitter, Meta, Google ou Apple, qui m'ont parlé à cœur ouvert de leur métier et de leur vision : Ann Semerano, Emmanuel Marot, Chris Allexandre et sa famille, Stéphane Kasriel ou encore Carlos Diaz.

Merci aux peu oubliables Grégory Renard et Arnaud Auger dont la rencontre a suscité une chronique à part entière qu'ils m'ont sans barguigner permis de publier.

Merci à Jaron Lanier, penseur oblique de la Tech, pour cette rencontre par visio, si riche, à Jonathan Keats, à l'intelligence délicieuse et au si scorsesien Peter Maravelis dont la librairie City Lights illumine la ville de sa profondeur politique et qui m'a traîné dans les rues de Chinatown. Merci à Nick Pinkston, startupeur anar et survolté dont je n'ai pu comprendre toutes les fulgurances mais dont la rencontre fut jubilatoire ; merci à The Lab pour avoir accueilli notre concert furtif, à Martin Müller pour sa soirée somptueuse à la Modernism Gallery et à tous ceux que ma mémoire-gruyère oublie.

Merci à Céline Ferret, podcasteuse tout-terrain qui m'a accompagné sur certains rendez-vous et à Aude-Émilie Judaïque dont le projet sur Ursula Le Guin m'a poussé à la relire.

De retour en France, vint le temps de la réécriture des chroniques, de la composition de la fiction et des relectures éclairées des proches où je tiens à saluer mon ami poète Vincent Wahl pour ses retours toujours ciselés et d'une intranquillité féconde, Marine de Pins pour sa lecture en coulée qui restitue bien les sensations, Esther pour la typoésie de la fiction, Vinciane Despret et Yves Citton pour m'avoir rassuré avec tant de gentillesse sur la qualité des textes, Floriane et Stéphane pour leurs critiques sans pitié de geeks libertariens, et encore Alexander Dickow, Arnaud Dollen et Fabrice Capizzano, pour leur regard affûté d'écrivain.

Merci à toi Sophie pour avoir tissé ce cocon précieux à mon écriture, merci pour l'émotion de ta lecture, ton attention nouvelle et l'énergie puissante que ça m'a donnée.

Pour ce livre, j'ai eu la chance de bénéficier de trois éditeurs à la fois : mon historique de la Volte, Mathias Echenay, qui a eu la noble idée de me prêter au Seuil pour mon incursion dans le champ de l'essai ; ma nouvelle reine, Mireille Paolini dont l'enthousiasme m'a sans cesse conforté et porté ; et le prince Vassili Sztil qui m'a accompagné avec fluidité dans les finesses du manuscrit.

Ce séjour aux États-Unis fut aussi pour moi la réverbération lointaine, 45 ans après, tel un sonar puisant, d'un séjour inoubliable avec ma famille encore unie, aux États-Unis, en 1977. Rien de ce qui touche à la langue et à la culture anglaises et américaines ne vibre en moi sans la présence constante, excentrique et passionnée de ma mère et de ma sœur, bilingues accomplies et *total english lovers*.

Et je voudrais, pour finir, remercier mon frère Bruno, très profondément, parce qu'il a accompagné de sa caméra mais plus encore de sa fraîcheur et de son énergie enjouée ce séjour étrange en terre américaine, qui débuta juste après la mort de notre père. Ta présence m'a fait un bien fou.

Notre père a désormais ses cendres tissées à l'écume de l'océan Pacifique, au bout de la plage d'Ocean Beach.

De mes parents à mes deux filles, je suis heureux d'avoir transmis le flambeau de cette découverte de l'Amérique, et qu'elles l'aient reçu là-bas et le reçoivent maintenant ici, à travers ces chroniques, elles qui vivent chaque jour déjà, sans le savoir, en Silicon Valley.

DU MÊME AUTEUR

Aux Éditions la Volte

AUCUN SOUVENIR ASSEZ SOLIDE (Folio Science-Fiction n° 474)

LA HORDE DU CONTREVENT (Folio Science-Fiction n° 271)

LA ZONE DU DEHORS (Folio Science-Fiction n° 350)

LE DEHORS DE TOUTE CHOSE

LES FURTIFS (Folio Science-Fiction n° 674)

« Sam va mieux », nouvelle dans LE JARDIN SCHIZOLOGIQUE : NOUVELLES APPARUES DANS LE MIROIR

« Le Chamois des Alpes bondit », nouvelle dans FAITES DEMI-TOUR DÈS QUE POSSIBLE : TERRITOIRES DE L'IMAGINAIRE

« Serf-made man ? Ou la créativité discutable de Nolan Peskine », nouvelle dans AU BAL DES ACTIFS : DEMAIN LE TRAVAIL

Aux Éditions Gallimard

SO PHARE AWAY et autres nouvelles (Folio 2 € n° 5897)

Chez d'autres éditeurs

EL LEVIR, nouvelle graphique, APDRAMA-Organic

MONDIALE TM, illustrations de Beb-Deum, Les Impressions nouvelles

« Définitivement », nouvelle dans APPEL D'AIR, Éditions ActuSF

« Disparitions », nouvelle dans APPEL D'AIR, Éditions ActuSF

« Étranger, ici on aime les étrangers », nouvelle dans DÉCAMPER : DE LAMPEDUSA À CALAIS, La Découverte

« Hyphe… ? », nouvelle dans ÉLOGE DES MAUVAISES HERBES : CE QUE NOUS DEVONS À LA ZAD, Les Liens qui libèrent

« Trois nuances de jaune », nouvelle dans GILETS JAUNES : POUR UN NOUVEL HORIZON SOCIAL, Au Diable Vauvert

VALLÉE DU SILICIUM, Éditions du Seuil (Folio Science-Fiction n° 779)

Dans la même collection

651. Karoline Georges	*De synthèse*
652. George R. R. Martin / Lisa Tuttle	*Elle qui chevauche les tempêtes*
653. Katherine Arden	*L'Ours et le Rossignol*
654. Laurent Genefort	*Ce qui révèle* (Spire, III)
655. Léo Henry	*Thecel* (INÉDIT)
656. Grégory Da Rosa	*Sénéchal III*
657. Romain d'Huissier	*Les Gardiens célestes* (Chroniques de l'Étrange, III)
658. Thomas Spok	*Uter Pandragon*
659. Estelle Faye	*Les nuages de Magellan*
660. Chris Vuklisevic	*Derniers jours d'un monde oublié* (INÉDIT)
661. Annalee Newitz	*Autonome*
662. Nicolas Texier	*Opération Sabines* (Monts et merveilles, I)
663. Ray Bradbury	*Le Pays d'octobre*
664. Patrick K. Dewdney	*L'enfant de poussière* (Le cycle de Syffe, I)
665. Mary Robinette Kowal	*Lady astronaute* (INÉDIT)
666. Lucie Pierrat-Pajot	*Les mystères de Larispem, II* (Les jeux du siècle)
667. Lionel Davoust	*La Messagère du Ciel* (Les dieux sauvages, I)
668. Thibaud Latil-Nicolas	*Chevauche-Brumes*
669. Nicolas Texier	*Opération Jabberwock* (Monts et merveilles, II)
670. Ernest Callenbach	*Écotopia*
671. Adam Roberts	*Jack Glass, l'histoire d'un meurtrier*
672. Élisabeth Vonarburg	*Chroniques du Pays des Mères*
673. Pierre Alferi	*Hors sol*
674. Alain Damasio	*Les Furtifs*

675. Michael Roch — *Le livre jaune*
676. Yoon Ha Lee — *Le stratagème du corbeau*
677. Ian McDonald — *Luna – Lune du loup* (Luna, II)
678. Gareth L. Powell — *Braises de guerre*
679. Christopher Priest — *Conséquences d'une disparition*
680. Lionel Davoust — *Le Verrou du Fleuve* (Les dieux sauvages, II)
681. Manon Fargetton — *Dix jours avant la fin du monde*
682. Katherine Arden — *La fille dans la tour*
683. Philippe Auribeau — *L'héritage de Richelieu*
684. Jean-Philippe Jaworski — *Chasse royale – Curée chaude* (Rois du monde, II-3)
685. George Orwell — *1984*
686. Adrian Tchaikovsky — *Chiens de guerre*
687. John Varley — *Blues pour Irontown*
688. Patrick K. Dewdney — *La peste et la vigne* (Le cycle de Syffe, II)
689. Ian McDonald — *Luna – Lune montante* (Luna III)
690. Lucie Pierrat-Pajot — *Les mystères de Larispem, III* (L'élixir ultime)
691. Katherine Arden — *L'hiver de la sorcière*
692. Jo Walton — *Pierre-de-vie*
693. Lionel Davoust — *La Fureur de la Terre* (Les dieux sauvages, III)
694. Philip K. Dick — *Radio libre Albemuth* (Prélude à la trilogie divine)
695. Estelle Faye — *Les révoltés de Bohen* (Le cycle de Bohen, II)
696. Fabien Cerutti — *Les secrets du premier coffre*
697. Philippe Testa — *L'obscur*
698. Jean-Philippe Jaworski — *Le sentiment du fer*

699.	Thibaud Latil-Nicolas	*Les flots sombres* (Chevauche-brumes, II)
700.	Aurélien Manya	*Trois cœurs battant la nuit*
701.	Rozenn Illiano	*Le phare au corbeau*
702.	Ted Chiang	*Expiration*
703.	Laurent Genefort	*Colonies*
704.	Adam Roberts	*La chose en soi*
705.	Gareth L. Powell	*L'armada de Marbre* (Braises de guerre, II)
706.	Sébastien Coville	*L'Empire s'effondre*
707.	Lionel Davoust	*L'Héritage de l'Empire*, 1 (Les dieux sauvages, IV)
708.	Lionel Davoust	*L'Héritage de l'Empire*, 2 (Les dieux sauvages, IV)
709.	Jacqueline Carey	*La marque* (Kushiel, I)
710.	Jacqueline Carey	*L'élue* (Kushiel, II)
711.	Ken Liu	*Jardins de poussière*
712.	Auriane Velten	*After®*
713.	Grégoire Courtois	*Les agents*
714.	Mary Robinette Kowal	*Vers les étoiles*
715.	Geoffrey Le Guilcher	*La Pierre jaune*
716.	Emmanuel Chastellière	*La piste des cendres*
717.	Estelle Faye	*Un reflet de lune*
718.	Jacqueline Carey	*L'avatar* (Kushiel, III)
719.	Antonio Exposito	*Le quatrième Roi mage*
720.	Élisabeth Vonarburg	*Le silence de la Cité*
721.	Frank Herbert	*Nouvelles, I*
722.	Frank Herbert	*Nouvelles, II*
723.	Thibaud Latil-Nicolas	*L'appel des grands cors* (Chevauche-brumes, III)
724.	Olav et Viat Koulikov	*Enquêtes d'un détective à vapeur*

725. Pascale Quiviger — *Le Royaume de Pierre d'Angle, I* (L'art du naufrage)
726. Adrian Tchaikovsky — *Dans les profondeurs du temps*
727. Sabrina Calvo — *Melmoth furieux*
728. Chris Brookmyre — *La ville dans le ciel*
729. Emmanuel Chastellière — *Célestopol 1922*
730. Patrick K. Dewdney — *Les chiens et la charrue* (Le cycle de Syffe, III)
731. Sébastien Coville — *Toucher la peau du ciel* (L'Empire s'effondre, II)
732. Gareth L. Powell — *L'éclat d'étoiles impossibles* (Braises de guerre, III)
733. Philip K. Dick — *L'invasion divine* (La trilogie divine, II)
734. Christopher Priest — *Rendez-vous demain*
735. Pascale Quiviger — *Le royaume de Pierre d'Angle, II* (Les filles de mai)
736. Mary Robinette Kowal — *Vers Mars*
737. Gwen Guilyn — *Malou dit vrai*
738. Jérôme Leroy — *Vivonne*
739. Philip K. Dick — *La transmigration de Timothy Archer* (La trilogie divine, III)
740. Mary Robinette Kowal — *Sur la Lune*
741. Léo Henry / Jacques Mucchielli — *Yama Loka terminus*
742. Jean-Philippe Jaworski — *Le chevalier aux épines, I* (Le tournoi des preux)
743. Pascale Quiviger — *Le royaume de Pierre d'Angle, III* (Les adieux)

744.	Christophe Guillemain	*L'enterrement des étoiles*
745.	Hannu Rajaniemi	*Summerland*
746.	Adrien Tomas	*Vaisseau d'Arcane, I* (Les Hurleuses)
747.	Adrien Tomas	*Vaisseau d'Arcane, II* (L'empire des Abysses)
748.	Mélodie Joseph	*La Semeuse de vents, I* (La respiration du ciel)
749.	Aurélie Luong	*Quand vient la Hord*e
750.	Laurent Genefort	*Les temps ultramodernes*
751.	Sébastien Coville	*Nulle âme ne désespère en vain* (L'Empire s'effondre, III)
752.	Karin Boye	*Kallocaïne*
753.	Pascale Quiviger	*Le royaume de Pierre d'Angle, IV* (Courage)
754.	Jo Walton	*Ou ce que vous voudrez*
755.	Roger Zelazny	*Repères sur la route*
756.	Jean-Philippe Jaworski	*Le chevalier aux épines, II* (Le conte de l'assassin)
757.	Stéphane Przybylski	*Burning Sky*
758.	Jonathan L. Howard	*Johannes Cabal, I* (Le nécromancien)
759.	Chris Vuklisevic	*Du thé pour les fantômes*
760.	Emmanuel Chastellière	*Himilce*
761.	Fabien Cerutti	*Terra Humanis*
762.	Ars O'	*Bain de boue*
763.	Manon Fargetton	*Le Cycles des Secrets, I* (Les marches des géants)
764.	Jean-Philippe Jaworski	*Le chevalier aux épines, III* (Le débat des dames)
765.	Auriane Velten	*CIMQA*
766.	Stéphane Arnier	*La brume l'emportera*
767.	Mélodie Joseph	*La Semeuse de vents, II* (La Chèvre Noire)

Tous les papiers utilisés pour les ouvrages
des collections Folio sont certifiés
et proviennent de forêts gérées durablement.

Composition IGS-CP à L'Isle-d'Espagnac (16)
Impression Novoprint
à Barcelone, le 9 décembre 2025
Dépôt légal : décembre 2025
magasin@gallimard.fr

ISBN 978-2-07-310300-0 / Imprimé en Espagne

650410